读者丛书

DUZHE CONGSHU

中国文化读本

雪地里的迎春花

读者丛书编辑组／编

读者出版传媒股份有限公司
甘 肃 人 民 出 版 社

图书在版编目（CIP）数据

雪地里的迎春花 / 读者丛书编辑组编. -- 兰州：甘肃人民出版社，2020.4
（读者丛书. 中国文化读本）
ISBN 978-7-226-05541-0

Ⅰ. ①雪… Ⅱ. ①读… Ⅲ. ①散文集－中国－当代 Ⅳ. ①I267

中国版本图书馆CIP数据核字(2020)第047994号

总 策 划：马永强　李树军
项目统筹：李树军　党晨飞
策划编辑：党晨飞
责任编辑：袁　尚
封面设计：久品轩

雪地里的迎春花

读者丛书编辑组　编

甘肃人民出版社出版发行
（730030　兰州市读者大道 568 号）

北京温林源印刷有限公司印刷

开本 710毫米×1000毫米　1/16　印张 15.5　插页 2　字数 229 千
2020年4月第1版　2020年4月第1次印刷
印数：1~10 000

ISBN 978-7-226-05541-0　　定价：32.80元

目 录

CONTENTS

南极布朗断崖上的笛声

毕淑敏

攀登南极大陆布朗断崖，雪雾肆虐，能见度极差。人们相跟着，踩在先行者的脚印里，艰难向前。

南极的雪颗粒感十足，表面结有牛皮纸般的硬壳，一经踩踏，噗地陷落，入脚深浅神鬼莫测。故专业探险队员先行踩点，用红色小旗标出安全地段，以防人们落入雪渊，性命难保。

在没膝积雪中跋涉，类似在烂泥中拱路。我纠结不清——是走没人走过的路，还是亦步亦趋地在前人脚印中讨生活？

前者较省力，安全有保障，缺点是易伤腿脚。雪中脚印，是前人猛力盖下的戳。他踩踏的深度、踝的弯曲度、用力的方向……都冰冷执拗地凝固在雪穴中。你必得全盘接受，没有丝毫商榷地框入这坚硬无比的“铁鞋”。稍有差池，脚踝、膝盖便会受伤。几番惊惧之后，我愤而另辟蹊径，独自在皑皑积雪上踩出新途，耗力深重。

我边爬边琢磨：为什么企鹅奔走顺风顺水，不会扭伤踝关节？人则这么倒霉……按说在攀缘中不宜思索其他，幸而南极空气极为凛冽清新，大脑能在人气喘吁吁的同时，一心二用。企鹅的薄膜状蹼脚，可在雪上滑行；而笨拙的人足，蜷在僵硬的防水靴中，抓地不牢。企鹅呈炮弹样的流线型身体，重心相宜；人被防寒衣裤外加救生背心层层包裹后，如同蹩脚粽子，重心不稳。企鹅的膝盖得天独厚，向后生长，拐动灵便至极；而我等脆酥踝骨，哪里适合在冰雪中跋涉啊……千辛万苦终于登上布朗断崖。山顶和山腰所见略同，都是奶酪般的浓雾。忽闻悠扬笛声，犹如一道阳光斜扫，周遭瞬间被点亮。

什么人会有闲情逸致在旷莽南极奏悦耳小调？莫非是我的幻听？

“你可听到什么？”我小声问老芦。

“笛声。我知道是谁吹的笛子。”老芦胸有成竹地回答。“你看见吹奏者了？”我大惑。“猜的。肯定是乔纳森啊，除了他，谁还有这份雅兴？”老芦笃定地回答。

我日后向乔纳森求证时，他正倚着船舷观冰景，快活地捋着大胡子说：“嘿！原来你们听到了！”我说：“以为是仙乐。”乔纳森道：“我只顾吹，没看到人。再说也看不见，浓雾弥漫。”

我说：“听到笛声的人都很喜欢。”乔纳森迟疑了一下，说：“抱歉，我并不是吹给人听的。”“那是吹给谁听？”我不解。“吹给南极的冰雪听，吹给企鹅和海豹们听。”老汉揭开谜底。

“那曲子叫什么名？”我问。“是一首英格兰民谣——《吹向南方的风》。”乔纳森答。

乔纳森先生的正式身份是英国教授、地理学家。他在船上有一堂讲座，介绍20世纪英国南极科考站状况。好多人对这个题目感兴趣，不料授课那天，风浪骤起，抗冰船剧烈抖动不停。晕船这个无所不在的幽灵，将绝大多数人按倒在床上。

我头晕目眩，瞳孔无法准确聚焦，像个无可救药的醉鬼。我加倍吞服了“极友”们送的晕船药，准备去听课。

老芦说：“别去啦！你若吐在课堂上，添乱。”我说：“这药力道凶猛，我能感觉到它强力抑制了大脑的呕吐中枢，我不会当场吐出来。赶紧走吧。”

我们相互搀扶，踉跄到了课堂。算上我们俩，共 4 个听众。倚着讲台的高大的乔纳森先生，略显落寞。中方领队道：“船上能站起来行走并听课的人，全都到了。乔纳森先生，请开讲吧。”

满头白发的乔纳森先生开始讲述——1974 年至 1975 年，我作为海冰专家，在英国驻南极的波斯布拉站工作。它的具体位置是南纬 71 度，距海岸线 300 公里。站非常小，只有 4 个人。房间面积 24 平方米，工作、住宿以及所有活动，都在其内。帐篷、装备、储藏食物的箱子等等，都放在室外。南极在盛夏也会下大雪。箱子埋在厚厚的积雪中，里面食物的新鲜度很好。只是需要的时候，得刨开冰雪，翻来翻去经常找不到。

5 月至 8 月是南极的极夜期，看不到阳光，最难熬。那时候没有网络，也没有电话，每天的日常工作就是做测量，写各种科学报告。屋内的打字机，总是噼里啪啦响个不停。

吃的全是罐头和压缩食品，没有蔬菜和水果。怎么洗澡呢？先把雪块抬进屋，等着它融化成水，然后烧热。没有洗澡设备，我们找了一块铁板，在上面凿了一些眼。另一个人把水从上面浇下来，滴滴答答就成了淋浴。理发时，也要互相帮助。如果你发现照片中我的发型不够美观，那不能怪我，只能怪我的室友手艺差。

最害怕的是得病。幸好我们身体都很棒，不过有一个人牙齿出了毛病，肿得非常厉害，没办法，他就自己动手把大牙拔下来了……我的讶然之色被乔纳森先生看在眼里，他补充道：“那队友挺能干的，事先给自己打了吗啡，然后又喝了不少朗姆酒。他自己给自己拔了牙，靠着吃药总算熬过来。”

为了证明所言不虚，乔纳森展示了那张著名的照片——20 世纪 50 年代，俄罗斯南极科考站的医生，给自己做了阑尾切除手术。

阑尾一旦发炎，很可能穿孔，脓液流淌，恶化为急性腹膜炎，命悬一线。如果有人发病，医生会立即给他做手术。可病的是医生本人，怎么办？好在该医生大脑尚且清醒，他决定自己动手，于是对着镜子，他将阑尾切除，最终康复。

当时英国科考站的室外气温，为零下三四十摄氏度，测到的最低温是零下 49 摄氏度。夏天偶尔能升到零下 3 摄氏度，人们感觉热死了。

我祖父和我父亲，都投身于南极科考事业。此站选址，就是我祖父做的决定……乔纳森先生开始和大家互动。

我问："您执行完南极科考任务，重返文明世界，有何感受？"

乔纳森先生答："感受就是——害怕！我已经习惯了和寂静的冰雪打交道，和不会说话的动物打交道。一旦回到人满为患的世界，就会惊慌至极，完全不知所措。南极的环境不是友善的，甚至非常险恶。我们之所以能存活，全依赖彼此的信任和温暖。比如和我睡上下铺的队友，人非常好。分别在即，一想到今后再也见不到他了，我非常伤感。于是，我把他变成了我的妹夫。现在，他是英国南极局的首席科学家，同时，我妹妹生活得也很幸福。我呢，也能经常见到他啦！"

仅有的 4 个听众顿了一下，才理清人物关系。正巧"欧神诺娃号"抗冰船来了个蹦床般的跳荡，掌声顿时变得极为响亮。

（摘自《读者》2018 年第 14 期）

贾平凹说贾平凹

贾平凹

人一生都是坎坷、悲苦的，试想有几个人不是这样呢？我做人的原则一是善良，二是宽厚；做事原则一是自信，二是坚持。以后恐怕还是这样，有老话讲：“圣贤庸行，大人小心。”圣贤和大人尚且如此，我又能怎样呢？时间真快呀，人的一生干不了几件事，以后只要能写自己想写的东西，努力把它写好，别的什么事都无所谓。

我曾经想，如果世界上只有大海，那将会出现一种怎样的可怕情景呢？当然，世界上也绝对不能尽是山石。到海边观潮，进深山赏林，世界才是和谐的一统，人的兴趣才是多变的丰富。宇宙之中，万事万物，既能生存，便有其赖以生存的价值。一棵树木，千万片叶子，都是叶子，却一片不同于一片，能说出哪一片重要吗？纵然是苍鹰，可揽天下雄风，是凤凰，可集天下色彩，但要是歇栖下来，也不过只是占一根树枝而已。

我对自己的家乡和生活在那里的乡亲们，一直怀有深厚的感情。虽然在城市里生活了 30 多年，但是我对自己的定位还是农民。我的本性依旧是农民，如乌鸡一样，是乌到骨头里的。所以要用忧郁的目光观察农村，体味农民的生活。我要用文字给故乡立碑。

再告诉你们，世上都是卖什么就不吃什么。我临睡前的读物绝不是言情小说，而是武侠小说。在修改长篇小说《浮躁》的一个月里，我白日写作，晚上看武打录像，竟看了 40 多部！瞧见我书案上架的那柄开了刃的长剑吗？瞧见书架上挂的那副拳击手套吗？我需要的是一种刺激，一种力！我甚至发过誓，下一生一定要弃文从事体育。

我上大学后读的书比较多，“四书五经”虽没有系统看过，但通读了《古文观止》。20 世纪 30 年代的作家如鲁迅、茅盾、沈从文等人的书都看过。相对而言，沈从文对我的影响更大一些，他的作品大气，我觉得我和他的气质相投合。我也喜欢张爱玲、三毛的散文，还喜欢略萨的《绿房子》。不知你有没有过这种经历，在林林总总的作家和作品中，有些作品正好撞击到你的灵与肉，让你顺畅地走进作家的心灵，而人人叫好的作品不一定能感动你。这就好比肉是好东西，但不一定人人都爱吃。

我是 1967 年的初中毕业生，那时 15 岁。细细的脖子上顶着一个大脑袋，脑袋的当旋上有一撮毛儿高翘着。我打不过人，常常被人揪了那撮毛儿打，但我能哭，村里人说我是刘备。

那日到某校开会，去了那么多作家，主持人要我站起来让学生们看看。我站起来躬腰点头，掌声雷动。主持人又说：“同学们这么欢迎你，你站起来嘛！”我说：“我是站起来的呀！”主持人说：“噢，你个子低。”掌声更是雷动。

（摘自《读者》2018 年第 21 期）

半个奇遇

池　莉

谁都有状态差的时候。状态极差的那样一种郁闷、厌倦与绝望，真的很要命，难以言喻且神仙也救不了。医生与作家都是琢磨人的职业，我就有这两个职业习惯，所以成了一个喜欢琢磨人的人：人是靠什么得救的，当你状态极差的时候？

这一天我状态极差，双腿沉重，脑袋昏沉，走进北京西客站一看，离即将搭乘的列车发车时间还有两个多小时。生怕路上塞车，提前量打大了，不料路上没塞，塞在了候车室。候车室人很多，加上大堆行李和随意伸出的腿，基本水泄不通。此番来京工作不顺，几晚失眠，竟愤而想去爬长城，觉得自己 18 岁的心愿在几十年里赴京百趟都未落实，实乃人生一大失败。不料所乘的士，半路追尾，我再次失败。就这样，我身带多处擦伤和瘀斑，眼睛红肿酸涩，鼓起最后勇气，环顾候车室，想与他人对上眼神打个商量，看能不能挤出半个臀位，结果又是失败。满目的人，少数人发呆打盹，多数人埋头刷屏，间或抬起一张面孔，也是一脸麻木。人与人之间，没温度、没态度，人人都烦别人，人人都嫌人太多。讽刺的是，我正是其中一员。想到难熬的两个多小时，我的情绪一落千丈。我拿什么拯救你？我问自己，一遍又一遍。

终于开闸放行，我被裹挟在争先恐后的人群之中，被推推搡搡进了车厢，扑面又是纵声喧哗，呼朋唤友，叫嚷打牌……天啊，这一瞬间，静息或睡觉的希望，又顿时破灭。我备受打击，眼皮都没有力气抬起，完全不看人了，只顾低头对号入座。我在第一排，双人座的靠窗位置。我的邻座是一位中年男士，已入座，正在闭目养神。火车还没开动，这么快就进入状态？我略感惊异，仿佛他偷了我的构思。惊异之下，忽然发现：我似乎时来运转了。谢天谢地！该男士衣着洁净、质地优良、款式得体，头发不脏不腻，无烟臭、无异味，胳膊交叉收拢在自己胸前，双腿交叉收拢在自己座椅前，座椅靠背也是收拢竖起的，尽管在假寐，也显然是一副文明礼貌生怕妨碍其他乘客的姿态。而整个车厢里，大多数乘客都在挤来挤去，急忙坐下，坐下就急忙敞开双腿，胳膊大幅度横架于两个座位之间的扶手上，急忙打起手机来，高声大气，旁若无人……这不就是我们司空见惯的乘车环境吗？自打我17岁出门远行至今，已无数次舟车辗转，经历无数邻座，多数人不都是这样吗？今天这位自好自律到堪称完美的邻座，我还真第一次碰到。基于以上所有遭遇，不由心生感慨：或许在他，只是习惯与素养；在我，却是与祖国悠久古典礼仪的一种相遇。或许在他，只是安分守己；在我，已算看到高风亮节。或许在他，只是举止得体；在我，却是获得尊重。验票的来了，邻座结束假寐。不知不觉，我们闲聊起来。这一聊，不仅十分投契，更有一种毫无顾忌的坦率——有些想法、观点、疑惑与苦闷，就连对亲朋好友都不会诉说，倒在这一刻因萍水相逢格外放松，说了就了，随风飘散，无祸且得福——这福气叫知音，竟以素昧平生来托底。

邻座先到站，我们彼此道谢，老友般说再见。我继续行程，而此前的坏心情，已彻底消散。戴上耳机，音乐低回。远望窗外，看到的却不仅是景色，还有跃动在更加广阔时空的奇异美景，有静物，有人物，有声有色，光影交织，令我身心焕然一新。这样一种被激发、被打开、被链接的状态，简直妙不可言。原来，拯救人的还是人。人啊人，我这一辈子，一直都保有儿时天真幼稚的幻想，总幻想奇遇，倒不曾料想，凡人凡事也会有不凡的光辉，这也算是半个奇遇了。半个奇遇，我也感恩于心。

（摘自《读者》2018 年第 2 期）

我想从天上看见

阿　来

也许是因为年代过于久远，在这条陆路上行走时，已经没有人能找到一条清晰的脉络。历史中文化的传播与变迁，比现代物理学家建立的量子理论还要难以捉摸。物理学家描述他们的抽象理论时，运用了一种用可靠的数学语言表述的模型；而历史中大部分文化却在荒山野岭间湮灭，随着一代一代人的消失而被永远埋葬。

我想：也许从天上，像神灵一样俯瞰时可以看见。

于是，我在拉萨的贡嘎机场登机时特意要了一个临窗的位置，并祈愿这一路飞行，少有云雾的遮蔽。

事实是，我登上飞机时，拉萨正在下雨。雅鲁藏布江水溢出了河床，洪水漫进了河岸两边的青稞地，漫进了低矮的平顶土房组合而成的安静的村庄。地里的庄稼已经收割了，洪水浅浅地漫在地里，麦茬一簇簇露出水面。庄稼地与房舍之间，是一株株柳树，在雨中树叶显得分外碧绿。飞机越飞越高，那些淹没了土地的水像镜子一样反射着阳光。这真是一种奇异的景象：洪水成灾，但人们依然平静如常，没有人抢险，没有人惊慌失措，那些低矮的土屋安安静静的，都是很安于宿命的样子。土屋顶上冒着青烟，我想象得出来，围坐在火塘边的农人平静到有些漠然的脸。洪水与所有天气一样，或多或少和某种神灵的力量与意愿有关。

对于来自神灵或上天的力量，一个凡人往往只能用忍受来担待。所以，当外界的人看到一个无所欲求的农人而赞叹、而自怜的时候，我想告诉你，那是因为对生活年深日久的失望。不指望是因为从来都指望不上。所以，我才会在雅鲁藏布江洪水泛滥时，看到这么一幅平静的景象。

这种平静的景象里有一种病态的美感，病态的美感往往富有动人心魄的力量。

飞机继续爬升，穿过了饱含雨水的云层。云层掩去了下界的景象，满眼都是刺目的阳光。

虽然有云层阻隔，但我还是感觉到机翼下渐渐西去的高原那自西向东的倾斜。飞机每侧转一下机身，我就感觉到雄伟的高原正向东俯冲而下。闭上眼睛感觉，那是多么有力的俯冲啊！我当然知道，这种俯冲感是一种幻觉。飞机飞行得非常平稳。电视里正在播放平和的音乐。当气流导致飞机发生小小的震颤时，空姐柔美的声音便从扩音器里传来。

但我还是觉得大地在向下俯冲。

我说过，这是一种幻觉。

而且我不止一次产生过这样的幻觉。

譬如：当我最大限度地接近某一座雪山的顶峰时，坐在雪线之上，雪山上只要有一点大的动静，便看到风化的砾石水一样流下山坡；看到明亮的阳光落在山谷里、森林中，使得云雾蒸腾，我也会感觉到大地的俯冲。直到云雾散开，大地安安静静地呈现出它真实的面貌时，这种幻觉便消失了。

飞机起飞不久，机翼下面的云层渐渐稀薄，云层下移动的大地便渐渐呈现在眼前了。

雪峰确乎呈南北向一列列排开在蓝天下，晶莹中透着无声的庄严……在这一列列的雪山之间，是一片片的高山草甸，草甸中间还点缀着一些小湖泊。湖泊边，有牧人的帐房。

雪山过后，这种山间牧场就更低、更窄小，直至完全消失，眼界里就只有顶部很尖、没有积雪的峭拔山峰了。这是一些钢青色的岩石山峰，一簇簇指向蓝天深处。山体周围是郁郁葱葱的森林。然后，这种美丽的峭拔渐渐化成了平缓的丘陵，丘陵又像长途俯冲后一声深长的叹息，化成一片平原。这声叹息已经不是藏语，而是一句好听的四川话了。

历经从平原到群山的阻隔与崎岖，登上高原后，那壮阔与辽远，是一声血性的呐喊。

而从高原下来，经历了大地一系列情节曲折的俯冲，化入平原，是一声疲惫而又满足的长叹。

而我更多的经历与故事，就深藏在这个过渡带上，那些群山深刻的皱褶中间。

（摘自《读者》2017 年第 19 期）

那一瞬间，我懂了文学的美

三　毛

我回国看望久别的父母，在跟随父母拜访长辈时，总有人会忍不住说出这样的话："想不到那个当年最不爱念书的'问题孩子'，今天也一个人在外安稳下来了，怎不令人欣慰呢!"

再次离家之前，父亲在闷热的贮藏室里，将一大盒一大箱的书翻了出来，这些都是我特意请父亲替我小心保存的旧书。整理了一下午，父亲疲惫不堪，幽默地说："都说你最不爱读书，却不知烦死父母的就是书，倒不如统统丢掉，应了人家的话才好。"

我与父亲相视而笑，好似在分享一个美好的秘密，乐不可支。

算起我看书的历史来，还得回到抗战胜利后的日子。

那时候，在我们这个大家庭里，堂兄堂姐有的念中大，有的念金陵中学，连大我三岁的亲姐姐也进了学校，只有我因为还不到上幼儿园的年纪，便跟着一个名叫兰瑛的女工人在家里玩耍。

在我们的大宅子里，除了伯父及父亲的书房，二楼还有一间被哥哥姐姐称为“图书馆”的房间。房间内全是书，大人的书放在上层，小孩的书都在伸手就够得到的地板边上。我总往那儿跑，可以静静地躲在那里，直到兰瑛或妈妈找来骂着去吃饭才出来。

当时，我三岁吧。春去秋来，我的日子跟着小说里的人打转。终于有一天，我突然发觉，自己已是高小五年级的学生了。

当时我看书完全是生吞活剥，无论真懂假懂，只要故事在，就看得下去。有时看到好文章，心中会产生一丝说不出的滋味来，可是我不知道那种滋味原来叫“感动”。

我很不喜欢在课堂上偷看小说，可是我发觉，除了用这种方法可以抢时间，我几乎被课业逼迫得没有其他办法看我喜欢的书了。

记得第一次看《红楼梦》，便是将书盖在裙子下面，老师转过去在黑板上写字，我就掀起裙子来看。“我所居兮，青埂之峰。我所游兮，鸿蒙太空。谁与我逝兮，吾谁与从？渺渺茫茫兮，归彼大荒！”看完这一段，我抬起头来，愣愣地望着前方同学的背。我待在那儿，忘了身在何处，心里的滋味已不是流泪和感动所能形容的。我痴痴地坐着，痴痴地听着，好似老师在很远的地方叫着我的名字，可是我竟没有回答她。老师居然也没有骂我，上来摸摸我的前额，问我：“是不是不舒服？”我默默地摇摇头，看着她，恍惚地对她笑了笑。那一瞬间，我终于懂了，文学的美将是我终生追求的目标。

回想起来，当时的我凡事不关心，除了这些被人称为“闲书”的东西。我是一个跟生活脱节了的十一岁的小孩，我甚至没有什么朋友，也实在忙得没有时间出去玩。我最愉快的时光就是搬个小椅子，远远地避开家人，在院中墙角的大树下，让书带我去另一个世界。

（摘自《读者》2019 年第 14 期）

水缸里的文学

苏　童

我始终认为，我的文学梦，最初是从一口水缸里萌芽的。

在我幼年时期，自来水还没有普及，一条街道上的居民共用一个水龙头，因此家家户户都有一口储水的水缸。我们家的水缸雄踞厨房一角，像一个冰凉的大肚子巨人，也像一个傲慢的家庭成员。记得去水站挑水的大多是我的两个姐姐，她们用两只白铁皮水桶接满水，歪着肩膀把水挑回家，带着一种非主动性劳动常有的怒气，把水“哗哗”地倒入缸中。我自然是袖手旁观，看见水缸里的水转眼之间涨起来，清水吞没了褐色的缸壁，便有一种莫名的亢奋。现在回忆起来，亢奋是因为我有秘密，秘密的核心事关水缸深处的一只河蚌。

请原谅我重复一遍这个过于天真的故事。故事说一个贫穷而善良的青年在河边捡到一只被人丢弃的河蚌，他怜惜地把它带回家，养在唯一的水缸里。按照童话的讲述规则，那河蚌自然不是一只普通的河蚌，蚌里住着人，一个仙女！不知是为报救命之恩，还是因为坠入了情网，仙女每天在青年外出劳作的时候从水缸里跳出来，给青年做好饭菜放在桌上，然后钻回蚌里去。而那贫穷的、吃了上顿没下顿的青年，从此丰衣足食，在莫名其妙中摆脱了贫困。

我现在还羞于分析，小时候听大人们说了那么多妙趣横生的童话故事，为什么独独对这个河蚌里的仙女的故事那么钟情？如果不是天性中有好逸恶劳的基因，就可能是有等待天上掉馅饼的庸众心理。我至今还在怀念打开水缸盖的那些瞬间——揭开缸盖的时候，一个虚妄而热烈的梦也展开了。

凝视水缸是我最早的阅读方式，也是我至今最怀念的阅读方式。这样的阅读一方面充满诗意，另一方面充满空虚。无论是诗意还是空虚，都要用时间去体会。我从来没有在我家的水缸里看见童话的出现，去别人家揭别人家的水缸盖也一样。只有水，没有河蚌，更不见仙女。偶尔我母亲从市场上买回河蚌，准备烧豆腐，我却对河蚌的归宿另有想法，我总觉得应该把河蚌放到水缸里试验一下。我试过一次，由于河蚌在水里散发的腥味影响了水质，试验很快被发现。家里人把河蚌从缸底捞出来扔了，说："水缸里怎么能养河蚌？你看看，辛辛苦苦挑来的水，不能喝了。你这孩子，聪明面孔笨肚肠！"

我一直相信，所有成人一本正经的艺术创作与童年时的好奇心是互动的。而所谓的作家，他们的好奇心都化为有用或无用的文字，被淘汰，或者被挽留。在好奇心方面，他们扮演的角色最幸运也最蹊跷，似乎同时拥有幸运和不幸。他们的好奇心包罗万象，因为没有实用价值和具体方向而略显模糊。仅凭一颗模糊的好奇心，却要对现实世界做出最锋利的解剖和说明，因此这职业有时让我觉得是宿命，是挑战，更是一个奇迹。

一个奇迹般的职业是需要奇迹支撑的。我童年时期对奇迹的向往都系在一口水缸上。时光流逝，带走了水缸，也带走了一部分奇迹。我从不喜欢过度美化童年的生活，也不愿意坐在回忆的大树上卖弄泛滥的情感，但我绝不忍心抛弃童年时代关于水缸的记忆。这么多年来，我其实一直在写那个不断揭开水缸盖的动作——谁知道这是等待的动作，还是追求的动作呢？从一口水缸中看不见人生，却可以看见那只河蚌；从河蚌里看不见仙女，却可以看见奇迹的光芒。

（摘自《读者》2018 年第 13 期）

文化不是味精

阿　城

“文化”这个词使用的频率越来越高，现在已经到了类似味精的地步，什么事情都被说成是文化。我认为这相当不合适，文化不是装饰，不是味精，它有很实在的内涵。

在我看来，文化就是一种关系——我和你，你和他，班级对班级，学校对学校，甚至上升到集团对集团、国家对国家，它们之间的关系是什么？是“文”还是“武”？中国文化的“文”是很早就定下来的，非常简单、明确，它是针对“武化”提出的。周公制礼作乐，这个“礼”，就是“文”。为什么要这样做？周初建立政权，自己力量小，面对的是随时可能出现的“武化”事件，所以周公为了安定天下而“制礼”。也就是说，叫大家放弃“武”的关系，约定“文”的关系。

“武”是什么呢？只要我的力气大、实力强，你的资源，我一把就抢过来，这就是“武”。

而在“文”的关系中，资源是这样分配的，每个人都要有一点，不能是谁的力量大，谁就可以全部拿走。

那么“化”是什么？是“融化在血液中，落实在行动上”。“融化在血液中”是说，它本来不是血液里固有的东西。“文”不是我们的本能，而是后天的一种规定。“落实在行动中”，就是一举一动，包括你心里怎么考虑事情，所有细节、行为，都是按“文”的方式去处理，这就是“化”。

春秋晚期，孔子常说自己很久没有梦到周公，心里不踏实。为什么？因为孔子那个时代，社会又开始逐渐武化，到了战国，就完全是“武”的关系了。孔子重提周公，是因为当初是周公制定了“文”的制度。

我们翻看历史年表，常常会看到文帝、文宗这样的谥号。在中国传统里，“文”比“武”高，所以帝王不管生前做了多少“武”事，死后还是希望给他谥号“文”而非“武”。唐太宗临死前嘱咐长孙无忌：我死以后，你们给我的号不要是“武”，要“文”。为什么？唐太宗的“武功”非常大，唐初的统一基本靠唐太宗的“武”，但他还是想要一个“文”。由此可见，“文”在中国的地位相当高。

“文”是一种“礼”的关系，“武”则是我们的动物性。从动物性的角度来说，人之初，是动物，动物的世界是一个武化的世界，所以人的本性是恶。但我们之所以是人，是因为我们发明了“文”，来抑制我们的动物性。

凡是人发明的东西，就难免会被异化，这种异化会影响到我们。从周公制礼作乐开始，中国文化的“文”被异化过好几次，这导致后来我们的前辈怀疑文化出了问题。其实现在看来，他们否定的，是文化的异化，比如“吃人”的礼教。异化到一定程度时，人就受不了，一定会反抗。所以我觉得对于文化来说，要时刻反省和监视的是它异化的部分，而对于文化本身，不能质疑。

（摘自《读者》2017 年第 3 期）

安静的力量

张　炜

传说中八个神仙开悟得道以后，由蓬莱一带驾云过海，往三仙山飘然而去了。这个故事其实就来自齐国人最高的生存理想，即早日做个神仙。修炼和思悟，迷恋丹丸，并最终得以超凡脱俗，移民到神仙界里去，这是许多人梦寐以求的事情。这和徐福当时游说秦始皇的口径是一致的。徐福自己半是幻想半是现实地实践了几次，最后真的率领一支浩大的船队驶入了茫茫大洋，再也没有回来。

胶东以至于海内许多地方，至今还能找到一些高人静修之地。这些地方有的是有名的观和寺，有的是深山僻处，有的直接就是洞穴。莱国古地的遗风一直流传至今，直到现在，保留在民间的还有各种各样的修持，私下传递各种秘方以及喜好膏丸丹散的，仍大有人在。20 世纪 70 年代的农村赤脚医生制度，就曾经和这样的传统在一定程度上结合起来，于是那时随处可见一根银针一把草的简陋的诊治方法，与一些深奥奇妙的修炼方法兼施并用。有时神汉巫婆同时也是赤脚医生。乡村里随处可遇太极高手、武功师之类的人。在集市上，貌不惊人的卖菜老农很可能身怀绝技，一时兴起，能够于静默片刻之后，当众挥臂断石。

莱国大地上曾经遍布民间的禅房，是人们实践安静修身之所。许多人都懂得，只有安静下来，内在的力量才会一点点集聚和滋生出来。有人忙碌一天之后，于空闲里盘腿坐在炕上，双眼微眯，两手抚膝，让气息徐缓深长起来。这种情形是常见的，至今也是如此，已经成为他们缓解劳累的一种方法，一种习惯的姿态。由于莱国人于两千多年前频繁移民东海，所以日本、韩国等地盘腿而坐的人与胶东一样多，而且诸多风俗气质也极为相似。

安静的方式及其焕发力量的功能，是齐国东部方士们发现和传布的。这种方式又与后来的佛教禅事融合起来，二者嫁接得天衣无缝。安静作为一种文化，已经极大地影响了人们的日常生活和行为方式，还有各种艺术。能够安静下来的人，通常被视为极有力量，起码是潜藏了某种大能量的人，这种人或者体能过人，或者思想过人。

古人的茶道、围棋、抚琴，都以安静功课为根底，传递出一种深长的静思意味。直到现在，如果能遇到一个修养极高的老者，看他品茶下棋，或者听他弹琴，会发现流露在外面的表演招式几乎没有，只给人流畅舒服的感觉，十分熨帖。这种举止甚是高雅，同时又很朴素，一点做作都没有。就连武术也是如此，凌厉的肢体动作都是配合呼吸，在沉静的气息间隙里有节奏地展开的，如果在这些动静结合上稍有紊乱，也就全糟了。

大诗人杜甫有一篇名作《观公孙大娘弟子舞剑器行并序》，写的就是名家弟子表演剑舞的情景。大舞蹈家公孙大娘是唐玄宗时代的宫廷艺人，最擅长舞剑，舞的时候要穿严整的军服。她舞技精绝，令人叹为观止。杜甫说当年的草书大家张旭，就是观看了公孙大娘舞剑才顿悟的，从而使自己的草书大有长进。没有什么语言比大诗人的文字更为出神入化："来如雷霆收震怒，罢如江海凝清光。"从极度的暴怒狂野，到一瞬间清水凝止的安谧，是何等的节奏、何等的动与静。这期间必然配合了舞者的呼吸，表现了她超绝的功力和一颗沉静的心。

安静是浮躁的对立，而浮躁来自对欲望的追逐。安静是生命的力量，也是生命的艺术。生长于这种文化土壤的艺术，骨子里是安静的。比如说京剧，尽管有震天的锣鼓，它给人的综合感觉仍旧是安静的。戏中人的体态韵律、念白以及音乐，都给人这种静远超脱的享受。中国的古诗和美文，也无不如此。无论是台上戏文的念唱或供案头枕边阅读的文字，都留下了或隐或显的气口，这些气口就是为呼吸准备的，是艺术创造者沉潜的痕迹。这时的安静会化为无所不在的东西，从舞台人物的一招一式，从唱词和音乐，也从文字间流露出来。

西方的艺术暂时还不好说，但东方的艺术确是这样的，总的趋势是静。不仅是戏剧和诗文，更有绘画和书法，其中的上品莫不有安静的气质。吵吵闹闹的往往是一些更通俗的艺术，但即便是这样逗乐打趣的技艺，做到了极致，也会给人一种安静感。

古人举大事之前往往要有一个仪式，就是沐浴更衣，焚香独守。这无非是使自己处于一个相对超然的空间，以摆脱世俗之扰，求得一种沉潜。因为只有这样才能获取力量，一种内在的力量，而不是虚浮的力量。有了这样的力量，定在一个地方可以牢实不倚，移动出走也会步步踏实。可见，一种自觉不自觉的禅性，就这样贯彻在许多人的日常生活中，以至于化为莱国人的习俗，流传很广。直到现在，胶东也还能看到这种情形。

（摘自《读者》2010 年第 1 期）

那样的父亲，那样的母亲

毕飞宇

2008年4月7日，是傅雷先生的百年诞辰，南京大学举办了“傅雷诞辰100周年纪念暨国际学术研讨会”。从世界各地来了许多著名的翻译家，许钧教授关照我去会议上说几句话。这个我可不敢。我不会外语，是个局外人，哪有资格在这样的会议上人五人六装样子。许钧对我说：“你还是说几句吧，傅聪专门从伦敦赶来了。”一听说可以见到傅聪，我即刻就答应了。关于傅聪，我的脑子里是有形象的。在我还是一个中学生的时候，我父亲送给我一本书，那就是著名的《傅雷家书》。

《傅雷家书》当然是家书，可是，在我眼里，它首先是一部小说，主人公一共有4个，傅雷、朱梅馥、傅聪、傅敏。我为什么要说《傅雷家书》是一部小说呢？因为这本书里到处都是鲜活的人物性格：苛刻的、风暴一般的父亲，隐忍的、积雪一样的母亲，羸弱的、积雪下面幼芽一般的两个孩子。楼适夷说“读家书，想傅雷”，然而，在我，重点却是傅聪。我父亲出生于

1934年，他告诉我，同样出生于1934年的傅聪“这个人厉害”。我当然理解父亲所说的“厉害”是什么意思，这位天才钢琴家在他的学生时代就做过惊天动地的“大事”。我对傅聪印象深刻还有一个重要的原因。那时候，我正在阅读傅雷翻译的《约翰·克利斯朵夫》，《约翰·克利斯朵夫》里头有一位诗人叫奥里维，他才华横溢，敏感、瘦弱，却可以冲冠一怒。我认准了傅聪就是奥里维，奥里维就是傅聪。

就在南京大学的会议室里，当许钧教授把我介绍给傅聪的时候，我很激动。当然，正如一位通俗作家所说的那样，毕飞宇这个人就是会装。没错，我控制住了自己，我很礼貌，我向我心仪已久的钢琴大师表达了我应该表达的尊敬。当然了，遗憾也是有的，傅聪一点都不像奥里维，傅聪比我想象中的奥里维壮实多了。

在那次会议上，我作了一个简短的发言，我想我的发言跑题了。我没有谈翻译，却说起了《傅雷家书》。我从《傅雷家书》里读到了许多，但最感动我的，是爱情，是傅雷与朱梅馥不屈的爱——感谢楼适夷先生，如果没有楼适夷的序言，我不可能知道这些。朱梅馥是在当时外界的高压环境下“伴随”傅雷先生而去的，也就是中国传说中的“但求同年同月同日死”。这是骇人的。他们的死凄凉、沉痛，同时也刚毅、悲壮。虽然我不想说，可我还是要说，他们的死固然骇人，但是，它也美，是传奇。斯人已逝，日月同静，天地有大美而不言。

在我17岁那一年，也许还不止一年，我被《约翰·克利斯朵夫》缠住了，仿佛“鬼打墙”。严格地说，是被那种庄严而又浩荡的语言风格绕住了。“江声浩荡，自屋后上升”，上帝啊，对一个17岁的青年来说，这太迷人了。迷人到什么地步呢？迷人到折磨人的地步。就在阅读《约翰·克利斯朵夫》的时候，我特地预备了一个小本子，遇上动人的章节，就把它们抄写下来。当我读完《约翰·克利斯朵夫》的时候，小本子已经写满了。我是多么怅然，怅然若失。完了，没了。挑灯看剑，四顾茫茫。

对不起，我不是炫耀我的记忆力。我要说的是这个——有一天，许钧教授告诉我，罗曼·罗兰的原文其实并不是中国读者所读到的那个风格，这风格是傅雷独创的。许钧教授的话吓了我一跳。老实说，我一直以为翻译家和作家的语调是同步的，原来不是。许钧教授的话提升了我对翻译的认识，翻译不只是翻译，翻译是另一种意义上的写作，至少，对傅雷这样的大翻译家来说是这样。翻译所需要的是创造性。许钧教授的一句话我引用过多次了，今天我打算再引用一遍："好的作家遇上好的翻译家，那就是一场艳遇。"是的，在谈论罗曼·罗兰和傅雷的时候，许钧教授就是用了这个词——"艳遇"。我相信，只有许钧这样的翻译家才能说出这样的话来。它精准，传神，惊天动地，荡气回肠。文学是迷人的，你从任何一扇窗户——即使是翻译——里都能看见它无边的风景，"春来江水绿如蓝"。

40 岁之前，有无数次，每当我写小说开头的时候，我的第一句话通常都是——"江声浩荡"，然后当然是一大段的景物描写。等我写完，我会再把这一段毫无用处的文字删除掉。这 4 个字曾经是我起床之后的醒神剂，是我精神上的钥匙，也是我肉体上的咖啡。我能靠这杯咖啡活着吗？不能。我能不喝这杯咖啡吗？也不能。孟子说："我善养吾浩然之气。"我不敢吹牛，说我身上也有浩然之气，我只是喜欢。但是，雨果身上有浩然之气，巴尔扎克身上有浩然之气，罗曼·罗兰身上有浩然之气，傅雷身上也有浩然之气。它们在彼此激荡。

我不知道未来是怎样的，对我，对我们这一代作家来说，傅雷是特殊的。我向傅雷致敬。虽然我不是基督徒，可我还是相信上帝的仁慈和他的掌控力。上帝会安排的。上帝给你一个霸道的父亲，一定会给你一个天使一样的母亲。如斯，地方、天圆，五彩云霞空中飘，天上飞来金丝鸟，我们有福了，人生吉祥了。

我要讴歌父亲，尤其是以傅雷为代表的、我们上一代的知识分子父亲，他们承担了语言的艰难与险恶。他们中的一部分没有妥协。他们明白要付出什么代价，却没有屈服于代价。具体一点说，他们付出了代价。这是惊天地、泣鬼神的。

我也要讴歌母亲，但是，我绝对不能赞同朱梅馥女士的行为。你是傅聪的妈妈，你是傅敏的妈妈。即使满身污垢，你也要活下去。妈妈活着，只有一个理由，为了孩子，而不是为了丈夫的真理和正义。这是天理，无须证明。父可杀，不可辱；母不可辱，亦不可杀。

我的建议是，所有的父亲都要读《傅雷家书》，所有的母亲也要读《傅雷家书》，所有的儿子更要读《傅雷家书》，只有做女儿的可以不读——在你成为母亲之前。

（摘自《读者》2017 年第 9 期）

雪地里的迎春花

一路开花

一

母亲躲在一片茂盛的玉米地里，将欢腾着路过的我一把搂在怀里。我吓坏了，愣愣地看着她。她故作神秘地将一个沾满黄土的罐子递给我，眨着眼睛说：“虎子，给你爸送去，就说这水是你帮他从山里舀来的。”

我将陈旧的水罐抱在怀里，一只手迅速地向母亲摊开。她从口袋里摸索出两个硬币放到我掌心里，然后潜伏在绿叶深处，目送我离去。

很长一段时间我一直不明白，如此短暂的路途，母亲为何不亲自将水送到父亲手里？当然，我不曾当面问过母亲这样的问题。

炎炎的烈日下，父亲只要瞥见了我，便会不顾一切地放下手中的板锄，将我抱在怀里，一遍又一遍地问：“虎子又给爸爸送水来了？虎子今天去哪儿打的水?”

我仰着面，安躺在父亲怀里，镇定自若地把母亲先前所说的话复述给他听，看他展眉，用坚硬的胡茬扎我，咯咯地笑。这时，我相信母亲一定在暗处注视着我们，只是父亲从来都不知道。

后来，听隔壁邻居闲谈，才知道母亲不去地里劳作的原因。

生我的前一天，山野里飘起了鹅毛大雪。母亲为了省钱，提议就在村里生。父亲死活不答应，嫌不够卫生，怕沾染恶疾，于是将她抱上了门前的木板车。

山路多长啊，纷纷扬扬的雪花飘洒在破旧的棉被上。父亲一面走，一面用粗糙的大手帮母亲拂去雪花。

母亲在县医院顺利地生下了我。但从此，她再也不能下地干活了。这个在旁人眼中看似无关紧要的后遗症，对于父亲来说，却丝毫不亚于晴天霹雳。

从此，执拗的父亲再不让母亲干农活。他愧疚地以为，是自己当年的固执——硬带着母亲赶路，才让母亲落下今时的病症。

二

我十岁那年，父亲终于决定外出谋生。他说，村里的男人大都出去了，他也得出去挣点钱，以后让我进城念好学校。他说这些话的时候，母亲正倚在门上，用破旧的头巾兴高采烈地扑打着灰尘。

听着父亲的高谈阔论，母亲的动作变得越来越慢。她心里知道，父亲如果不出去，此生都是有遗憾的。父亲出去的目的，其实并不仅仅是为了我以后的前程，更多地是为了慰藉一个男人的梦想。村里几乎所有的男人都已经出去了，看过了外面精彩纷呈的世界，也为他们的家人带来了城市里的商品。唯独我的父亲没有。他整日守着我与母亲，还有那片宽广的黄土地。

母亲没有阻拦他，默默地进屋帮他收拾行囊。父亲和她说话，她也只是勉强地笑笑。她不想让父亲看出她的伤悲。

父亲走的那天，母亲没有出门送他。我以为母亲并不在乎父亲的走与留。殊不知，我却在午后的玩耍中，偶然看到了蹲坐在玉米地埂上的母亲。她独自默默流泪，身旁还有一罐昨日外出时打好的泉水。

面前的母亲和一个时辰前与父亲笑着告别的母亲，俨然判若两人。我捧着那个陈旧的水罐，站在灰蒙蒙的天际下，审视父亲劳作过的土地，泪如泉涌。

三

父亲回来的那天，隔壁邻居都过来看了。母亲死活不说话，直到父亲从兜里掏出一枚精致的黄色发卡展现在她眼前时，才咯咯地笑了。

我认识，那是一朵多么漂亮的迎春花啊！黄色的蕊，黄色的瓣，如同一只翩翩起舞的蝴蝶。父亲将它插入母亲的发际，用手指一按，咔嗒一声，它便定住了身形。母亲欢喜地进了厨房，只剩我和父亲在门前吵闹。

我能看出，母亲的心里是欢喜异常的。对于父亲，她从来没有过多的要求。从我记事起，她就隔三岔五地叮嘱我：“你爸这辈子为你吃了那么多苦，以后长大了，一定要好好孝顺他，知道吗?”

我的回答总是令她满意的。但后来想想，竟有许多不明之处。譬如，她从不曾要求我以后要好好地孝顺她。似乎在孝顺这件事上，她情愿让我将全部的爱转移到父亲身上。

没过几天，父亲又回到城里去了。这次，他要去很长时间，春节才回来。其间，他给家里写过两封无关痛痒的信。他说，自己在一家公司里帮忙搬运，货物虽不重，可都是高档货。因此，按提成来算，能赚很多钱，叫我和母亲不要担心，要照顾好自己。

那两封简短的信，不识字的母亲硬是让我念了许多遍。而她每听完一遍，都要在地埂旁坐上很长时间。

春节前，母亲收到了父亲的汇款。经过一夜的深思，母亲最终决定，带我坐上书记的车，去城里添置些东西，好给父亲一个惊喜。母亲买了一条男式羊毛围巾，两张年画，和一个很大的二手衣柜。母亲说，这种衣柜放在家里够气派，父亲很早以前就想要了。

衣柜有了，可搬运成了问题。母亲干不了重活，而我又尚年幼。因此，只得花一点工钱，去桥头雇个工人，帮忙把衣柜搬上书记回程的汽车。

桥头的工人可真多啊，躺的躺，坐的坐，密密麻麻的。前头的几个老练的小工一看到我和母亲，便迅速起身围了过来，不停地问："要不要工人？要不要工人？"

母亲不理会他们，慢慢地往里找。她想，可得找个壮实一些的。这样，不但不会把柜子磕坏，还只需付一个人的工钱。

寻思间，一个声音粗犷的男人对着密集的小工打趣："嘿，是不是又来老板了？找我啊，我力气可大呢，庄稼人，不偷懒儿！"

母亲迅速拨开人群，朝发声的位置看去。不远处的空地上，赫然坐着一个头发蓬乱、衣衫褴褛的男人。我看不清那张黑黝黝的脸，只是他手臂上特有的疤痕让我辨认出，他便是我的父亲。他在见到我与母亲的一瞬间，惊慌失措地捂着肚子往里跑，似乎是急着上厕所。

母亲没有叫他，只目不转睛地看着那个熟悉的背影渐渐消失在视野里。母亲想，如果她在此刻硬拉住父亲，询问他信中所说内容的话，一定会深深伤害父亲的尊严。于是，她坚强地扭转头，随便指了一个在旁的男人，然后拉着我飞似的向前奔去。

我气喘吁吁地抬头，想要母亲慢些，却看到簌簌滴落的热泪打湿了那条新买的羊毛围巾。

四

父亲出事的那天，母亲正在门前扫雪时，一个神色惊慌的男人从马车上跳下来说："不好啦，不好啦，虎子他爹出事了!"

母亲跟着那个矮小的男人上了马车。

村里有人说，父亲是在搬运家具的时候出事的。楼梯上的水结了冰，太滑，父亲一时没有站稳，摔了下去。那张一百多斤重的八仙桌，便毫不留情地砸向了他的身体。此后我整夜整夜睡不着觉，想着父亲摔下楼梯的情景。

父亲终于还是没能被救活。抬棺那天，母亲盘起了头发，然后将那朵柔黄的迎春花缓缓地插入了发际。我没有哭，母亲亦没有。

亲朋散去之后，我和母亲默默地收拾家里的残局。洗碗时，她捋着蓬乱的头发惊呼："我的发卡呢？我的发卡呢？"

当夜，母亲硬拉着我，在漫天的大雪中，寻找父亲送她的那枚黄色发卡。我从来没有见她如此疯狂过。印象中，她一直都是那么安详、内敛而又矜持，从不善于表达心中的情感。

大雪呼啸着席卷了山野。我和母亲趴跪在冰冷刺骨的雪地上，一步一步顺着掩埋父亲的方向找寻而去。

母亲的发卡真的丢了。我当时极为不悦，不明白母亲为何如此看重一个普通的发卡。父亲早亡，她不曾哭泣，却在惨白的雪夜里，为一枚发卡哭得没了声息。

时光荏苒，我终于渐渐明白，当年的那枚发卡已不仅仅是一个简单的饰物，它是一种念想，亦是母亲对苦难的父亲唯一可寻的情感寄托。

当雪花再度悄然覆盖了村庄时，我已不觉寒冷。因为我知道，在这个白雪皑皑的世界里，一定有一枚温热的发卡，在寒冬的深处默默地守护着一朵柔黄的迎春花。

（摘自《读者》2010 年第 4 期）

一个人，在路上

当年明月

徐弘祖出生的时候，是万历十五年（1587年）。

在这个特定的时间出生，真是缘分，但外面的世界，跟徐弘祖并没有多大关系。他的老家在江阴，山清水秀。

当然，清净归清净，在那个年头，要想出人头地、青史留名，只有一条路——考试。徐弘祖不想考试，不想出人头地，也不想青史留名，他只想玩。

按史籍说的，他从小就好玩，且玩得比较狠，比较特别。他不扔沙包，不滚铁环，只是四处瞎转悠，遇到山就爬，遇到河就下。人小，胆子却大。

刚开始，他旅游的范围主要是江浙一带，比如紫金山、太湖、普陀山等，后来愈发勇猛，又去了雁荡山、九华山、黄山、武夷山、庐山等。

但是这里存在一个问题——钱。

旅行家是要花钱的，大致包括以下费用：交通费、住宿费、导游费、餐饮费、门票费，如果地方不地道，还有个挨宰费。

徐家是有钱的，只是有点儿钱，没有很多钱，大约也就是个中产阶级。按今天的标准，一年去旅游一次，也就够了，但徐弘祖的旅行日程是：一年休息一次。

从俗世的角度来看，徐弘祖是个怪人，这人不考功名，不求做官，不成家立业，按很多人的说法，前程是毁了。

我知道，很多人还会说，这种生活荒谬，不符合常规，不正常，这种人脑筋缺根弦，精神有问题。

我认为，说这些话的人，是吃饱了撑的。人只活一辈子，如何生活是自己的事，自己这辈子浑浑噩噩的，没活好，还厚着脸皮来指责别人。

徐弘祖旅行的唯一阻力是他的母亲。他的父亲去世较早，剩下他的母亲无人照料。圣人曾经教导我们：父母在，不远游。所以在出发前，徐弘祖总是很犹豫。然而他的母亲找到他，对他说了这样一番话："男儿志在四方，当往天地间一展胸怀!"

就这样，徐弘祖开始了他的伟大旅程。

他二十岁离家，穿着布衣，没有政府支持，没有朋友帮助，独自一人游历天下二十余年。他去过的地方，包括湖广、四川、辽东、西北，简单地说，全国两京十三省，全部走遍。

他爬过的山，包括泰山、华山、衡山、嵩山、终南山、峨眉山。简单地说，你听过的他都去过，你没听过的他也去过。

此外，黄河、长江、洞庭湖、鄱阳湖、金沙江、汉江，几乎所有的江河湖泊，他全部游历过。

在游历的过程中，他曾三次遭遇强盗，被劫去财物，身负刀伤；还由于走进大山，无法找到出路，数次断粮，几乎饿死。最悬的一次，是在西南。

当时，他前往云贵一带，结果走到半路，突然发现交通中断，住处被土著围住。过了几天，外面又来了明军，双方开战。徐弘祖好歹是见过世面的，跑得快，总算顺利脱身。

在旅行的过程中，他开始记笔记。每天的经历，他都详细记录下来。鉴于他本人除姓名外，还有个号，叫作霞客，所以后来他的这本笔记就被称为《徐霞客游记》。

崇祯九年（1636 年），近五十岁的徐弘祖决定再次出游。这也是他最后一次出游。

正当他考虑出游方向的时候，一个和尚找到了他。

这个和尚的法号叫作静闻，家住南京。他十分虔诚，非常崇敬鸡足山迦叶殿的菩萨，还曾刺破手指，用血写过一本《法华经》。

鸡足山在云南。当时云南的鸡足山，算是蛮荒之地，啥也不通，要去，只能走着去。

很明显，静闻是个明白人，他知道自己要是一个人去，估计到半路就歇了，所以必须找一个同伴。

徐弘祖的名气在当时已经很大了，所以静闻专门找上门来，要跟他一起走。对徐弘祖而言，去哪里倒是无所谓的事，就答应了他，于是两个人一起出发了。

他们的路线是这样的：先从南直隶出发，过湖广，到广西，进入四川，最后到达云贵。

还没到达云贵，在湖广就出事了。

走到湖广湘江（今湖南），没法走了，两人坐船准备渡江。

渡到一半，遇上了强盗。

对徐弘祖而言，从事这种职业的人，他已经遇到好几次了，但静闻大师应该是第一次。这次遭遇的具体细节不太清楚，反正徐弘祖赶跑了强盗，静闻却在这次遭遇中受了伤，加上他的体质较弱，刚撑到广西，就圆寂了。

徐弘祖停了下来，料理静闻的后事。

由于路遇强盗，此时徐弘祖的路费已经不足了，如果继续往前走，后果难以预料。

所以当地人劝他，让他放弃前进的念头，回家。

徐弘祖跟静闻素不相识，说到底，也就是个伴儿，各有各的想法。静闻没打算写游记，徐弘祖也没打算去礼佛，实在没有什么交情。而且我还查过，徐弘祖此前去过鸡足山，这次旅行对他而言，并没有太大的意义。

然而他决定继续前进，去鸡足山。

当地人问他："为什么要去?"

徐弘祖答："我答应了他，要带他去鸡足山。"

"可是，他已经去世了。"

"我带着他的骨灰去。答应他的事情，我要帮他做到。"

徐弘祖出发了，为了一个逝者的愿望，为了实现自己的承诺，虽然这个逝者，他并不熟悉。旅程很艰苦，没有路费的徐弘祖背着静闻的骨灰，没有任何资助，只能住在荒野，靠野菜干粮充饥。为了能够继续前行，他还当掉了自己所能当掉的东西，只是为了一个承诺。就这样，他按照原定路线，带着静闻的骨灰，翻越了广西十万大山，然后进入四川，越过峨眉山，沿着岷江，到达甘孜松潘；又渡过金沙江、澜沧江，经过丽江、西双版纳，到达鸡足山。

在迦叶殿里，他解开了背上的包裹，拿出了静闻的骨灰。

到了，我们到了。

他郑重地把骨灰埋在了迦叶殿里。在这里，他兑现了承诺。

然后，他应该回家了。

但他没有。

从某个角度讲，这是上天对他的恩赐，因为这将是他的最后一次旅途，能走多远，就走多远吧。

他离开鸡足山，又继续前行，行进半年，翻越了昆仑山；又行进半年，进入藏区，在那里游历几个月后，踏上归途。回去没多久，就病了，估计是长年劳累所致。

他终究病倒了，没能再次出行。崇祯十四年（1641 年），徐弘祖病重逝世，享年五十四岁。

他所留下的笔记，据说总共有两百多万字，可惜没有全部保留下来，留存的有几十万字，被后人编成《徐霞客游记》。

在这本书里，他记载了祖国山川的详细情况，涉及地理、水利、地貌等。这本书被誉为 17 世纪最伟大的地理学著作，被翻译成几十种语言，流传世界。

其实讲述这人的故事，我只想探讨一个问题：他为何要这样做？没有资助，不被承认（至少生前没有），没有利益，没有前途，放弃一切，用一生的时间，难道只是为了游历？

究竟为了什么？我很疑惑，很不解，于是我想起另一个故事。新西兰登山家希拉里，在登上珠穆朗玛峰后，经常被记者问到一个问题：你为什么要登山？他总不回答，但是记者总问，终于有一次，他给出了一个让所有人都无法再问的答案：因为它（指珠峰）在那里！

其实这个世上有很多事本不需要理由。

我想说的是：按照自己的方式去度过人生。

（摘自《读者》2010 年第 19 期，有删节）

锦　袍

亦　舒

一

林舜芳十六岁那年跟外婆去算命。一间普通公寓，打扫得一尘不染，就在闹市中，“能知过去未来”的半仙是位外表寻常的中年妇女。

问清楚生辰八字后，半仙取出一只小算盘拨弄了一会儿，得到一个数字。她取出一本线装书，说：“嗯，第一四七条。”

外婆问：“这是我外孙女的命运?”半仙答：“是。”

只见一古装女子身披一件异常华丽的锦袍，站在一条河边，凝视对岸，神情寂寥。外婆有三分喜悦：“这表示我外孙女命好吗？你看图中袍子是何等华贵。”那女士笑笑：“可是你看，袍子上有破洞。”外婆看仔细了，“哎呀”一声。果然，图中锦袍前前后后破了三个大洞。

外婆明白了："她父母丢下她不理，的确是她生命中一大遗憾。"这时舜芳反而笑了："有外婆这样疼我，这有什么关系？"那位女士一听此言，颔首道："小妹妹如此乐观，生活中便没有难题，所以有锦袍可穿。"外婆忧心忡忡地问下去："其余的破洞，又代表什么？""天机不可泄露。"

老人想知道外孙女的命运，好放下一桩心事。舜芳深深感动，她认为外婆给她的爱，便是她一生中的那件锦袍。

考大学那年，外婆急得团团转："写信给你母亲，叫她支持你。"舜芳笑："外婆，我视奖学金如囊中之物，唾手可得。"

一点也不夸张，舜芳成绩优秀，是联考状元，不知多少家长不惜金钱，追着请她替子女补习。外婆满意了。"你母亲放弃你是她所做的最不智之事。"

年轻人生活何等繁忙，她根本无暇自怨自艾。做事与做人，才是一生学问。一张文凭，进可攻，退可守，也算是锦袍加身了。

舜芳刚找到工作，外婆去世，一直在病榻旁维持镇定的她在办完大事后险些垮掉。上司爱默生对她分外照顾，不避人言。舜芳看清楚了形势。

如今，世上只剩下她一个人——外婆辞世，父母亲看样子余生也不打算与她相认。她需要有个可以商量的人。爱默生已有家室，他俩的感情不可能公开，但他提拔、栽培她不遗余力。一直到今日，舜芳都承认没有爱默生的话，她起码要多挨十年。

爱默生退休之际，舜芳饮泣。爱默生温和地说："记住，喜怒莫形于色。"他走了。

虽然舜芳表现得若无其事，可公司里还是议论纷纷，都知道她曾是那个英国人的女人。爱默生为她建立的交际网包括各国代办的外交人员，又设法找人担保，为她取得一本护照，舜芳得到的实在不少。

舜芳想起锦袍上的破洞来。多么贴切，多么逼真，多么传神。

舜芳还记得那个地址。她找回去，半仙打过算盘，说："第一四七条。"

翻开线装书，仍是那幅图画。女子身披锦袍，站在江边凝望对岸。此时看来，更不是好兆头。舜芳问：“这是什么意思?”那位女士模棱两可地答：“锦袍总比破衣好得多。”

“她在看什么?”“人生总有盼望。”“她会得到渴望的一切吗?”那位女士看着她微笑：“你得到的已经不少。”

舜芳静静离去。她不知道那位女士记不记得她。画仍是那幅图画，锦袍上的三个破洞十分触目。她的命运并未因努力而改变。

二

舜芳在事业上堪称一帆风顺。她又乐意照顾同学，尽可能揽在身边做亲信，其中当然也有无信之人，她却不介意，“好人总比坏人多”是她的口头禅。然后，有传言道：“听说林舜芳要结婚了。”

那人叫沈培生，美籍，相貌端正，相当讨人喜欢。

舜芳翌年就结了婚。她并没有停下来，从头到尾没有太多时间给沈培生以及家庭。已经太习惯靠自己，不重视别人的眼光与意见，遇事单独思考，把伴侣关在门外，舜芳的个人习惯牢不可改。

沈培生沉默了一年，终于告诉她：“舜芳，我们不如分手。”舜芳完全意外。

“你不满意现状？”“这根本不是婚姻生活。”舜芳的态度似与下属开会：“依你说，应做出何种改进？”“舜芳，放弃你目前的工作态度。”舜芳一愣，接着笑了，像是听到世上最不可思议的事一样。

“不行。”

沈培生颓然，取过外套，走出门去。第二天，舜芳飞到伦敦去见爱默生。过去有什么事，她总是与他商量，这次，她也想得到他的意见。

伦敦一贯爱下雨。她在一间酒馆等他。他推开玻璃大门进来时，她几乎不认得他。他胖了近十公斤，却还穿着从前的西装，襟上纽扣都扣不拢。舜芳有点失望。士别三日，他整个人已经潦倒。

爱默生看着舜芳：“你气色好极了。”舜芳苦笑：“我的婚姻遭遇滑铁卢。”“可是，”爱默生一如昔日那样了解她，“你才不在乎。”

舜芳自己反而吃了一惊：“是吗，我不稀罕？”爱默生笑了，不失他的机智聪明。

他们付账后到街上漫步，舜芳却已失去从前崇敬他的感觉。“舜芳，你已长大了。”

舜芳叫了计程车送他回去。这大概也是她最后一次见爱默生。

舜芳着手处理离婚手续。沈培生轻声说：“舜芳，各人退一步……”舜芳十分冷静地抬起头来：“我从不退步，我若动辄后退，便没有今天。”

“但，我是你的丈夫。”“当初你认识我之际，便知道我是这个样子。”

沈培生气馁，黯然退下。可是在处理财产时，舜芳又出乎意料地大方。

“房子一时卖不出去。”“不要紧，我搬出去，你仍住这里，男人居无定所会十分尴尬，我不想你不好看。”

这是一种对前任合伙人的义气，谁帮谁不要紧，何必翻脸不认人。

他们和平分手。同年，舜芳在公司拿到七位数的奖金，但是，她不知该与谁分享这个好消息。碰巧，沈培生约她出来。

沈培生说：“舜芳，我打算再婚。房子所欠款项，我打算……”舜芳打断他：“恭喜恭喜。”

“那百多万的款项我打算分期还你，家父愿意分担一部分，我……”舜芳再次截住他：“培生，当我送给你的礼物吧。”

“这怎么可以！舜芳，这于理不合。”

舜芳似笑非笑：“这不是争意气的时候，我知道你想要孩子，届时开支庞大，有套属于自己的房子，多舒服。”

回到家中，舜芳也不知自己为何出手如此阔绰。也许，她只想尽快与他结束关系。

那一个黄昏，她站在可以看到海景的露台上凝视对岸的灯光。其实所有人的人生都似一件千疮百孔的锦袍，而此刻她呆滞的神情一定像煞图画中的那个女子。

电话铃响了。美国总公司打来的，舜芳立刻忙起来。等她觉得累，又是好几年之后的事了。

三

沈培生已经有三个孩子，全是男孩，异常顽皮。听沈培生活灵活现地诉苦，舜芳会笑出泪来。

沈培生问："舜芳，你现在很有钱了吧？"舜芳点点头。"名气也很大了？"舜芳又点点头。"父母始终没有与你相认？"舜芳摇头。"那样，也不影响你功成名就。"舜芳微笑。"你比从前成熟多了，与你相处，真是愉快。"舜芳不语。

"听说，你与梁超明过从甚密。他这个人，据说是个光棍。"舜芳笑着说："某种程度上，我们都是江湖上的混混。""舜芳，你要小心。""多谢关心。"

太当心了，做人没有意思。放松一点，给人家利用一下，人家自然会拿东西来交换，彼此得益。一定要板着面孔等别人来真心奉献，就活该失望，世上哪有这种好事。

梁超明要创业，想利用舜芳的人脉。她若不肯帮他，他自然去求别人，哪里还留得住这个英俊狡黠的年轻人。你拿你所拥有的，去换你没有的，天公地道。这一点，舜芳很明白。

梁超明有意无意叫她投资之际，她微笑不言。舜芳看过那门生意的资料，内容无诈，可是，梁超明的聪明才智用来哄异性绰绰有余，拿来在商场打仗恐怕不够。好在牵涉的金额不太大，就当送件礼物给他好了，舜芳考虑了很久，答应参股百分之三十。

梁超明仿佛有点失望。舜芳的助手看不惯，舜芳说：“就当帮一个朋友。”“世上多的是朋友。”“他能使我笑。”助手叹道：“那我就无话可说了。”

生活中最要紧是快乐。可是，舜芳也知道，梁超明不是她锦袍上的花，而是第三个破洞。

她再一次去找那位半仙。门打开，室内陈设一样未变，可是主人换了样子，是个年轻男子。年轻人说：“她退休了，生意顶了给我做，一样灵。”

舜芳报出生辰八字，年轻人的电话铃响了。他跑去另一间房听电话，起身时把一本书碰到地上。舜芳的目光落到那本书上，咦，那不是她翻过两次的线装书吗？风吹过，书一页一页被掀动，舜芳看到内容，怔住了。

一页一页内容完全相同，全是女子身披穿孔锦袍站在江边凝望对岸。

舜芳忽然“嗤”一声笑出来。江湖伎俩，一本书用一张图就好骗钱。她猜想这种书有两本，一本画男人，另一本画女人，分别给男宾及女客欣赏。

她长长吁出一口气，开门离去。看样子谁也不能为她指点迷津，而生活总得靠自己，不然的话，袍子上绝对不止三个大洞。

回到公司，她站在落地窗前，凝望对岸。半晌，她请助手进来。

舜芳抬起头：“请取消梁超明的投资个案。”助手听了，松一口气。

“你一直不赞成吧？”

“从来没有同意过。”

舜芳笑笑：“原来，袍子上的洞，可以弥补。”

（摘自《读者》2017 年第 3 期）

飘峰山上的红霞

王剑冰

一

我仔细地盯着板仓杨开慧旧居墙上的那个缝隙——杨开慧的手稿就是在这个缝隙中被发现的。只是发现得太晚了。1982 年被整修这座房子的工人发现时，手稿有 12 页之多。还有一些手稿在另一处的挑梁下被发现，那时已到了 1990 年。假如发现得早一些，也许毛泽东还能看到，那或许是杨开慧将它们塞入墙缝时的一种心愿。

看着那娟秀的字迹，会让人渐渐地看到一个女人温软的内心，以及那彻夜滴落的泪水。那种深深的痛和深深的爱交织在一起，构成了这一行行触目惊心的文字。这文字多少年都没有逝去，坚毅地表明一个女人、一个爱人、一个母亲的意愿。它丝毫没有折损杨开慧的形象，反而让人感觉到一个更真实、更可爱、更可敬的杨开慧。

杨开慧有一个乳名，叫霞姑，那是因为她出生时附近的飘峰山上出现了一道红霞。霞姑这名字实在是好。

介绍杨开慧的文字中有这样一句："她幼小时候孱弱病怏，且性情自孤，又胆小。"这么一个病弱胆小的女子，如何跟随毛泽东走南闯北、同甘共苦，又如何在大革命失败后紧护着三个儿子东躲西藏，而终落入敌掌？在解说词中，有一句"不畏敌人的严刑拷打"，"严刑拷打"四个字让我们能够想象出她经受了怎样的酷烈刑罚。

"我深爱父亲，我尊敬我的母亲。"开慧的父亲杨昌济病逝得早。1919 年 12 月，父亲在北京住院期间，杨开慧一直陪伴在父亲身旁，为父亲喂药，念书读报。是父亲把许多知识和进步思想传授给了她，也是由于父亲，杨开慧认识了毛泽东。而母亲给了杨开慧更多的关爱和照顾。当杨开慧和毛泽东在长沙的清水塘生下岸英和岸青时，母亲就离开家乡，住在他们隔壁，同他们一起生活。毛泽东到上海工作时，母亲又随杨开慧去照料岸英和岸青。毛泽东去广州后，1925 年的冬天，母亲又同杨开慧一起带着孩子到了广东。

母亲同样给杨开慧的人生以深远的影响。还是在辛亥革命前夕，年过 40 的母亲不怕"妇女上学有伤风化"的闲言碎语，带着年幼的开慧进入离家 20 多里的女校求学。杨开慧牺牲后，母亲坚强地把她的孩子照料长大。母亲坚强地面对了失去不止她一个亲人的悲痛，活到 1962 年离世。

二

杨开慧就是在这样的影响下一点点开慧起来的。我看到杨开慧 12 岁时写给女友的诗："高谊薄云霞，温和德行嘉；所贻娇丽菊，今尚独开花。"

走进板仓杨开慧的旧居，偌大的院子和众多的房屋，能够感觉到这是一个还算富足的家庭。父亲在外工作，也置办了房产家业，开慧的生活应该是无忧无虑的，离“饥寒交迫”四个字很远。她的手稿中却有这样一句话：“我同情下层生活的同胞，我嫉恨那些穿华服只顾自己快活的人。我热天和下层生活的人一样，穿大布衣。”杨开慧的同学许文萱在1967年写下的回忆录中说：“开慧生活很艰苦，穿得很朴素，一般都是粗布衣服。”一个玻璃展柜中，有杨开慧穿过的一件粗布衣服，领口已经磨损。我的目光停驻在“原物”二字上。

三

远在1913年春天，迎春花开的时候，杨开慧随父亲迁居长沙。就是在妙高峰下自己的家里，12岁的她第一次见到了在湖南省立第一师范求学的毛泽东。毛泽东喜欢爬山、洗冷水澡，以锻炼体魄。杨开慧喜欢毛泽东和蔡和森这些进步青年的思想和行为，她也跟随他们参加过这些锻炼。杨开慧的手稿里有这样的话：“要救国，就要锻炼强健的身体……我到了北京，那时是16岁的光景，我清早起来洗冷水澡，行体操。”

1918年，毛泽东去了北京，北大的伦理学教授杨昌济帮他在北大图书馆找到了一份工作。他自然要去拜会老师，自然又见到了杨开慧。这个时候的杨开慧已出落成一个秀雅美丽的少女。毛泽东爱上了她。

杨开慧1926年6月20日的手稿上这样写着：“自从听到他的许多事，看见了他的许多文章，我就爱上了他……我虽然爱他，我却绝不表示。”墙壁上有一首毛泽东赠予杨开慧的情诗：“堆来枕上愁何状，江海翻波浪。夜长天色总难明，寂寞披衣起坐数寒星。晓来百念都灰烬，剩有离人影。一钩残月向西流，对此不抛眼泪也无由。”杨开慧的手稿中写道：“我认定爱的权柄操在自然的手里，我绝不妄去希求。一直到他有许多的信给我，表示他的爱意，我还不敢相信我有这样的幸运。自从我完全了解了他对我的真意，从此我有一个心意是，我觉得我为母亲而生之外，是为他而生的。我想象着假如有一天他死去了，我母亲也不在了，我一定要跟着他去死。假如他被人捉着去杀，我一定要同他去共这一个运命!”

在长沙的清水塘，有杨开慧和毛泽东居住时间最长的寓所。杨开慧克服怀有身孕和照顾幼子的各种困难，生活上给予毛泽东无微不至的关怀，工作上同样给予竭尽全力的支持。寒冷的冬天，杨开慧常常用一只烘笼为毛泽东取暖，陪伴毛泽东撰写文章。

在旧居和纪念馆里，解说员都表明了一个遗憾：有毛泽东和家人的照片，有杨开慧和家人与孩子的照片，却没有一张毛泽东和杨开慧的合影。

1927 年毛泽东深入湘潭等五个县作农民运动考察，这个时候杨开慧又有了身孕。为了支持毛泽东，她不顾惜自己的身体，夜以继日地帮助整理农民运动的考察资料。这个考察报告后来被印成了小册子。

四

1927 年大革命失败之后，杨开慧陪同心情苍凉的毛泽东登上了黄鹤楼。面对滚滚东逝的长江水，毛泽东心潮起伏，回去后写下了《菩萨蛮·黄鹤楼》：“茫茫九派流中国，沉沉一线穿南北。烟雨莽苍苍，龟蛇锁大江。黄鹤知何去？剩有游人处。把酒酹滔滔，心潮逐浪高!”也就是在那年，毛泽东与杨开慧分别，开始了艰苦卓绝的革命斗争。先是秋收起义，而后上井冈山。

杨开慧长时间得不到毛泽东的消息，曾经在 1928 年 10 月写下了一首《偶感》，以寄托自己对毛泽东深深的思念之情：“天阴起朔风，浓寒入肌骨。念兹远行人，平波突起伏。足疾已否痊？寒衣是否备？……心怀长郁郁，何日复重逢。”

我还看见杨开慧的手稿里这样写道：“今天是他的生日，我格外不能忘记他。我暗中行事，使家人买了一点菜，晚上又下了几碗面。妈妈也记着这个日子。”“听说他病了，并且是积劳的缘故。这真不是一个小问题，没有我在旁边，他不会注意的。”

由此可以想见，杨开慧的手稿是蘸着浓重的感情和思念一点点写下的。不知道她为什么要写下这些——是想有一天寄给毛泽东，还是想着万一自己遭遇了什么变故，这些回忆便可作为自己心灵轨迹的一份见证?

杨开慧在 1929 年 3 月给她的堂弟杨开明的信中曾这样说：“我好像已经看到了死神——唉！它那冷酷严肃的面孔。说到死，本来，我并不惧怕！——只是我的母亲和我的小孩啊！我有点可怜他们！而且这个情绪缠绕得我非常厉害——我决定把他们——小孩们托付你们……必须得你们各方面的爱护，方能在春天里自然地生长，而不致受那狂风骤雨的侵袭!”

从这封信里可以看出杨开慧不安的心绪，她似乎已经感觉到危险的来临，甚至死神的迫近。而这个时候她所想的不是自己，而是她的亲人——母亲和孩子，尤其是孩子们。这些孩子着实拖累了她。三个孩子太小了，一个一个地绊住了她的手脚，成了她的心病。这也许是杨开慧不能随毛泽东一同前行，不能去找毛泽东的缘由。

在她被捕入狱之前写的手稿里，我看到了这样一段话：“又是一晚没有入睡，我不能忍了，我要跑到他那里去。小孩，可怜的小孩，又把我拖住了。我的心挑了一个重担，一头是他，一头是小孩，谁都解不开。”“只要他是好好的，属我不属我倒在其次，天保佑他罢。”

这时的杨开慧，实在是焦虑万分，可以说她思念毛泽东到了极点，她真的想要风雨兼程，去寻那个她最爱的人。她曾经陪伴他七年时光，她依然可以再陪伴他无数个七年。然而，正是由于这些孩子，她和毛泽东远隔千山万水，终不得相见。1930 年 10 月，躲藏在家中的杨开慧不幸被捕，受尽折磨，不到一个月后，29 岁的她在长沙浏阳门外的十字岭就义。就义时她留下了“死不足惜。我死后希望家里人不做俗人之举，只愿润之革命早日成功”的遗言。

五

杨开慧的手稿是用两种纸写成的，其中一种尤为普通。杨开慧的好友李淑一回忆，当时杨开慧在板仓的生活十分艰苦，连写信的纸都没有了。

杨开慧并不是一直住在板仓自己的家里，她始终在躲藏，即使住在家里时也做好了应变的准备。她将秘密的文件藏入了一个带有喜字的青花瓷坛，埋入地下，直到 20 世纪 50 年代，才被当地的群众在挖菜地时发现。杨开慧的手稿也是包裹以后塞进了墙缝的。

1930 年 12 月，毛泽东在中央苏区惊闻杨开慧牺牲的噩耗，悲痛地写下："开慧之死，百身莫赎。"而后，托人辗转给杨家带去了 30 块银圆。

1962 年，杨开慧的母亲去世，毛泽东在唁函中嘱咐："葬仪可以与杨开慧——我亲爱的夫人同穴。"再一次表达了对杨开慧的深切怀念。"我失骄杨君失柳"，"女子为革命而丧其元，焉得不骄?"

杨开慧就义那天是 1930 年 11 月 14 日，家乡的群众冒着生命危险，将她的遗体连夜运回板仓，安葬在青松环绕的棉花坡上。

我透过老旧的窗棂望出去，窗外是粗粗壮壮高扬而上的翠竹，密密匝匝地生长在板仓的四周。

雨不知何时停了，一缕霞光从云缝中突泄而出，照在那些翠竹上，那翠竹便带有了一种红色的光影。

厚重的大门打开了，我对着那个门拍照，一个女子从门里走出来，站立在漫漫霞光中，恍惚间，我猛然听到了那个名字——霞姑。

（摘自《读者》2010 年第 24 期）

沧海一声笑

牛皮明明

一

自 20 世纪 90 年代起，港台武侠小说整体退热，更具娱乐性的武侠电影开始受欢迎。

改编影视最大的赢家是金庸，影视作品超过百部，仅《射雕英雄传》就被改编成 10 版电视剧、5 版电影。

《笑傲江湖》的版权卖给央视时，金庸只收 1 块钱，等于赠送。到《射雕英雄传》，金庸不再赠送，按市价卖 80 万元。但电视剧拍完后，他发现还算忠实于原作，就自己拿出 10 万元，送给编剧和导演。

1992 年，李惠民导演的《新龙门客栈》上映，被誉为香港新派武侠的起点。

《新龙门客栈》在敦煌沙漠取景，高温40多摄氏度，风沙一刮，遮天蔽日，两米以内不辨人畜。监制徐克每次打开饭盒，来不及动筷子，沙子就盖了米饭一层。后来他只好把外套披在头上，捂在里头吃，经常吃得筷子插进鼻孔。

徐克人称“徐老怪”，脑子里常有怪点子，拍电影版《笑傲江湖》时，把东方不败由男人改编成女人。此后金庸每次见他，都咬牙切齿。徐克再去找他买版权，他摆手道：“朋友照做，合作免谈。”

在《笑傲江湖之东方不败》里，这个被改编成女人的东方不败，由38岁的林青霞饰演，她拍的头一个镜头是在水下。那是冬天，她直听见自己的膝盖关节咯吱作响。在水里，她完成了自己一生中最经典的镜头，一袭红袍从水中升起，长发散湿，昂着脸，三分之二侧面，曲线玲珑，英气逼人。

拍这个镜头前，她打了通宵麻将，在片场候了一整天。拍摄中，假发套被水下机器卷住，她弃头套，拼命挣出水面。最尴尬的一幕，却被拍出了风情万种的感觉。

《笑傲江湖》的主题曲叫《沧海一声笑》，普通话版由罗大佑、黄霑、徐克合唱。当时徐克找人写歌，都不满意，只好找来好友黄霑帮忙。

在香港，凡有人处，皆能唱“黄歌”，“黄歌”指黄霑写的歌。黄霑出生于广东顺德，小时候养番狗、住洋楼，后随父居香港，大学期间师从国学大师饶宗颐。尽管黄霑是写武侠歌曲的鬼才，但徐克要求刁钻，连写6稿，稿稿被毙。

黄霑被逼得发疯，翻古书《乐志》，忽悟“大乐必易”，反弹五音宫商角徵羽，顿觉雄浑壮阔，古风豪情如潮涌。灵感喷薄而出，旋律、歌词一挥而就：

沧海一声笑，滔滔两岸潮

浮沉随浪，只记今朝

苍天笑，纷纷世上潮

谁负谁胜出，天知晓

江山笑，烟雨遥

涛浪淘尽红尘俗世几多娇

清风笑，竟惹寂寥

豪情还剩了一襟晚照

完稿后，黄霑在曲谱上写道：“徐克，你要便要，不要请另聘高明。”

徐克收到，分外合意，为此曲命名《沧海一声笑》。

黄霑不仅写歌词，自己也登台唱歌，他做人爽快，唱歌也爽快。论嗓子，他不如那些歌星，只是有时粗粗吼上几声，大巧不工，苍凉豪迈，无人能及。每到情深处，隐约有呜咽之声，如长风入松，令几多英雄佳人痴醉。

2001 年，黄霑患肺癌，他不告诉任何人，唯独跟徐克说，我没有多长时间了，让你知道，免得你觉得突然。

黄霑豪情一生，来得漂亮，走得也漂亮。逝世前，他为自己的葬礼选好哀乐，嘱咐好友：“千山我独行，不必相送。”他的葬礼在香港大球场举行，两万多名香港市民、上百位名人前去送他最后一程。葬礼上最后放了一首歌，正是那首《沧海一声笑》。

后来徐克说：“我对黄霑的去世还是很平静的。只是，他的歌我都不再听了。”

二

2000 年，李安的《卧虎藏龙》上映，徐克惊呼，新的武侠电影时代到了。

在第 73 届奥斯卡颁奖典礼上，《卧虎藏龙》获得最佳外语片、最佳艺术指导、最佳摄影、最佳原创配乐 4 个奖项，成为历史上第一部获奥斯卡奖的华语电影。在北美，它取得惊人的 1.28 亿美元票房，这也是华语电影迄今在北美的最高票房纪录。

这让内地四大导演看得眼馋，接下来的 10 年里，他们第一次集体“宠幸”武侠片。张艺谋拍了《英雄》《十面埋伏》，冯小刚拍了《夜宴》，陈凯歌拍了《无极》，姜文拍了《让子弹飞》。

和港台的武侠片不同，内地的武侠片里，没有那种迁徙漂泊的传统，没有寻根的欲望。比如《英雄》里，张艺谋对于权力的辩护；《无极》里，陈凯歌对寓言的执迷；《让子弹飞》里，姜文对政治和历史的揶揄。

徐克在越南长大，爸妈是中国移民，成年后移居香港，接着又到美国去读书。他常说，我们仿佛被移民的诅咒俘虏，移过来移过去。内地四大导演，听他这话是无法感同身受的。他高估了时代，一部《卧虎藏龙》虽然让武侠片走上巅峰，但巅峰过后，就是漫长的大滑坡。

2003 年 4 月 1 日，香港下着蒙蒙细雨。傍晚时分，徐克在家洗了个澡，整理了一下手头的剧本，准备出门。

他手头的这个剧本，是专门给张国荣写的，两人谈过好几回。这天，他约了张国荣晚上 10 点谈戏。徐克一直觉得张国荣是拍武侠的好苗子，他极欣赏 1994 年《东邪西毒》里的张国荣，孤身面对广阔天地，登高望断天涯路，望不见一人携手，将那江湖的寂寞演绎得淋漓尽致。

晚上 7 点，徐克接到电话，里头说，张国荣跳楼了。

当时，张国荣就住在徐克家旁边。很多人都跑到现场去，徐克没去，独自坐在窗边发呆。朋友打来电话，问他怎么想，他说，我觉得他没有走，我觉得某一天还会在街上遇到他。朋友听他的声音，就像在听梦话。

还有两个星期，电影就要开镜，助理问徐克这个剧本怎么办。

徐克说，不拍了，我找不到一个人代替张国荣。

张国荣的葬礼，请徐克去念悼词。徐克怕思维会乱，提前写在纸上，在家里练习，每念一次都要竭力控制自己，沉默，哽咽，使劲吸一口雪茄，其实雪茄早就灭了。他在葬礼上念悼词，结果没人听懂他念了什么，他就说：

“张国荣的笑容欺骗了我们，我认为他是很开心的人，可是他心里的话一直没法说出来。”

21 世纪初的香港，是告别的时代。张彻因病去世，膝下无子，葬礼由众弟子帮忙操办。之前和他齐名的胡金铨，君子一生，死前无存款，墓地都靠同行吴宇森捐献。

据张彻的弟子们讲，张彻晚年，每次入睡前要拿绢布擦拐杖，极其认真，就像剑客擦自己的剑一般。

后来徐克在《七剑》中说道，剑，除了是一种武器，它还是一种身份、一种修养。

半个世纪以来，这些在香港搞武侠文化的宗师，没有一个是本地人。武侠虽是娱乐文化，但操持者全是古典文学修养深厚的文人。他们写武侠、拍武侠，看起来是在迎合潮流，但本质上，是在勾勒传统的样子，也是在表达乡愁。

港台的同胞、海外的华人，醉心于写刀剑如梦的中国故事。而内地文人，大多倾心于现实主义。

胡金铨、张彻之后，许多香港导演都拍武侠电影，但唯有徐克拍出了中国人心目中的武侠。

为表彰他对武侠文化做出的贡献，国际天文学联合会将一颗距离地球 35 亿千米的小行星定名为“徐克星”。

2004 年，周星驰的《功夫》里没有了天涯，只有市井。

周星驰出生在香港九龙的贫民区，从小母亲带着他看电影。那些少年意气的武侠片，是他灰色童年中唯一的色彩，等他成为导演后，终于朝花夕拾，把这些记忆像收集落叶一般聚拢，一把火点燃。

《功夫》不是创世纪，只是集大成。它是对过去大半个世纪香港武侠的致敬和缅怀。

那些一流高手，住在经常停水、如同难民营的猪笼城寨内。洪家铁线拳、十二路谭腿、五郎八卦棍，身怀这些绝技的是裁缝、脚力、“油炸鬼”。包租婆练狮吼功，包租公打太极拳。斧头帮穿西装打领结，衣冠禽兽。火云邪神穿着人字拖，深藏不露。两个卖唱的残疾人，操琴为刃。那些市井里的侠客，看得人心脏扑通直跳，卑贱处透风云际会，渺小里见天地真知。

谁都不曾想到，天大的道理，竟然从卖油条为生的小人物嘴里脱口而出：“能力越大，责任越大。”

三

在整个 2010 年后的华语影坛，港台武侠片只剩最后两抹回光返照。

2002 年，王家卫带着梁朝伟拜访叶问的后人叶准，筹拍《一代宗师》。直到 2007 年，电影还没有开机。梁朝伟对王家卫说：“你再不拍，我就老了，打不动了。”

王家卫一时感慨，从 2008 年开始了为时 3 年的走访。他踏访北京、天津、河北、内蒙古、东北三省、上海、浙江等地，拜访了咏春、八卦、八极、形意、通臂等门派的百余位民间功夫宗师。寻访过半，他自己也成了武术行家。

剧本打磨 7 年，电影拍摄 3 年，用光了富士已停产的彩色胶片的最后库存。

王家卫拍文艺片出身，这部武侠片拍出了晏几道诗词的味道，衣上酒痕诗里字，点点行行，总是凄凉意。

港台的文艺片导演，王、侯两高峰——香港王家卫，台湾侯孝贤。

2015 年，侯孝贤拍出了《刺客聂隐娘》。这是侯孝贤第一部在内地公映的电影，和王家卫一样，用文艺片的方式拍武侠片，但大众并不买账。

侯孝贤出生于广东梅州，四个月大时就随全家迁往台湾，本想客居几年，却由于政治原因，无法回归故里。少年时父母双亡，除了打架，就爱看电影。他把电影院墙上的铁丝网剪开，爬进去看电影。有时在地上拣撕掉的票根，拼起来混进去看。

当导演后，侯孝贤行事有古人之风，言谈总是点到为止，从不赘述。他见不得人受苦，随时都有一种路见不平拔刀相助的冲动。做任何事情，只要是痞子、混账欺负人，绝对不放过，敢说敢拼，挂在嘴边的口头禅是："不管，我不怕!"

和他接触过的人，都说他早该拍武侠片，因为他本人就极有侠义精神。

内地这头，眼看武侠文脉将断，一个叫徐皓峰的导演带来一部《师父》，开硬派武侠一脉，重武术技艺，没有飞天遁地、剑花怒放，只有硬桥硬马、刀刀见肉。

徐皓峰是北京人，但没有北京人能侃的绝技，人多时说话不利索。在电影学院读书时，他曾和黄磊一起演舞台剧，风度翩翩，被老师认作将来的"冷面小生"。

1997年，他从北京电影学院导演系毕业，去电视台拍纪录片，一个星期挣1万块，但总觉得若不为艺术创作的工作都是浪费时间。两年后，26岁的徐皓峰辞职回家，专心读书，在书斋一待就是8年。

书斋苦读，晨昏颠倒，他又烟瘾极大，牙齿变黄，身体发胖。再回学校，老师看他这副模样，捶胸顿足："你是在自己放弃自己啊!"

他也不辩解，这8年间，他和两个80多岁的老人相处：一位是道教宗师胡海牙，另一位是他的二姥爷，形意拳大师唐维禄、尚云祥、薛颠的弟子李仲轩，武林人称"二先生"。

他把二姥爷的口述武林史，写成一部《逝去的武林》。王家卫就是看了这本书，才请他做《一代宗师》的编剧。武侠圈外的人，这才听说他的名字。

徐皓峰心中的武侠，和港台那些"难民文人"心中的武侠不同。港台武侠从古典文化里找寻诗意，发挥对武林的想象，而徐皓峰靠的是他二姥爷的口述武林史。

比起胡金铨、张彻和徐克，徐皓峰更懂中国，更理解真实武林中中国人的样子。

在他看来，所谓武侠精神，就是道德与勇气，是一个民族的脊梁。抽去了它，这个民族就成了一堆烂泥。

自武侠文化兴起，90 年过去了。今天的武侠情怀，没了黄霑笔下、嗓间那莽莽苍苍的大气古朴、呼之欲出的豪迈，只弥漫着伤感怀旧。

所谓沧海一声笑，更像沧海一声叹了。

2018 年 10 月，金庸去世。武侠最高的一座丰碑终究远去，只留给世人一些精神里的武侠基因片断，如星辰一般永恒。

（摘自《读者》2019 年第 16 期，有删节）

跟苏轼学怎样“拉史书”

马伯庸

编剧有一个基本功，叫作“拉片子”。打开一部电影，随看随停，从镜头运用到台词走位，一帧一段地悉心揣摩。拉透了片子，大师的用心便了然于胸。

同样的道理，想弄明白一段历史，也得把相关史书“拉”上几遍才行。可史书大多乏味枯燥，真是打死也读不进去。怎么办呢？幸好有一位先贤，为我们指了一条明路。

这人就是苏轼。别看苏轼天资聪颖、文采风流，其实他当初读史也是苦不堪言。那么，苏轼是如何克服这个困难的？这就要从一个叫王庠的年轻人说起了。

王庠是苏轼弟弟苏辙的女婿。他是个学霸级的人物，七岁就能写文章，水准不输成人。王庠曾发下宏愿：闭门读书，穷经史百家之学。

苏轼生怕这位侄女婿空有读书之心，却无读书之法，特意写信过去，谆谆教导，大意如下。

年轻人若想立志读书，每本书都要读上几遍。要知道，书籍就像大海，里面的内容实在太多，穷一人之精力，根本不可能尽数吸收，只要找到你想要的东西就行。所以每次读书，只带一个目标。比如，想研究古今兴亡治乱和圣贤在其中扮演的角色，就盯死这个目标去读，其他都不要去想。读第二遍时，再设定新的目标，如了解事迹、故实、典章等等。这办法虽然笨，但一旦学成，便受用无穷，比泛泛了解的人不知道高到哪里去了。

为什么史书读起来乏味？因为你没有目的，读的时候不知侧重何处，自然味如嚼蜡。当你有了方向，便可做到有的放矢，对资料有所取舍，专注一道，兴趣就来了。

这点我深有体会。我读《汉书》时，觉得里面最无聊的段落是《地理志》，各种地名堆砌，可读性极差，我从来都是绕着走。有一次，我要写王莽，谈及他乱改地名的事，忽然想到《汉书·地理志》里，班固细心地在每一个地名后头都加了一个“莽曰”，标明该地在王莽时期叫什么。我想解决这个疑问，便兴致盎然地去“拉”《地理志》，一条一条看过来，边看边笑。王莽实在太神经病了，无锡改有锡，亢父改顺父，简直可以当段子来看。从前我怎么没发现？上下两卷《地理志》读完，跟看笑话书差不多，轻松愉快。借着这个劲儿，我又去读了新莽以及东汉初年的人物传记，还有谭其骧的《新莽职方考》。

我相信苏轼“拉”《春秋》一定也是用这法子。一遍一遍地读，每次都专注于一事，要么是礼法，要么是史实，要么是孔子遣词用字的微言大义……所以他成了治《春秋》的大家。

就这个话题，郑板桥后来做过进一步阐发，说：“学问二字，须拆开看。学是学，问是问。今人有学而无问，虽读书万卷，只是一条钝汉耳。”

所谓的“问”，其实就是读书的目的。那么，苏轼读书的目的性强到什么程度呢？

曾经有一个眉州同乡少年才子唐庚，来拜访苏轼。

苏轼问他最近读什么书，唐庚说：“《晋书》。”然后咣咣咣讲了一通，苏轼突然没头没脑来了一句：“里面有什么好听的亭子名吗？”

唐庚哪能读这么细，答不出来。回去琢磨了半天，他才领悟到这是苏轼在教他读书之法。估计苏轼当年读《晋书》，其中有一遍是专门研究里面的建筑物名称的。

再好的办法，也得持之以恒，该下的苦功夫不能少。

苏轼被贬黄州之后，朱载上有一次去拜访他，苏轼半天没出来。朱载上问他干吗去了，苏轼说我做功课呢，每天得抄几段《汉书》。朱载上说：“别逗了，你一个学霸，还用得着这样？”苏轼特别严肃地回答：“可不能这么说，《汉书》我都抄三遍了。最初每一段事，我得写三个字作为标题索引，后来要两个字，现在只要一个字就够了。”朱载上拿过抄写本，苏轼说你随便挑个字吧，朱载上从标题里选了个字，苏轼顺着这个字一口气往下背了几百字。

朱载上回来跟自己的儿子感叹说：“东坡尚如此，中人之性可不勤读书邪？”

归根到底，天才都这么努力，我辈再不加油，就更没出路了。

（摘自《读者》2017 年第 16 期）

老来读书

周有光

85 岁那一年，我离开了办公室，不再参加社会活动，回到家里，以看书、写杂文为消遣。

我生于清光绪三十二年（1906 年），又经历北洋政府时期、国民党政府时期、1949 年后的新中国时期，友人戏称我“四朝元老”。这百余年间，遇到许多大风大浪，最大的风浪是抗日战争和“文化大革命”，颠沛流离 20 多年。

抗日战争时期，我在重庆，日本人的一枚炸弹在我身边爆炸，旁边的人死了，我竟没有受伤。“文化大革命”时期，我被下放到宁夏平罗“五七干校”，跟着大家宣誓“永不回家”，可是林彪死后，大家都回家了。

我一生中最大的幸运是无意中逃过了“反右运动”。1955 年 10 月，我到北京参加全国文字改革会议，会后被留在文字改革委员会工作，放弃上海的经济学教学职业。过了几年之后，我才知道，“反右运动”在上海以经济学界为重点。上海经济学研究所所长，一位著名的马克思主义经济学家，自杀了。我最优秀的一位研究生也自杀了。经济学教授不进监牢的是极少数。20年后改正，他们中一半死去了，一半衰老了。我由于改了行，不再翻我过去的经济学旧账，逃过了一大劫难。“在劫不在数!”

常听老年人说：“我老了，活一天少一天了。”我的想法不同。我说：“老不老我不管，我是活一天多一天。”我把81岁作为1岁，从头算起。我92岁的时候，一个小朋友送我贺年片，上面写着“祝贺12岁的老爷爷新春快乐!”

年轻时，我的健康状况不佳，得过肺结核，患过忧郁症。结婚的时候，算命先生说我只能活到35岁。现在早已超过两个35岁了。

从2003年冬天到2004年春天，我因重病住院。我的99岁生日是在医院里过的。医院的工作人员送我一个蛋糕，还有很大一盆花。人们听说这里有一位百岁老人，就在窗子外面偷偷地看我这个老龄品种，我变成医院里的观赏动物。佛家说，和尚死去，叫作“圆寂”，意思是功德圆满了。可我功德圆满不了，病愈回家，我再过斗室读书生活，消磨未尽的尘世余年。

晚年读书，我主要读专业以外的有关文化和历史的书籍，想知道一点文化和历史的发展背景。首先想了解3个国家：中国、苏联和美国。了解自己的祖国最难，因为历代帝王歪曲历史、掩盖真相。考古不易，考今更难。苏联是新中国的原型，新中国成立以后，略作修正，未脱窠臼。苏联解体以后，公开档案，俄罗斯人初步认识了过去。美国是当今唯一的超级大国，由于戴高乐主义反美，共产主义反美，美国的面貌变得模糊不清。由此可知，了解真实的历史背景变得困难重重。可是旧纸堆里有时会发现遗篇真本，字里行间往往使人恍然大悟。我把部分读书笔记改写成短篇文章，供自己备忘，并与同好们切磋。

先知是自封的，预言是骗人的。如果事后不知道反思，那就是真正的愚蠢了。聪明是从反思中得来的。近来有些老年人说，他们年轻的时候天真盲从，年老的时候开始探索真理，这叫作“两头真”。“两头真”是过去一代知识分子的宝贵经历。

我家发生过一件趣事。著名的漫画家丁聪，抗日战争时期常来我家。我们一家都很喜欢他，叫他小丁。我那6岁的儿子十分崇拜他。一天，我在家中闲谈，说小丁有点“左倾幼稚病”。我的儿子向他告密：“我爸爸说你‘左倾幼稚病’！”弄得小丁和我都很不好意思。多年以后，我的儿子到了70岁的时候，对我说：“其实那时爸爸的‘左倾幼稚病’不亚于小丁。”

老来回想过去，才明白什么叫作“今是而昨非”；老来读书，才体会到什么叫作“温故而知新”。学，然后知不足；老，然后觉无知。这就是老来读书的快乐。

学而不思则盲，思而不学则聋。我患白内障后换了晶体，重见光明；我患耳聋后装上助听器，恢复了部分听觉。转暗为明，“发聋振聩”，只有科技能为老年人造福。

“朝闻道，夕死可矣”，这是最好的长寿滋补品。

（摘自《读者》2017年第7期，有删节）

卧游时代

蒋　曼

“卧游”，最早出现在魏晋时期。因道路艰难，交通不便，稍微远一点的风景只能口耳相传。于是，古人因地制宜，发明了新的旅游方式，即通过欣赏山水画来体悟山水，琢磨人生的意趣，探索哲学的况味。

南北朝时宋朝宗炳的《画山水序》明确提出“卧游”一说。宗炳，字少文，善书画，好山水。西涉荆巫，南登衡岳，因结宇衡山，以疾还江陵，叹曰：“老疾俱至，名山恐难遍睹，唯当澄怀观道，卧以游之。”于是，“凡所游历，皆图于壁，坐卧向之”。这是中国古人的卧游方式，以画来触发想象，宽慰心灵。

西方的卧游大师是18世纪的法国作家塞维尔·德·梅伊斯特。因为决斗被禁足，他干脆写了一本旅游书《我的卧室之旅》。他穿上粉红色和蓝色相间的睡衣裤，锁上门，径直走向沙发，勒令自己用一种完全陌生的眼光来打量生活。42天，他获得了与众不同的体验，并为“令人厌倦的日常生活”与

“奇妙的世界”重新划定了清晰的界限。那界限便是心灵的丰富与贫乏。

80年后，尼采从中获得新的感悟：有些人知道如何利用他们日常生活中平淡无奇的经验，使自己成为沃土，在这片沃土上，每年能结出三次果实；而其他一些人（为数众多）则只会逐命运之流。人分为两类：一种人可以化腐朽为神奇，另一种人则是化神奇为腐朽。绝大部分人是后者，前者为数寥寥。古往今来，大多如此。

今天，当旅游业蓬勃发展，行万里路比读万卷书容易。所有的节日，人们的位移都堪比非洲角马大迁徙。茶卡盐湖——这个以前人迹罕至的地方成为新晋网红旅游景点，慕名而去的游客活生生把天空之境踩成了烂泥滩。夏天，我的微信朋友圈至少有5个人晒出了一模一样的照片：一样的蓝天与湖水，一样的白云在画面中打个对折——完全不必亲自去了。去了，照片也是一样的，所有的体验不过是别人的重复而已。

前人的旅行不管是主动还是被迫，路线蜿蜒，兜兜转转，是生命的航线，伴随着见闻、顿悟和启迪。一个人身后长长的路，是以疲惫而坚韧的身体为笔，在天阔地广中书写传奇。今天，我们倒不必身兼重任，旅行不过是放松心情的游戏，游山玩水，走马观花，要的是一种畅快和惬意，甚至连好奇心都被渐渐省略了，不过是一路吃、一路拍照而已。

现代卧游并不是逆潮流的反叛之举。放了假，窝在家里看别人堵在路上，也能神清气爽，荡胸生层云。从获取信息的角度来讲，即使在家里，我们的生活也远比古人的丰富。只要一根网线，你和世界就不会失去联系。

有人说，这是一个卧游的时代，出门不再有必要，可以用一种文化的方式来探寻更富有品质的室内生活。其实，对今天的多数人来说，这已无须大费周折。

我们的室内不再是徒有四壁，皓首穷经只需要一部手机，从微博到微信公众号、购物网站、健身App，再到各种小视频，只有你想不到的，没有你看不到的。从中获得的只有身心的愉悦，少了旅途的疲惫和劳累。卧游省略了一切繁文缛节，直抵目的地。

不必登泰山的阶梯，也不用裹着棉大衣睡在山顶，就能看日出；不必跟着渔船出海，被风浪摇得晕头晕脑，就能看一船活蹦乱跳的鱼儿。靠着各路主播的勤奋与努力，我们甚至可以在白天看到黑夜变幻莫测的极光。

从前，我们对旅游目的地一无所知，巨大的未知激发了人的好奇心和冒险欲。现在是身未动，心先去。依靠着发达的信息网络，我们对即将抵达的地方了如指掌：天气、地理特征、景点特色、历史典故、换乘的地铁站、地道的美食，以及可以停留的时间和地点。如果遇到完美主义者，比如我的一位朋友，为了保证自由行中严丝合缝地成功对接，每次出行前，都会提前静对地图，在心里屏息默念，完整地走一圈，不然心里不踏实。我的疑惑是：既然都靠着详细的信息如此完美地走了一转，这样的出游是抵达他乡还是重游旧地呢？那种初到异地的新鲜感已荡然无存，成了身不由己的打卡族。是时候冷静地审视我们对生活的感知了！

一定要在一个崭新而陌生的世界里，才能放松自己吗？能把我们从日常的厌倦中解救出来的，只有诗和远方？

英伦才子阿兰·德波顿在《旅行的艺术》中说："我们从旅行中获取的乐趣，或许更多地取决于我们旅行时的心境，而不是我们旅行的目的地本身。"如果我们可以将一种游山玩水的心境带入我们的居所，那么我们或许会发现，这些地方的有趣程度不亚于德国博物学家洪堡的南美之旅中所经过的高山和蝴蝶曼舞的丛林。

只要内心敏感且丰富，即使是在司空见惯的日常生活中，也能拥有让人耳目一新的喜悦。换一种方式，把人从不断重复的烦琐中拯救出来的，不是他乡异地，而是自己发现鲜活与快乐的能力，不管是囿于一室，还是周游列国。

（摘自《读者》2019 年第 17 期）

一个墨点，染黑了一生

清风慕竹

隋朝经学家刘炫是一个奇人，他自幼聪明机巧，智商之高令人惊叹。俗话说一心不可二用，一个人能做到左手画方、右手画圆就相当不错了，可史书上记载刘炫却能一心五用："左画方，右画圆，口诵，目数，耳听，五事同举，无有遗失。"他读书一目十行，过目不忘，天生是一块读书的好材料。照说以他的能力，出将入相都不是什么问题，可事实上，他的一生却让人大跌眼镜。

刘炫因为才华出众，出道很早，并且直接被地方官举荐到中央做事。他先是发挥自己的特长，修过国史，订过律历，又先后在尚书、门下、内史三省工作，都是一些重要部门。然而奇怪的是，他却一直没能谋个一官半职。那时公务人员收入不高，他养家糊口都很费劲。生活窘迫，国家规定的税赋缴不起，以致地方官跑到他家去催讨。无奈之下，刘炫只好硬着头皮，找到自己的上司内史令诉苦，请求给他个官职，提高待遇。内史令很同情他，就亲自送他到吏部，说明情况。

吏部尚书韦世康工作很忙，没时间亲自考察，就让刘炫自己写个自荐信，说说自己都有什么学问。吏部尚书这一问，正好问到了刘炫最引以为傲的地方。他提起笔来，洋洋洒洒，把自己的能耐毫无保留地罗列了出来："《周礼》《礼记》《尚书》《公羊》《左传》《孝经》《论语》，孔、郑、王、何、服、杜等注，凡十三家，虽义有精粗，并堪讲授。《周易》《仪礼》《谷梁》，用功差少。史子文集，嘉言美事，咸诵于心。天文律历，究核微妙。至于公私文翰，未尝假手。"大意是说自己儒家经典无所不通，天文律历无所不晓，公文写作更是手到擒来。

刘炫话说得很大，但并非信口胡说。他与隋朝另一位大学问家刘焯是同窗好友，他们曾经先后师从多位大儒，不仅学习刻苦，而且专心致志，"闭户读书，十年不出"，生活艰苦，衣食无着，但他们却毫不在意，只以读书为乐，这奠定了他们坚实的学识基础。现代历史学家范文澜先生评价，隋代能称得上儒学大师的只有两个，即刘炫与刘焯。可见刘炫的表白并不单纯是自我吹嘘。

然而，吏部尚书韦世康却不喜欢刘炫自恃才高、目中无人的样子，随手将自荐信扔到一边。后来，在很多同僚的说情下，才勉强给刘炫一个"殿内将军"的职衔，可过了没多久，就因为一件事，再次将他免职。

鉴于前朝纷乱，南北分离，图籍大量流失，隋文帝颁布了奖励政策，在全国范围内收购古代遗留下来或已散佚的书籍：凡献书一卷，奖缣一匹。这一政策立刻调动了人们献书的积极性，捐献书籍者络绎不绝。一天，"殿内将军"刘炫也来献书了，书为《连山易》《鲁史记》，数量有百余卷。主管的官员查验后，发现果然没有收录，便收下了，当即发放了赏钱。刘炫因为此事，发了笔小财。可他还没来得及高兴，就被人检举揭发，说他的书都是伪造的。官府立即着手调查，发现果真如此。原来这些长达百卷的书，都是刘炫凭借自己的聪明才智撰写编辑的。刘炫用它来冒充古书，骗取政府的奖励。

这下可好，“殿内将军”的位子还没坐热，刘炫就被拿下，还差点丢了小命。后来虽然免于死罪，却也被开除出公务人员的队伍。

刘炫丢官之后回老家教了一段时间书，隋炀帝想起他的才学，又重新起用了他，让他负责修订律令等。熬了几年，刘炫升为太学博士，显现出光明的前途。在此期间，刘炫提出了很多建设性的意见。隋炀帝想远征高丽，群臣一片附和之声，而刘炫却上书《抚夷论》，指陈利弊，反对用武，但其言只如风过耳。结果三次征伐都以失败告终，弄得国库空虚、民不聊生，各种起义风起云涌。多年以后，人们想起刘炫当初的预见，不得不佩服他高远的见识。

刘炫的才学有目共睹，他也直言敢谏，隋炀帝准备重用他，提升他的官职。此时又有人提起他伪造书的事儿，结果官没升成，反倒以品行卑下而被辞退。此时，他的太学博士才当了一年多。

刘炫晚年十分感叹：当年一着不慎，终生难洗清白，空有满腹学问，不能得以施展。他的晚景更是凄凉，时值隋末战乱爆发，饥寒交迫中，一代大儒最后竟被冻饿而死。

所以，有学问，更要有修养，否则一个墨点就可能染黑一生！

（摘自《读者》2018 年第 4 期）

考生的悲哀

梁实秋

我是一个投考大学的学生，简称曰考生。

常言道，生，老，病，死，乃人生四件大事。就我个人而言，除了这四件大事之外，考大学也是一个很大的关键。

中学一毕业，我就觉得飘飘然，不知哪里是我的归宿。“上智与下愚不移。”我并不是谦逊，我非上智，考大学简直没有把握，但我也并不是狂傲，我亦非下愚，总不能不去投考。我惴惴然，在所能投考的地方全去报名了。

有人想安慰我：“你没有问题，准是一榜及第！”我只好说：“多谢吉言。”我心里说：“你先别将我捧得高，万一我一败涂地，可怎么办?”

有人想恫吓我：“听说今年考生特别多，一百个里也取不了一个。可真要早些打主意。”我有什么主意可打呢?

有人说风凉话：“考学校的事可真没有准，全凭运气。”这倒是正道着了我的心情。我正是要碰碰运气。也许有人相信，考场的事与父母的德行、祖上的阴功、坟地的风水都很有关系，我却不愿因为自己考学校而连累父母和祖坟，所以说我是很单纯地碰碰运气，试试我的流年。

话虽如此，我心里的忐忑不安是与日俱增的。临阵磨枪，没有用；不磨，更糟心。我看见所有的人的眼睛都在用奇异的目光盯着我，似乎都觉得我是一条大毛虫，不知是要变蝴蝶，还是要变灰蛾。我也不知道我要变成一样什么东西。我心里悬想：如果考取，是不是可以扬眉吐气？是不是有许多人要给我几张笑脸看？如果失败，是不是需要在地板上找个缝儿钻进去？常听长一辈的人说，不能念书就只好去做学徒，学徒是要给掌柜的捧夜壶的。因此，我一连多少天，净做梦，一梦就是夜壶。

我把铅笔修得溜尖，锥子似的。墨盒里加足了墨汁。自来水笔灌足了墨水，外加墨水一瓶。三角板、毛笔、橡皮……一应俱全。

一清早我到了考场，已经满坑满谷的都是我的难友，一个个的都是神头鬼脸、龇牙咧嘴的。

听人说过，从前科举场中，有人喊："有恩报恩，有仇报仇!"

我想到这里，就毛骨悚然。考场虽然是很明朗，似也不免有些阴森之气。万一有个鬼魂和我过不去呢?

试卷都发下来了。我一目十行，先把题目大略地扫看一遍。

还好，听说从前有学校考国文只有一道作文题目，全体交了白卷，因为题目没人懂，题目好像是"卞壶不苟时好论"，典出《晋书》。我这一回总算没有遇见"卞壶"，虽然"井儿""明儿"也难倒了我。有好几门功课，题目真多，好像是在做常识试验。考场里只听得沙沙响，像是蚕吃桑叶。我手眼并用，笔不停挥。

"啪"一声，旁边一位朋友的墨水壶摔了，溅了我一裤子蓝墨水。这一点也不稀奇，有必然性。考生没有不洒墨水的。有人的自来水笔干了，这也是必然的。有人站起来大声问："抄题不抄题?"这也是必然的。

考场大致是肃静的。监考的先生们不知是怎样选的，都是目光炯炯，东一位、西一位，好多道目光在考场上扫来扫去，有的立在台上高瞻远瞩，有的坐在空位子上作埋伏，有的巡回检阅，真是如临大敌。最有趣的是查对照片，一位先生给一个考生相面一次，有时候还需要仔细端详，验明正身而后已。

为什么要考这样多功课，我不懂。至少两天，至多三天，我一共考四个学校，前前后后一个整月耗在考试中间，考得我不死也得脱层皮。

但是我安然考完了，一不曾犯规，二不曾晕厥。现就等着发榜。

我沉住了气，准备面对最恶劣局势的来临。万一名落孙山，我不寻短见，明年再见。可是我也准备好，万一榜上有名，切不可像《儒林外史》里的范进，喜欢得痰迷心窍，挨屠户一记耳光才醒得过来。

榜？不是榜！那是犯人的判决书。

榜上如果没有我的名字，我从此在人面前要矮下半尺多。我在街上只能擦着边行走，我在家里只能低声下气地说话，我吃的饭只能从脊梁骨下去。不敢想。如果榜上有名，则除了怕嘴乐得闭不上之外当无其他危险。明天发榜，我这一夜没睡好，直做梦，净梦见范进。

天亮，报童在街上喊："买报瞧！买报瞧！"我连爬带滚地起来，买了一张报，打开一看，蚂蚁似的一片人名，我闭紧了嘴，怕心脏从口里跳出来。找来找去，找到了，我的名字赫然在焉！只听得，扑通一声，心像石头一般落了地。我和范进不一样，我没发疯，我也不觉得乐，我只觉得麻木空虚，我不由自主地从眼里迸出了两行热泪。

（摘自《读者》2011 年第 3 期）

茶余琐话

李国文

茶是好东西，在人的一生中，它或许是陪伴你到最后的朋友。

一般而言，抽烟是二三十岁时的潇洒，跷着二郎腿，吞云吐雾，快活似神仙；喝酒是四五十岁时的应酬，推杯换盏，酒浅情深，觥筹交错，你我不分；到了六七十岁，医生会谆谆劝你戒烟，家人会苦苦求你禁酒。到了与烟告别、与酒分手之际，百无聊赖、口干舌燥之时，恐怕只有茶能陪你度过夕阳西下的余生。

我在剧团待过，团里的那些老艺人，都是老北京人，也都是花茶爱好者。一上班，艺人们先到开水房排队沏茶。然后你就听吧，他们喝起茶来，发出吃面条一般的吸溜之声，此起彼伏，压倒了其他的声音。由于他们的茶叶消耗量大，花费不少，所以，他们都喝那种不是很贵的花茶。如果说开门七件事，柴米油盐酱醋茶，茶在末尾，对老艺人来讲，这最后一位的茶却排在第一位。

旧时，演员在台上有大段唱念，常常口干舌燥。于是趁着有大段过门儿或没有唱词念白的空当儿，由检场的递茶壶或茶碗。演员把袍袖一扬，稍做遮挡，啜两口热茶润润喉，接着再唱。这叫“饮场”。我在的那个剧团，说唱曲艺的，通常都携有一个大搪瓷茶缸，茶缸上挂着的茶锈，至少有好几微米厚，足以说明其茶龄之悠久。他们从做徒弟时就捧着这个茶缸，捧到当师傅，捧到退休养老，捧到赋闲晒太阳，看样子，一直要捧到生命的最后一刻，才会撒手。

人的一生，说起来，就是一个加和减的过程。先是加，加到一定年龄后，就开始减，减到一无所有为止，每个人都会经历这样一个渐渐淡出的过程。烟会离你而去，酒会离你而去，甚至亲人、朋友、同事都会离你而去，只有这一盏茶不会将你抛弃。

茶好，好在它不嚣张生事、不惹人讨厌，有平平和和、清清淡淡的风格，有温厚宜人、随遇而安、怡情悦性，而又矜持自爱的品德。在外国人的眼里，茶和中国是同义词，懂茶，也就懂了中国。

西洋人好喝咖啡，中国人爱喝茶。咖啡是在热带和亚热带阳光充足的肥沃土地里生长出来的，咖啡豆成熟以后，红得十分鲜艳，因为它凝聚了太多的阳光。而茶叶通常都种植在云雾迷漫、空气湿润的山间。茶树的每个叶片，云蒸霞蔚、雨露滋润，汇聚着大自然的精灵之气。如果说阳光是热量的总汇，那么精灵则是智慧的结晶。所以，喝咖啡的西方人和喝茶的中国人，在性格上，有冲动和内敛之分；在行为上，有意气用事和谨言慎行的不同；在待人接物上，西方人实际、率直，重在眼前，中国人礼貌、敦厚，意在将来。

茶之所以可贵，是因为它能成为我们每个人的终身之友。它那股冲淡的精神，也应该是我们每个人要禅悟的真谛。

一杯在手，在缕缕茶香中，你会暂时将日子的艰窘、工作中的不愉快、家庭的纠葛放在一边，仅仅体味这片刻的宁静与舒缓。

学会冲淡，这是茶带给我的启迪，虽然觉悟得晚了一点，但如果按古人所言“朝闻道，夕死可矣”的话，悟得晚比不悟终归要好一些。

一般来说，琴弦绷得太紧，就有断的危险；陡冷陡热，杯子就会爆裂。一个人，神经要是总处于紧张的状态，没准会生出毛病。

要学会饮中国茶，就要懂得饮茶的宽容放松之道。君不见茶馆里何其熙熙攘攘，又何其气氛融洽，高谈阔论与充耳不闻并存；狼吞虎咽与徐徐品味同在；伟大的空洞、渺小的充实，各有各的活法，各有各的满足。也只有这样的氛围，心才能静得下来，气方能平得下去，这就是只有茶才能起到的调和作用、稀释作用、淡化作用、消融作用。

如果是酒，火上浇油，双方非得剑拔弩张不可。因此，以茶代酒，饮者永远不会胡说八道；以茗佐餐，必然会是斯文客气。这世界上只有喝茶的人最潇洒、最从容，不斗气，不好胜。拥有一份与他人无干、只有自己领受的快乐，足矣。

茶，来自中国的饮品，清心明目，提神醒脑，常饮有益。尤其茶的那种冲淡清逸、平和凝重、味纯色雅、沁人心脾的品格，多多少少含有一点儿做人的道理。

多一点儿恬静，少一点儿狂躁；多一点儿宽余，少一点儿紧张；多一点儿平和，少一点儿乖戾；多一点儿善自珍摄，少一点儿干扰他人。也许，这就是多余的茶话了。

（摘自《读者》2019 年第 11 期）

张大千的“三戒”

梁力文

画　虎

张大千的二哥张善孖画老虎很有名气，早年张大千曾和二哥合作画虎，但经常是二哥画虎，他补景。其实，张大千也能画虎，但他很少画。一次，他酒后画的一幅《虎图》流落出去，从此不少商人登门出高价请他画虎。张大千后悔不迭，因为二哥以画虎享有盛誉，他原是为了二哥一直避讳画虎的。

其实，二哥也并未因此有什么不高兴，相反，对他的那幅《虎图》十分欣赏，还题了字。但是，张大千仍然不能原谅自己。他本来是很爱饮酒的，这次他下定决心“从今以后誓不饮酒，也誓不画虎”。果然，张大千从此跟饮酒和画虎绝了缘。

售　画

张大千一生都视收藏的古字画为珍宝，无论中国人还是外国人，给多少钱他也不卖。

但 1951 年，张大千却在香港做出了一个惊人的决定：出售五代南唐顾闳中的《韩熙载夜宴图》、五代南唐董源的《潇湘图》和元代方从义的《武夷放棹图》三幅无价国宝。而且，他不卖给外国人和香港古字画商人，只以最低的价格转让给他的一位朋友。其价格甚至低于香港市场一般古字画的售价，如《韩熙载夜宴图》只开价 2 万美元。张大千的这一举动使很多人感到震惊和迷惑。

《韩熙载夜宴图》是张大千于 1933 年以高价买下的，也是他所有藏画中最珍爱的，但他为什么舍得低价割爱呢？这个谜底直到张大千逝世后才被披露出来。原来，张大千是怕自己寓居海外，万一国宝流失，将成千古罪人，于是他决定将画留在大陆。他采取了一个特殊的方式，以最低的价格转让给一位朋友。

不久，在周恩来的指示下，当时任国家社会文化事业管理局局长的郑振铎赶赴香港，从张大千那位朋友手中原价购回了这三幅国宝。

戒　赌

20 世纪 20 年代，上海有个活跃人物，名叫江紫尘。此人在上海孟德兰路创立“诗社”，以“打诗谜”的方式聚赌抽头。张大千也常到这里赌博。

一天，张大千应江紫尘之请，将一名贵碑帖带去给众人观赏，那是他的曾祖父当作“传家宝”遗留下来的王羲之的《曹娥碑》。不料当晚他“入局”以后连续“败北”，转瞬间就欠了江紫尘 1000 多大洋的赌债。江紫尘假意劝他说："干脆用那碑帖来抵账吧。"冷静下来后，张大千对自己轻易舍弃祖先遗物的行为感到万分悔恨，发誓至死不进赌场，也不让家人玩麻将。他还严厉告诫儿孙："谁也不准进赌场，进了赌场就不是我张家的人！"

事情并没有就此完结。10年后，张大千的母亲在安徽病危之际，询问《曹娥碑》。张大千听说江紫尘早已将碑帖售出，不知落于谁手，急得成了热锅上的蚂蚁。恰遇叶恭绰与王秋斋来访，问及张太夫人的病情，张大千即以实情相告。这时，出现了一个戏剧性的场面——叶恭绰指着自己的鼻子说碑帖在他那里。

张大千立刻把王秋斋拉到屋角，央求他向叶恭绰转达三点请求：一、如能割让，愿付其购买原价；二、如不忍割爱，则愿意用自己所收藏的历代书画交换；三、如果这两种方式都不行，则乞求暂借两周，呈送老母观览后，再还回。

王秋斋把张大千的意思转告叶恭绰。叶恭绰听后说："这碑帖是大千祖传遗物，而太夫人又在病笃之中，意欲一睹为快，这也是人之常情。我愿意原璧返赠给大千，再不要说偿还原值或以物易物了！"张大千感激得不知说什么好，立刻上前叩首相谢。

（摘自《读者》2010年第13期）

在天堂喝下时间

毕淑敏

初到南极，你以为冰只有一种颜色，那就是纯白。看得多了，才发现南极冰的奥妙。冰川渗出幽蓝，如梦如幻。

天堂湾是三面为巨型冰山环伺的海湾，冰山像巨型蓝宝石，折射出七彩阳光，深邃神秘。

南极的冰，为何渗出如此妖娆的湛蓝?

橡皮艇在天堂湾漫无目的地游荡。专家手指着不远处道："布朗断崖属于南极大陆延伸出来的一部分。"他又指指另一侧，说，"从理论上讲，我们从那里一直向南走，突破无数冰山，便可直抵南极点。"执掌冲锋舟的探险队员，专门把船停到一片浮冰当中，我们如踏入水晶宫殿的围墙。我摘下手套，用指尖轻触了一下冰川尖锐的棱角，立时被冰得痛彻心扉。

专家说："请大家放下手机和相机，谁都不要说话，闭上眼睛，静静地、静静地，倾听南极的声音。"

我先是听到了呼吸声，自己的，别人的。然后听到了心跳声，自己的。在熟悉了这两种属于人类的声音并把它们暂且放到一边之后，我听到了南极独有的声响。洋面之下，目光看不见的地方，有企鹅滑动水波的流畅浊音。洋流“觥筹交错”，在相互摩擦时发出水乳交融般滑腻声。突然，我听到一声极短促、极细微的尖细呢喃声。

我以为是错觉。万籁俱静易让人产生幻听。我在无意中睁开眼，看到极地专家。他好像知晓我的疑问，肯定地点点头，以证明在此刻，确有极微弱的颤音依稀发出。

橡皮艇此刻正位于布朗断崖之下。布朗断崖高达 745 米，陡直壁立，几乎可说是直上直下。濒临天堂湾这一侧的岩石，有锈黄色和碧绿色的淋漓之痕，在黝黑底色的映衬下，甚为夺目。无数海鸟在岩峰盘旋飞舞。

“什么声音?”我忍不住轻声问，怕它稍纵即逝，我将永无答案。

“是刚刚孵化出来的蓝眼鸬鹚宝宝在呼唤父母，恳请喂食……”专家悄声解说。

我分不清正在喂雏鸟的是雄鸟还是雌鸟，只见它大张着喙，耐心等着雏鸟把嘴探入自己咽部，来啄食它口腔内已经半消化的食物。雏鸟偶尔在吞咽间隙撒娇鸣叫，以索求更多哺喂，恰被我们听到……人们渐渐从静默中醒来，神色庄重，似有万千感触，却不可言说。短暂的南极静默，会在今后漫长的岁月中，被人们反复咀嚼回味。

天堂，第一是安静。

人间太喧嚣了。我们已经忘却了露水凝结的声音，花蕊伸展腰肢的声音，清风吹皱春水的声音，蚯蚓翻地、促织寒鸣的声音……有的只是键盘噼啪、短信提示、公交报站、银行医院排号叫号，当然还有上司训导、同侪寒暄、不明就里的谣传、歇斯底里的哭泣与嘶喊……各种人工制造的声浪，无时无刻不在围剿撕扯着我们的耳鼓，让人心烦意乱，纸醉金迷。

（摘自《读者》2018 年第 18 期）

宋画之美

莫一奥

宋画，中国绘画史上的一座高峰。

在这些作品中，自然与艺术取得了完美的平衡。艺术史家高居翰曾赞叹宋画之美："他们使用奇异的技巧，已达到恰当的绘画效果，但是他们从不纯以奇技感人，而用一种古典的自制力掌控了整个表现，不容流于滥情。"

宋画大多尺幅不大，但这并不影响画家对于画笔的运用和意趣的表达。当我们把这些画放大，细细品味这些作品的局部时，一种崇敬之情油然而生。

一

宫廷画家马远，作品多是"高大上"的题材，比如参加皇帝宴会的《华灯侍宴图》，与文人墨客相聚的《江亭望雁图》……偶尔，他也画几张"农乐”题材的画，比如《踏歌图》。

画的主题是“踏歌”，人物占的比重也并不大，但他们在整幅画中却极为引人注目。也正是田埂上尺寸很小的带着几分醉意的四位老农，将“踏歌”这种古老的歌舞形式表现得淋漓尽致。

画家寥寥数笔，画中的老农却生动至极。四位老农手舞足蹈，仿佛正踏着一致的节拍欢快前行。

二

在马远的作品中，最具风格的当属《寒江独钓图》。

在这幅不足半米的作品中，四周除了寥寥几笔的微波，几乎全为空白。然而，就是这片空白，表现出烟波浩渺的江水和极强的空间感，并且突现出一个“独”字。

当我们将画面中心的那一叶扁舟放大，细节更是惊人。身着长衣的渔翁，身体并不舒展，而是蜷坐在船的一角。江上寒意萧瑟的气氛、邈远的意境和想象的余地跃然纸上。仅凭渔翁的这一个动作，“寒江”的冷已是触及皮肤。

由于渔翁坐在船的一端，故而船尾微微上翘。

天气虽有些寒意，但渔翁仍保持谨慎。马远呈现的是他的侧面，不过当画面放大后，我们还是可以从渔翁的神态感受到他的全神贯注。

三

《江帆山市图》未署名，很难考证作者是谁。但据笔墨画风分析，应是接近北宋燕文贵时代的作品。

整幅画用色清雅，两峰回抱，山寺、野店隐现其间，庙宇坐落山坳，依山而筑。谷间云雾袅绕，飞鸟阵阵，一派繁忙景象。

这件作品的尺寸也不大，但画中的景物用笔极其细腻，写实严谨。凡船只结构，山寺、野店等建筑，无不描绘精确，栩栩如生。

四

《溪山行旅图》是北宋画家范宽的作品，此图是他传世的唯一真迹，也是台北故宫博物院的天字号重宝。

打开《溪山行旅图》，一座大山矗立眼前。和山水一起映入人们眼帘的，还有不少收藏者的题款，而这些题款，就成了揭开名画流传千年之谜的唯一线索。

这幅画最有趣的就是画家的签名。范宽的签名相当隐蔽，如果不是将这件作品放大十倍，那隐藏在“运输人”右侧树丛中的签名恐怕不会被人发现。

除此之外，放大后的《溪山行旅图》也禁得起审视，甚至每一个局部图都可以是一件作品。

实际上，画过《溪山行旅图》的不止范宽一人，南宋初年的朱锐也曾有一幅不足 30 厘米的此类题材的小画。朱锐的《溪山行旅图》虽没有范宽画作那雄浑的气势，却更显雅致。

在这么一幅小画上，人物的神态、动作刻画得十分微妙。与范宽不同，朱锐的“行旅”更加突出的是旅途中的劳累，骑毛驴的文人身体松垮，目光有些涣散，赶路的辛苦一览无余。

五

崔白擅长画花鸟，他以非凡的才艺推动了当时花鸟画的发展。

虽是宫廷画家，崔白却个性散漫。他不愿每天在宫中等候差遣，想辞去公职。宋神宗见此状况，特许他非御前有旨，无须听差。每天“闲逛”的崔白，激发出无限潜能。

《寒雀图图卷》是其代表作之一，作品描绘的是隆冬的黄昏，一群麻雀在古木上安栖入寐的景象。画家在构图上把雀群分为三个部分：左侧三雀，已经憩息安眠，处于静态；右侧二雀，乍来迟到，处于动态；中间四雀作为此图的重心，呼应上下左右，串联气脉，由动至静，使画面浑然一体。画中的七只麻雀形态各异，生动异常。

这种自然生态中的景象，不是在静止状态下能观察到的。画家必须具备精湛的绘画描写能力，而且要时常到郊野观察，在偶然见到此种生动有趣的一幕后，以精湛的技法忆写稍纵即逝的景象。

实际上，可以被放大的宋画并不仅限于这几幅。

宋人的绘画来自对自然细致的观察，他们每次拿起画笔，都像生平第一次接触到自然。他们以惊叹而敬畏的心情来回应自然。他们视界之清新，了解之深厚，是后人无可比拟的。

（摘自《读者》2018 年第 12 期）

辉映的星光

喻 军

读宋史总感觉有点“吃力”，因为宋朝是一个反差很大的朝代，一方面文武簪缨、人才辈出，另一方面又积贫积弱、备受欺凌。没有人否认，宋朝是中国文化的一座高峰。

宋朝的文运如此昌盛，可同时，朝廷中那种“党争不断、对垒攻讦”的文人权斗，也堪称历朝之最。于是，我放下书本，望向窗外，去想象一种人性的还原和内心的本源，并试图借助袅袅的词气、悠悠的文气，回探那一张张温润、高洁抑或沧桑的脸。苏轼、王安石和秦观，既是北宋年间三大杰出的文人，又都曾是朝廷的官员。他们之间有恩怨，也有惺惺相惜和冰释前嫌，让人感悟到的，是一派胸襟气象的高华。

就从秦观说起吧！

秦观（1049—1100 年），婉约派词宗，“苏门四学士”“苏门六君子”之一。《宋史》言其“少豪隽，慷慨溢于文词”，《淮海集·序》中又言其有

“系笞二虏，回幽夏故墟之志”。乍看这两句话，好像秦观是一位性情豪放的侠士，文风必定畅快淋漓，其实不然。这两句话指向的是少年时的秦观。其实，他天生多愁善感、气质优柔，是个少年丧父、居家苦读、体质文弱的书生。

所幸的是，他遇到了“命中贵人”。与大文豪苏轼的交游，深刻影响其一生。秦观是个“一根筋”的人，无论政治风云、个人遭际如何动荡变幻，他从不站在为己谋算的角度去揣度人，而是秉持自性、抱持立场，终身奉苏轼为师。故苏轼称其“才敏过人，有志于忠义”，足证法眼如炬。

秦观有两句诗：“我独不愿万户侯，惟愿一识苏徐州。”（《别子瞻》）诗的背景是这样的：熙宁十年（1077年），秦观怀着仰慕之情，拜谒徐州新任知州苏轼，是为初次相识。次年，应苏轼之请，秦观写了一篇《黄楼赋》。想必苏轼看出了秦观惊人的才华，赞其“有屈（原）、宋（玉）之才”。当然，这是苏轼蔼蔼长者之风的体现，虽对秦观有明显拔高，但应属可以会心的对晚辈的奖掖。正是这样一种知遇之恩，使秦观刻骨铭心。后来，他和苏轼的缘分穿越了时间的风雨而贯穿始终，即为明证。

二人曾同游吴江、湖州、会稽等地，于湖光山色中，谈诗论道，臧否人物，算是正式结交。古人有“考志”一说，即通过接触和交流，了解对方的器识、才华和志向。秦观作为苏轼的关门弟子，苏轼对其若有“考志”之意，也属正常不过。

在苏轼的引导下，秦观发奋苦读，但两度应试皆名落孙山。情绪低落之际，苏轼特意作诗予以勉励。这还不算，元丰七年（1084年），苏轼途经江宁时，向王安石力荐秦观的人品才学，后又致书道：“愿公少借齿牙，使增重于世。”王安石也赞许秦诗“清新似鲍（照）、谢（灵运）”，予以肯定。

我再三品读这件事，颇有感慨，甚至感动不已，觉得有稍加深入解读的必要。

首先，苏轼当时已经名满天下，官职（徐州知州）也不低，秦观只是一名尚未成名的文学青年，苏轼却以雍容的名士风度，不但接受了秦观的拜访，而且与之结伴出游，充分体现了他的人格魅力和爱才之心。其次，1084年，47岁的苏轼离开贬所黄州，奉诏赴任汝州（后未成），途经江宁（南京），专程拜访昔日政敌、63岁的前宰相王安石，欲为当年“新旧两党”由于不同政见所导致的不和及误伤向王安石表达内疚之意。不承想，已经下野七八年、时在病中的王安石听说苏轼到了江宁，竟风尘仆仆赶到渡口等候，这是多么入画的场景啊！

江宁数日，二人多次作诗唱和，谈玄说妙，其乐融融。苏轼游钟山后，诗句有“峰多巧障日，江远欲浮天”，王安石读罢，谦称“老夫平生所作诗，无此二句”。苏轼离开后，王安石又对人说：“不知更年几百，方有如此人物。”

历经宦海浮沉的政治对手，最后捐弃前嫌，惺惺相惜，这是一种“放下”的境界。另外，苏轼把秦观托付给王安石，按寻常逻辑看，应属所托非人，毕竟秦观已列入自己的门墙，而他过去和王安石又有那么多的隔阂和互伤。但苏轼毕竟是苏轼，他深知王安石这等人物必有恢宏的气度，岂可以寻常之情视之？我以为，性情如王安石、苏轼这样的人物，于公可以势同水火、寸步不让，于私却可以把酒言欢、肝胆相照。下面这个例子，正是泪点。

“乌台诗案”发生时，王安石已被罢相三年，正在江宁隐居，当他知晓苏轼遭此劫难后，竟连夜写信，派人飞马进京呈神宗，信中有这么一句话，分量很重：“岂有圣世而杀才士乎？”神宗看了王安石的信，思之再三，决定放过苏轼，将其贬为黄州团练副使。试想，当时苏轼已经被定罪，自忖凶多吉少，甚至给胞弟苏辙写信交代了后事。苏轼入狱后，在“天下之士痛之”却“环视而不敢救”时，没承想赋闲在家、不问世事却声望犹在的昔日政敌王安石，振臂一呼，跳出来解救苏轼，吁请神宗刀下留人，这是何等磊落的胸怀和高贵的人格啊！

而苏轼向王安石推荐屡试不中的无名词人秦观，也是他有情有义和注重才学人品、不计门庭出身的气度使然，秉持的还是那份扶持晚辈、唯才是举的古风。文人相轻不是大文人所为，大文人看见别人有美妙的才华，非但不会忌妒，反倒会倍加呵护，给予帮助，所以，才当得起一个“大”字啊！我思忖，苏轼之所以向王安石推荐秦观，也可能考虑到自己即将赴任汝州，与居住在高邮的秦观相距遥远，关照不上，而秦观却与身居江宁的王安石有地利之便。把秦观推荐给王安石，以王安石的崇高威望，定能使秦观在文坛上有所“增重”，也算了却作为师长的一份心愿。这又是多么深厚的一份师生之情啊！苏轼当然不会忘记，自己当年应试科举，曾得到前辈欧阳修的极力举荐，才使得宋仁宗关注到他，并高兴地说“吾为子孙得两宰相”（另一个指苏辙）。

以后，苏轼的延誉、王安石的勉励，终于使秦观脱颖而出。仅过了一年，37岁的秦观三度应试，高中进士。还是由于苏轼的举荐，秦观先后担任太学博士、国史院编修等官职。

令人叹息的是，两年后，王安石离世。与苏轼江宁一别，此生已是永诀。

其实，任何事情都有两面：秦观因苏轼的一路扶持而走上自我发展的道路，但毋庸讳言，也正是由于他是苏门弟子，故而从政后随着苏轼政治生命的起落而备尝世道的艰辛。贬职、起复、流放，再贬职、再起复、再流放。且在彼此的流放途中，秦观与他的恩师苏轼时有书信辗转往来。不过在宋朝，范仲淹、欧阳修、司马光、黄庭坚甚至蔡京，都曾体验过贬谪途中的落寞和凄凉。

元符元年（1098年），秦观由郴州编管横州（今广西横县）。“编管”是一种使人失去人身自由的重罚。次年又徙雷州，在雷州自作挽歌。元符三年（1100年）五月得赦令，八月十二日卒。可以讲，秦观死在了流放途中。苏轼得到消息后，“两日为之食不下”，并在信中提到：“哀哉！痛哉！世岂复有斯人乎？”“天下惜此人物。”

行文至此，我未引用一句秦观的诗词，虽然他的词作是那么动人，而且和他的贬谪生涯密切相关。本文的用意并非谈论他在文学上的非凡成就，这方面的表述和研究成果可用车载斗量来形容了。我所叙述的，仍然是一种力透纸背的人性。

说句实在话，作为男人的秦观，在生命的承压能力上，远没有他的老师那么豁达，也比不过同一师门、同样被贬谪的黄庭坚。如果说“一蓑烟雨任平生”是苏轼的洒脱，那么“付与时人冷眼看”则是黄庭坚的傲然。苏轼的流放地比秦观的更为荒僻，远贬海南是当时最严厉的惩罚。至于苏轼遭受的诽谤、打击甚至死亡威胁，也远比秦观更为险恶、更为严重。用一句现在的话来说：苏轼的心理素质过硬，他吃得下、睡得着、看得开，无论何种境遇，都能活出一份自己的精彩。相形之下，秦观却有一颗多情而纤弱、敏感而忧郁的“词心”（冯煦《蒿庵论词》），稍有一点痛苦，他就痛彻难当，划开一道小口子，就流血不止。话又说回来，不谙官场、词才超绝的秦观，却甘愿终生追随苏轼，哪怕这意味着更多的苦难，他从没有像其他一些人那样见风使舵、落井下石，搞政治投机，这就很不简单！他真的就是“一根筋”——认定了，就走下去；选边站了，就永远选边站；已经追随的，就永远追随，至死而未悔。秦观把所有的伤痛和哀愁、落寞和心碎，填进一首首凄美的词中。谁能否认，貌似柔弱的秦观，不是人中的君子和世间的大丈夫呢！

有人认为，“文人相轻”是自古以来的一种恶习。有一个传说，堪称比较极端的事例：初唐诗人刘希夷写了“年年岁岁花相似，岁岁年年人不同”，他舅舅宋之问读罢击节赞叹，要外甥把诗让给自己，外甥不同意，舅舅竟出狠招致其死，可见宋之问的人格卑劣。但同样在唐朝，也有王（维）孟（浩然）、李（白）杜（甫）、元（稹）白（居易）、韩（愈）孟（郊）的并称和深厚友谊的载传。如果唐朝主流文人不具备这样开阔的胸襟和恢宏的气度，又怎能造就唐诗的大气象和大境界？北宋的王安石、苏轼、秦观之间相互映衬以及彼此照耀的星辉，是一种人格精神、士子风范的传承。唯其如此，才温暖了后世无数人心，使得中华千古文脉中的真骨血历经万劫，却香火不绝。

（摘自《读者》2019 年第 8 期）

和命运死磕

小马哥

有那么几年，曾经的同学或工友来北京出差、旅游，我所工作的中央人民广播电台成了他们必到的地方，仿佛这也成了一个旅游景点。他们在参观完我的工作环境，尤其是看完传说中的直播室后，总会说一句："原来，你真的在中央台做播音员，而不是修车啊。"

我哑然失笑。在故乡做汽修工 10 年，修车是我赖以生存的技能。在他们的眼中，我即使离开了那个汽修厂，要养活自己，也还得靠这项技能。而且，在他们的意识中，能进中央人民广播电台工作，尤其是做播音员，没有背景，没有耀人眼目的学历，那是不可能的。

他们和我是同学，知道我的起点：父母早亡，中学未毕业就开始修车，和他们一样在戈壁大漠度过自己的青春年华。即使在我工作的汽修厂的广播站，我也没能当上播音员，怎么我离开故乡 3 年多，就进了中央台工作呢？所以每一次，他们问起这个话题，我都不知怎么回答，就只好说："我只是走运而已。”

只有我知道，人生，哪有那么多的好运气。

是的，我起点低，初三只上了不到一学期就辍学了，至今也没有一张中学毕业证。在故乡，我只能做最辛苦的工作。而广播站的播音员，不但普遍家境较好，而且都是相关专业的人才，与我是毫无干系的。

幸好，在故乡修车的10年中，我遇到了广播和书籍。它们打开了我通往外面世界的窗口，也支撑着我脱下沾满油污的工作服，走出那片我曾流汗流泪的土地。

寻梦的路是崎岖的，初来北京没几天，我就感到了诸多不适应。先是住宿问题，一个同乡帮助联系了学校负责管理宿舍的老师。当时还算幸运，恰巧是暑假，宿舍空余的床位较多，我便很顺利地住进了学校。

那间宿舍里有4个同学，尽管已经放假，但他们都没有回家，整天在宿舍里打牌、聊天，逍遥自由得不得了。而我这样一个外人突然闯进来，打破了他们的平衡，他们很不习惯，于是通宵玩闹、喝酒，试图通过这种方式撵我走。

后来某个晚上，我实在受不了他们的吵闹，又不好意思开口请他们安静下来，就在操场待了整整一夜。那年我26岁，他们都比我小，又都是富家子弟，在他们看来，我这个贫寒的大龄青年和他们根本就不是一路人。

如果在以前，我可能会跟他们理论几句，但是当时我身上的钱很有限，外面的招待所绝对是住不起的，也只有这收费低的学校宿舍我能住得起。所以，我必须让他们接纳我。

于是从那天起，起床后，我主动收拾宿舍，打好开水。午饭时，他们若还没有起床，我就帮他们打好饭。晚上他们玩他们的，我睡我的，居然也就顺利入睡了。几天下来，我们熟悉了，他们也就不好意思再这样对我了。

不过，这还只是一个小插曲。生活，逐渐向我展示了它残酷的一面。从新疆出来，我身上只有3万多块钱，交完学费，还有一些生活费的支出，钱越来越少。课余时间，为了赚钱贴补生活，我会做点配音和解说的工作。

有一个冬夜，央视的一档节目叫我去试音，要求晚上 8 点前到。7 点半，我就到了约好的录音机房。当时，我口袋里只剩下 10 元钱，之前一档节目的配音费用大概还有一星期才能拿到。

我想，如果今晚试音顺利通过的话，我就恳求节目组的老师，看能不能预支 100 元钱，这样我就能熬过这一星期。

没想到，那天录音很不顺利，一直到晚上 11 点才轮到我。5 分钟的片子，我反反复复录了将近半小时才完成。从皂君庙的机房到传媒大学的公交车，末班车是晚上 12 点。如果 12 点前告诉我是否通过，即使不给我提前支付工资，让我能赶上末班车也行，10 元钱足够我回学校了。

可时间一点点过去，我焦急地等待着结果，一个多小时后，他们才告诉我没有通过，而那时已经是深夜一点半。摸着口袋里那张孤独的 10 元钱，我嗫嚅着恳求节目组的那位老师，让我在门口的沙发上挨一晚，因为我实在没有钱打车回学校了。那个年轻的老师看了看我，勉强答应下来，叮嘱我天一亮就得赶紧离开。

那一夜，失落和怀疑让我无法入睡。

播音是我一直以来喜欢的事情，为了它，我远离亲人朋友，背井离乡，千里迢迢来到北京学习。可是，我居然连一个节目组的配音要求都达不到，那将来，我还能依靠这个生活吗？

那个冬夜，我蜷缩在录音机房的沙发上，孤独落寞，直到天色渐明。

很多年之后，每当我路过北京皂君庙的那家机房，总会想起当年的那一幕。我真想走到那个在暗夜里伤怀疲惫的年轻人身边，陪他坐下来，告诉他这点小挫折不算什么，谁的娴熟技能不是从失败中一点点积累起来的呢？在错误中总结经验，然后经过千百次的锤炼，你肯定会越来越精进，越来越成熟的。没关系，坚持走下去，你总会迎来明媚的阳光。

也就是 26 岁那一年，我通过了成人高考，先后进入中华女子学院、中国传媒大学学习。

这些年，每当我失去斗志的时候，我都会回到我在女子学院读书时住过的那个地下室看看。

北京，北四环小营世纪村小区。我曾住在这个听上去很气派的小区一个由防空洞改装而成的地下出租屋里。顺着楼梯往下走，楼梯很狭窄，下面却别有洞天。

第一次进去，那条一眼望不到头的长走廊深深地震撼了我——恐怖片也不过如此吧！走廊两边是密密麻麻的木门，木门上头便是一个巴掌大的排气口，每个门上边都有一个号码。走廊尽头的那间房，就是当时我和同学们一起租住的地方。房间很小，大概只能放下 3 张单人床和一张小桌子。唯一让我觉得给房间增加了几分色彩的，是桌子角落里堆得高高的一摞书。

这里房间与房间之间的墙就是很薄的一块板，没有丝毫隔音的效果。半夜人走过大声吵闹的声音，不远处公共卫生间冲水的声音，舍友们熟睡中打鼾的声音，都清晰入耳。然而，当生活将隐藏的伤口赤裸裸地撕裂给我们看时，除了接受，我们还能做什么?

生活可以廉价，但梦想不可以。正是在这样的环境里，我越发懂得，梦想，唯有努力争取，才会有曙光乍现；只有坚持不懈，它才会向你露出笑脸。

其实，这世界上哪有什么顺风顺水，生活里，哪有什么一步登天的快捷方式！远方的目的地都是一步一个脚印踩过去的。其中，你会走过泥泞，面对困难，经历磨难，每一件事情都有可能打败你，让你投降放弃。只有跨过去，战胜它们，你才会成长。

人生就是在这样不断地轮回。也只有死磕到底，你才会最终获得想要的东西。

（摘自《读者》2019 年第 20 期）

溜达

王力

在街上随便走走，北平话叫作“溜达”。溜达和散步不同：散步常常是拣人少的地方走去；溜达却常常是拣人多的地方走去。溜达又和乡下人逛街不同：乡下人逛街是一只耳朵当先，一只耳朵殿后，两只眼睛带着千般神秘，下死劲地盯着商店的玻璃橱；城里人溜达只是悠然自得地信步而行，乘兴而往、兴尽则返。溜达虽然用脚，实际上为的是眼睛的享受，江浙人叫作“看野眼”，一个“野”字就够表示眼睛的自由和意念上毫无粘着的样子。

溜达的第一个目的是看人。非但看熟人，而且看陌生的人；非但看异性，而且看同性。有一位太太对我说：“休说你们男子在街上喜欢看那些太太小姐，我们女子比你们更甚！”真的，世上没有一样东西，比一件心爱的服装、一双时款的皮鞋，或一头新兴的发鬟，更能在街上引起一个女子的注意了。甚至曼妙的身段、如塑的圆腓，也没有一样不是现代女郎欣赏的对象。中国旧小说里，以评头品足为市井无赖的邪僻行为，其实在阿波罗和薮子（即缪斯——编者注）所启示的纯洁美感之下，头不妨评，足不妨品，只要品评出于不言之语，或交换于知己朋友之间，我们就看不出什么越轨的地方来。小的时候听见某先生发一个妙论，他说："太阳该是阴性，因为她射出强烈的光来，令人不敢平视；月亮该是阳性，因为他任人注视，毫无掩饰。"现在想起来，月亮仍该是阴性，因为美人正该如晴天明月，万目同瞻，不该像空谷幽兰，孤芳自赏。

溜达的第二个目的是看物。任凭你怎样富有，终有买不尽的东西。对着自己所喜欢的东西瞻仰一番，也就可饱眼福。古人说："过屠门而大嚼，虽不得肉，贵且快意。"现在我们说："入商场而凝视，虽不得货，聊且过瘾。"关于这个，似乎是先生们的瘾浅，太太小姐们的瘾深。北平东安市场里，常有大家闺秀的足迹。然而非但宝贵的东西不必多买，连便宜的东西也不必常买；有些东西只值得玩赏一会儿，如果整车搬回家去，倒反腻了。话虽如此说，你得留神多带几个钱，提防一个"突击"，我们不能说每一次溜达都只是溜达而已。偶然某一件衣料给你太太一股灵感，或者某一件古玩给你本人送一个秋波，你就不能不让你衣袋里的钞票搬家，并且在你的家庭账簿上，登记一笔意外的账目。

就我个人而论，溜达还有第三个目的，就是认路。我有一种很奇怪的脾气，每到一个城市，恨不得在三天内就把全市的街道都走遍，而且把街名及地点都记住。不幸得很，我的记性太坏了，走过了三遍的街道也未必记得住。但是我喜欢闲逛，就借这闲逛的时间来认路。我喜欢从一条熟的道路出去溜达，然后从一条生的道路兜个圈子回家，因此我常常走错路。然而我觉得走错了不要紧，每走错一处，就多认识一个地方。我在某一个城市住了三个月之后，对那城市的街道相当熟悉；住了三年之后，几乎够得上充当一个向导。我在巴黎的五载居留，居然能使巴黎人承认我是一个"巴黎通"。天哪！他们哪里知道这是我五年努力溜达（按理，"努力""溜达"这两个词儿是不该发生关系的）的结果呢？

溜达是一件乐事，最好是有另一件乐事和它相连，令人乐上加乐，更为完满。这另一件乐事就是坐咖啡馆或茶楼。经过了一两个钟头的“无事忙”之后，应该有三五十分钟的小憩。在外国，街上溜达一会儿，走进一家咖啡馆，坐在 Terrasse 上，喝一杯咖啡，吃两个“新月”面包，听一曲爵士音乐，其乐胜于羽化而登仙。Terrasse 是咖啡馆前面的临街雅座，我们小憩的时候仍旧可以“看野眼”，一举两得。中国许多地方没有这种咖啡馆，不过坐坐小茶馆也未尝不开心。这样消遣一两个小时之后，包管你晚上睡得心安梦稳。

溜达自然是有闲阶级的玩意儿，然而像我们这些“无闲的人”，有时候也不妨忙里偷闲去溜达溜达。因为我们不能让我们的精神终日紧张得像一面鼓。

（摘自《读者》2018 年第 20 期）

汪曾祺的迷人细节

苏　北

一

记得有一年去汪先生家，先生拿出湖南吉首的一瓶酒（包装由黄永玉设计）给我们喝。席间，汪先生说老人有三乐：一曰喝酒，二曰穿破衣裳，三曰无事可做。当时我们才三十几岁，对这句话也没有什么理解，但是回家后我记在了本子上。如今再回忆起这句话，又多了些况味。

二

有一年到汪先生家去，汪师母说了一件趣事。她说前不久老汪酒喝多了，回来的路上跌了一跤。汪先生跌跤之后首先想到能不能再站起来，结果站起来了，还试着往前走了几步。“咦！没事。”汪先生自己说。回到家里，汪先生一个劲地在镜子前面左照右照，照得汪师母心里直犯嘀咕：老汪今天怎么了？是不是有外遇？七十多岁、满头银丝的汪师母说完这话，哈哈大笑，那个开心劲儿。其实汪先生是在照脸上的皮有没有跌破。

三

还听过一件事。说某文学青年偶然认识了汪先生，之后就到先生家中拜访。这是一个对先生痴迷得有点癫狂的青年。他为了能每日聆听先生的教诲，索性住到了汪宅。汪宅的居所不大，他于是心甘情愿睡地下室，这样一住就是多日。每天一大早，他就举着牙刷上楼敲门。有一次他还带来了儿子，老头儿带着孩子上街去买了一只小乌龟。可是“这个青年实在是没有才华，他的东西写得实在是不行”。每次他带来稿子，都要让老头儿给他看看。老头儿拿着他的稿子，回头见他不在，就小声说：“图穷匕首见。”

汪老头认为这名青年从事一种较艰苦的工作，很不容易。可他确实写得不好，每次带来的稿子都脏兮兮的。汪老头儿终于还是无法忍受，他用一种很“文学”的方式，下了逐客令——某天大早，青年又举着牙刷上楼敲门，老头儿打开门，堵在门口。一个门里，一个门外，老头儿开腔了：“一、你以后不要再来了，我很忙；二、你不可以在外面说我是你的恩师，我没有你这个学生；三、你今后也不要再寄稿子来给我看。”讲完这三条，场面一定很尴尬。我听到这个“故事”时，是感觉有些惊悚的，甚至出了一身冷汗。

现在说这个故事，仿佛已经是“前朝旧事”了。因为已过去几十年了，当年的青年现在也是半个老头了。希望那位曾经的青年读到此则，不要见怪，因为我们都爱这个老头儿，对吧？

四

得到一个重要的细节。一个重庆的记者，曾因受命写一篇重要节日的稿件，访问一位叫章紫的95岁高龄的老人。临走时，老人找出一本旧影集给记者翻看，记者竟看到章紫与汪曾祺的合影。一问，原来他们是1935年在江阴南菁中学的同学。记者于是接着采访。章紫说："我有个好朋友叫夏素芬，是一位中医的女儿，汪曾祺对她有点意思。高二时有一天上学，我们一进教室，就看见黑板上有人给夏素芬写了一黑板情诗，不是新诗，是旧体诗，是汪曾祺写的。汪曾祺跟大家一起看，看完之后，他自己把黑板擦了。"

后来，夏素芬在江阴沦陷区，章紫在重庆读书，汪曾祺在西南联大读书。这期间汪曾祺给章紫写了很多信。后来章紫妈妈知道了，还警告她说，你爸爸不喜欢苏北人，他知道了，会不高兴的。通信的大多数内容已无法回忆，但信里面有两句话，章紫一直记忆犹新。章紫说："有一次他在信里写了一句，我记得很牢，他说'如果我们相爱，我们就有罪了'；还有一次，他的信里最后写了一句'握握你的小胖手'。当时我手胖，班上的同学都知道我是小胖手。'小胖手'这句我记得，是因为我的信多，看了就随便搁在桌上，同寝室女生看到那一句，大家都觉得好笑。"

20世纪80年代，章紫有一次去北京，到汪曾祺家做客。章紫说，他爱人施松卿跟女儿也在家。汪曾祺很会做菜，做菜时，他悄悄跟章紫说："当年学校的事儿，不要多说。"章紫觉得，汪曾祺指的就是他跟夏素芬的事。

汪先生在世时，曾说过，想写写自己的初恋，可是觉得人家还在世，如果写出来，恐怕会打搅别人平静的生活。于是不愿意写了。

五

2003年我到北京，一次与汪朗喝酒。大家喝得开心，都多喝了点。之后有人提议到老头儿的蒲黄榆旧居坐坐。因人多，在书房里散坐，汪朗坐在地上。大家闲聊，汪朗说，“文革”时，一回汪先生中午喝了酒，撸起汗衫，躺在床上，拍着肚皮哼京剧。正哼着，头顶上的电棒管子一头忽然掉了下来，但没完全掉，另一头还插在电棒盒子里，挂在那儿晃呢！老头儿也不管，继续哼。汪师母说：“你还不把汗衫放下来，上面有人监视你呢!”

六

1989年，汪曾祺和林斤澜受邀到徽州游玩，当地安排一名小青年程鹰陪同。第二天一早，程鹰赶到宾馆，汪先生已经下楼，正准备去门口的小卖部买烟，程鹰跟了过去。汪先生走近柜台，从裤子口袋里抓出一把钱，数也不数，往柜台上一推，说：“买两包烟。”程鹰说，他记得非常清楚，是上海产的“双喜”。卖烟的在一把零钱中挑选了一下，拿够烟钱，又把这一堆钱往回一推。汪先生看都没看，把这一堆钱又塞回口袋，之后把一包烟往程鹰面前一推：“你一包，我一包。”

晚上程鹰陪汪、林二人在新安江边的大排档吃龙虾。啤酒喝到一半，林斤澜忽然说：“小程，听说你有篇小说要在《花城》上发?”程鹰说：“是的。”林斤澜说：“《花城》不错。”停一会儿又说：“你再认真写一篇，我给你在《北京文学》上发头条。”汪老头丢下酒杯，望着林斤澜：“你俗不俗！难道非要发头条?”

七

1996 年 12 月，全国“文代会”和“作代会”在北京召开。我那时在北京工作，请了许多作家吃饭。吃完我们赶到京西宾馆，出席“作代会”的北京代表团的汪曾祺和林斤澜都住在这里。我们找到汪先生住的楼层，他的房间门大敞着，但没有人。房间的灯都开着，就见靠门这边的台子上有好几个酒瓶，还有一些乱七八糟的杯子。那些酒，除白酒外，还有洋酒。汪先生不知道跑哪里去串门了。

我们在房间里站了一会儿，又到走廊上来回张望。没过一会儿，汪先生踉踉跄跄地回来，一看就已经喝高了。他见到我们，那个热情啊！连声招呼“坐坐坐坐”，之后就开始拿杯子倒酒：“喝一点，喝一点。”我们本来晚上已经喝过，再看他已经喝高了，还喝个啥？于是抓住他的手解释说，不喝了不喝了，我们喝过了。只坐了一会儿，我们便匆匆离开了。

这些细节能说明什么呢？它们又有什么意义呢？细节总是迷人的。我想，读者自会有自己的理解，是不需要我在此多说的。我呈上这些，只是为了纪念。

（摘自《读者》2017 年第 15 期）

丑角杂谈

苍　耳

无丑不成戏，无丑亦不成班。然而世人以为丑角不入行，连配角都算不上，不过是插科打诨而已。其实不然，丑角的唱念做打皆有独到的功夫，且无不有绝妙的特定程式。至于丑角的意义，司马迁在《史记》中专写《滑稽列传》，并在《太史公自序》中认为俳优“不流世俗，不争势利，上下无所凝滞，人莫之害，以道之用”，故而“谈言微中”“谈笑讽谏”，进而“合于大道”，体现了古之“优谏”精神。

丑角的历史恐怕要比“正角”久远得多。戏曲的雏形源自西周乐舞和秦汉百戏，其中包括民间杂耍。所谓秦之“侏儒”，汉之“俳优”，唐之“苍鹘”，宋之“副末”，元明之“丑”，显现了丑角演变的轨迹。其中，丑角戏在盛唐才渐至巅峰。这是因为唐明皇李隆基多才多艺，洒脱好玩，还亲自操刀写曲本，如著名的《霓裳羽衣曲》，即为玄宗对“胡部新声”加以润色而成；他还时常充作鼓手琴师，更喜欢粉墨登场，嗜演丑角。

唐代的“梨园”原为长安光化门北禁苑中与枣园、桃园、樱桃园并存的果园，李隆基常在此请李龟年、雷海青、黄旛绰、公孙大娘、李仙鹤等名伶演戏，剧种有全能戏、歌舞戏、参军戏和傀儡戏，兴之所至少不了也“客串”一把，后来干脆创办“梨园”戏班，开教坊，封伶官，设“坐部伎”“立部伎”，自称梨园“崖公”，“梨园”遂成戏曲的代称并风行起来。

很多人认为唐玄宗喜演丑角，不过是为逗杨贵妃开心罢了。这未免太小看大唐雄主的气魄。在笔者看来，唐明皇敢演且擅演与皇上身份完全相反的丑角，源自他不同凡响的喜剧精神和器量，其胸襟、气度，无不与博大包容的盛唐精神相匹配，足可傲视古今。众所周知，现实世界拥有严酷的、森严的等级秩序，朝廷拥有铁定的无上权力，芸芸草民只能被动地服从权威、教条和禁忌。

然而人类并不满足于铁定的现实世界，仍需要戏仿的、自由的虚拟世界，帝王也不例外：一则想象彼岸世界以寓存死后的灵肉——皇陵不过是它的投影而已；二则纵情艺术世界以欢娱精神——音乐、绘画、舞蹈和戏曲，无不成了他们戏仿的艺术形式。就戏曲而言，喜欢它就必得默认它的游戏规则，即暂时性地破除阶级、财产、门第、等级、性别的严格界限，男与女、贵与贱、正与反、荣与辱、生与死等铁定的秩序被颠倒或戏仿，故作愚谬之态，如此一来喜剧性和戏谑性才得以释放。

丑角“乔作愚谬之态，以供嘲讽”（王国维语），要么自嘲，要么讽世，必有不惧出“丑”的戏谑胆量和讽喻智慧。一国之君哪怕是在禁苑梨园演丑角，其个性、气度和胸襟也是极罕见的。今人谈到盛唐精神，大都从国势、经济和文化等大处着眼，却很少留意唐玄宗演丑角这一细节。李隆基敢于在梨园演丑角，其乐观、自信和大器堪称一面镜子。宋人洪迈在《容斋续笔》中感叹：“唐人歌诗，其于先世及当时事，直辞咏寄，略无避隐……而上之人亦不以为罪……今之诗人不敢尔也。”在开元、天宝年间，几乎找不到因“文字狱”而掉脑袋的事。很难想象一个心胸狭窄、终日板着面孔的帝王能将唐朝带往繁盛的巅峰。与之对照，历朝历代因“优谏”“文字狱”而遭杀头者，何可胜数！《元史·刑法志》有这样的记载：俳优稍有“讥议”“犯上”者，要么“处死”，要么“流”（即放逐）。明、清是大兴“文字狱”的朝代，雍正皇帝甚至杖杀了南京名丑刘淮。

盛唐参军戏丑角被称为“苍鹘”，有关这一称谓的来历，尽管史界尚有争议，但得名于猛禽是可以肯定的。唐人驯鹘以供狩猎乃习俗，长安便有鹘坊。更重要的是，“苍鹘”作为隐喻，指向它的绵里藏针和疾刺性。其扮演者往往是童仆，身着敝衣，受参军的颐指和呵斥，结果参军的不可一世渐露破绽，反被机智的童仆嘲弄。

话又说回来，后世丑角的特权和戏班的规矩，譬如丑角脸谱也源于盛唐：一国之君扮演丑角被认为有失皇威，于是演出时在其面部挂上玉片以遮掩，此后丑角脸谱即勾画“豆腐块”以代之。又譬如戏班唯丑角为大；大衣箱、道具箱不得随便坐，只有丑角可坐；丑角没勾画脸谱，其他演员不得化妆；赶庙会唱戏，戏班子要向“戏祖神”（唐玄宗被奉为“戏祖神”）磕头跪拜，丑角可免，等等，皆与唐明皇演丑角有关。

（摘自《读者》2017 年第 5 期）

《千里江山图》背后的秘密

桑　农

在中国古代，皇帝赐画给大臣无疑是一种恩典。而在宋朝，观画、赐画更是一种隆重的宫廷仪式，徽宗时代尤为盛行。这种仪式性的活动，显然具有政治功能。通过书画的集体欣赏和赏赐，君臣之间形成某种默契和共识，这才是真正要达到的效果。

政和二年（1112年），蔡京第三次出任宰相。徽宗对其在位期间长期担任宰相、推行新政的蔡京原本十分信任，但由于受到旧党批评和弹劾的压力，他曾两度免去蔡京的职位。蔡京于政和二年复职，不久，徽宗在宫内太清楼赐宴，蔡京为此写了《太清楼侍宴记》。第二年，徽宗将《千里江山图》赐予蔡京。蔡京在卷后写下一段跋文："政和三年闰四月一日赐。希孟年十八岁，昔在画学为生徒，召入禁中文书库，数以画献，未甚工。上知其性可教，遂诲谕之，亲授其法。不逾半岁，乃以此图进。上嘉之，因以赐臣京，谓'天下士在作之而已'。"最后一句非常关键，它关系到如何来解读这幅中国绘画史上的鸿篇巨制。

跋文中称此图是宫廷画家希孟所绘，此人未见诸史籍。像同一时代《清明上河图》的作者张择端一样，我们仅从画后跋文知道其名。五六百年后，有书画著录称“有王希孟者”，随后大家都延续此说。

且说徽宗皇帝看过这幅长卷后，做了一个看似随意，却很可能是深思熟虑的决定——将它赐给宰相蔡京。赐画的同时，徽宗还对蔡京说了一句意味深长的话：“天下士在作之而已。”“天下士”，典故出自《史记·鲁仲连邹阳列传》中新垣衍的话：“始以先生为庸人，吾乃今日知先生为天下之士也。”大意是说，他这才知道鲁仲连是天下杰出的高士。后遂以“天下士”指才德非凡之士。宋徽宗说“天下士在作之而已”，就事论事，是对王希孟及其绘画才能的褒奖，说他坚持不懈地去做，终于修成正果。但考虑到具体的历史语境，一位皇帝对当朝宰相说这番话，是否别有深意？

这段跋文里的故事属于宫中秘闻，应该是徽宗亲口对蔡京说的。他说王希孟数次献画，都没有被看中，最后在自己的指导和授意下，终于完成了这幅杰作。这是否也有对蔡京仕途命运的暗示呢？蔡京虽然几次被撤职，但最终还是得到皇上的重用，完成新政大业。

将跋文放到这一特定语境中来理解，最后一句“谓‘天下士在作之而已’”的言外之意，就昭然若揭了。那就是说，才能非凡之人，只要坚持不懈、始终不变地去做就行了。王希孟如此，蔡太师有着非凡的才能，何妨不也如此？当然，蔡京也必须按照皇上的“诲谕”去做。

蔡京此前不久复职，第三次被委以经国之重任，对此当然心领神会。他在画卷上写下跋文正是在表示：只要得到皇上的器重和提携，他也会像王希孟一样，不计较挫折，坚持不懈，辅佐皇上，治理国家。正是由于君臣之间的这种交流与默契，徽宗与蔡京的关系才显得非同寻常。

徽宗赐给蔡京《千里江山图》，恐怕不仅因为这幅画是由一位经历特殊的画家绘制，可以借题发挥，更重要的缘故，还在于这幅画本身的主题和形式。《千里江山图》的主题其实十分明显。所谓山水，大都是“理想的山水”，如“仙境山水”“隐居山水”等。北宋画坛有两种山水模式对后世产生深远的影响，一是宫廷绘画中的“江山图”，一是文人绘画中的“云山图”。“江山”一词，不只是一个地理学的概念，它常常用来借代“国家”，因而具有文化学和政治学上的内涵。

“江山图”中最主要的隐喻当属对主峰大山的描绘。北宋中期的郭熙在《林泉高致》里说：“大山堂堂为众山之主，所以分布以次冈阜林壑，为远近大小之宗主也。其象若大君赫然当阳，而百辟奔走朝会，无偃蹇背却之势也。”对照《千里江山图》，画面上的山水布局与文献里的画理完全一致。图中的主峰一目了然。那座最高的大山顶天立地，仿佛是君主。其他略低的山峰或簇拥左右，或遥相呼应，连绵不断，仿佛是各级官吏依次排列，共同构成了国家行政秩序的象征图像。

《千里江山图》宏大的场面，完全符合所谓“丰亨豫大”的观念。这是蔡京当权之初，根据《周易》学说提出的治国方略，即通过扩大政府开支，刺激经济增长，促进社会繁荣。徽宗经常借助种种“祥瑞”的征兆，显示“丰亨豫大”的时代已经来临。

可以这样说，《千里江山图》虽然由王希孟执笔，却是徽宗宫廷画院教育的成果，体现了徽宗的美学追求和政治理念。他把这幅画赐给蔡京，或许也是希望蔡京继续为朝廷效力，去巩固和拓展宋朝的基业，去创造一幅“现实版”的《千里江山图》。

此画几经流转，到了清代，入乾隆内府。乾隆皇帝在长卷前端的画面上题写七律一首：“江山千里望无垠，元气淋漓运以神。北宋院诚鲜二本，三唐法总弗多皴。可惊当世王和赵，已讶一堂君若臣。易不自思作人者，尔时调鼎作何人。”

诗的前面六句是对画作的夸赞，后两句却耐人寻味。“易”字应该是乾隆的笔误，应为“曷”字。“曷”的意思是“怎么，为什么”。“作人者”，见孔颖达疏《诗经》“周王寿考，遐不作人”云：“作人者，变旧造新之辞。”后称任用和造就人才为“作人”，这里当是指徽宗。“调鼎”原指烹调食物，喻任宰相治理国家，这里当是指蔡京。这两句的意思是：培养和造就了王希孟这样人才的徽宗，为什么不反思一下，当时何以会任用蔡京那样的人来担任宰相治理国家？乾隆看了《千里江山图》以及卷后蔡京的跋文，十分感慨。他联想到自己的帝王身份，意欲从徽宗君臣那里吸取历史教训。仅就这两句而言，他的确是窥见了这幅旷世杰作背后的秘密。

（摘自《读者》2019 年第 13 期）

老海棠树

史铁生

如果有一块空地，不论窗前屋后，要是能随我的心愿种点儿什么，我就种两棵树。一棵合欢，纪念母亲；一棵海棠，纪念我的奶奶。

奶奶，和一棵老海棠树，在我的记忆里不能分开。好像她们从来就在一起，奶奶一生一世都在那株老海棠树的影子里张望。

老海棠树近房高的地方，有两条粗壮的枝丫，弯曲如一把躺椅，小时候我常爬上去，一天一天地就在那儿玩。奶奶在树下喊："下来，下来吧，你就这么一天到晚待在上头不下来了?"是的，我在那儿看小人书，用弹弓向四处射击，甚至在那儿写作业，书包挂在房檐上。"饭也在上头吃吗?"对，在上头吃。奶奶把盛好的饭菜举过头顶，我两腿攀紧树丫，一个海底捞月把碗筷接上来。"觉呢，也在上头睡?"没错。四周是花香，是蜂鸣，春风拂面，是沾衣不染海棠的花雨。

奶奶站在地上，站在屋前，老海棠树下，望着我。她必是羡慕，猜我在上头是什么感觉，都能看见什么。

但她只是望着我吗？她常独自呆愣，目光渐渐迷茫，渐渐空荒，透过老海棠树浓密的枝叶，不知所望。

春天，老海棠树摇动满树繁花，摇落一地雪似的花瓣。我记得奶奶坐在树下糊纸袋，不时地冲我唠叨："就不说下来帮帮我？你那小手儿糊得多快!"我在树上东一句西一句地唱歌。奶奶又说："我求过你吗？这回活儿紧!"我说："我爸我妈根本就不想让您糊那破玩意儿，是您自己非要这么累!"奶奶于是不再吭声，直起腰，喘口气，这当儿就又呆呆地张望——从粉白的花间一直到无垠的天空。

夏天，老海棠树枝繁叶茂，奶奶坐在树下的浓荫里，又不知从哪儿找来了补花的活儿，戴着老花镜，埋头于床单或被罩，一针一线地缝。天色暗下来时她冲我喊："你就不能劳驾去洗洗菜？没见我忙不过来吗？"我跳下树，洗菜，胡乱一洗了事。奶奶生气了："你们上班上学，就是这么糊弄？"奶奶把手里的活儿推开，一边重新洗菜一边说："我就一辈子得给你们做饭？就不能有我自己的工作？"这回是我不再吭声。奶奶洗好菜，重新捡起针线，从老花镜上缘抬起目光，又会有一阵子愣愣地张望。

有年秋天，老海棠树照旧果实累累、落叶纷纷。早晨，天还昏暗，奶奶就起来去扫院子，"唰啦——唰啦——"，院子里的人都还在梦中。那时我大些了，正在插队，从陕北回来看她。那时奶奶一个人在北京，爸和妈都去了干校。那时奶奶已经腰弯背驼。"唰啦——唰啦"的声音把我惊醒，我赶紧跑出去："您歇着吧，我来，保证用不了三分钟。"可这回奶奶不要我帮。"咳，你呀!你还不懂吗？我得劳动。"我说："可谁能看得见？"奶奶说："不能那样，人家看不看得见是人家的事，我得自觉。"她扫完了院子又去扫街。

"我跟您一块儿扫行不？"

"不行。"

这时我才明白以前她为什么执意要糊纸袋、要补花，不让自己闲着。有爸和妈养活她，她不是为挣钱，她为的是劳动。她的成分随了爷爷，算地主。

虽然我那个地主爷爷三十几岁就一命归天，是奶奶自己带着三个儿子苦熬过几十年，但人家说什么？人家说：“可你还是吃了那么多年的剥削饭!”这话让她无地自容，这话让她独自愁叹，这话让她几十年的苦熬忽然间变成屈辱。她要补偿这“罪孽”。她要用行动证明。证明什么呢？她想着她未必不能有一天自食其力。奶奶的心思我有点懂了：什么时候她才能像爸和妈那样，有一份名正言顺的工作呢？大概这就是她的张望吧，就是那老海棠树下屡屡的迷茫与空荒……不过，这张望或许还要更远大些——她说过：得跟上时代。

在我的记忆里，几乎每一个冬天的晚上，奶奶都在灯下学习。窗外，风中，老海棠树枯干的枝条敲打着屋檐、摩擦着窗棂。奶奶曾经读一本《扫盲识字课本》，再后是一字一句地念报纸上的头版新闻。在《奶奶的星星》里我写过：她学《国歌》一课时，把“吼声”念成“孔声”。我写过最不能原谅自己的一件事：奶奶举着一张报纸，小心地凑到我跟前：“这一段，你给我说说，到底什么意思？”我看也不看就回答：“您学那玩意儿有用吗？您以为把那些东西看懂，您就真能摘掉什么帽子？”

奶奶立刻不语，唯低头盯着那张报纸，半天半天目光都不移动。我的心一下子收紧，但知已无法弥补。“奶奶。”“奶奶！”“奶奶——”我记得她终于抬起头时，眼里竟全是惭愧，毫无对我的责备。

但在我的印象里，奶奶的目光慢慢地离开那张报纸、离开灯光、离开我，在窗上老海棠树的影子那儿停留一下，继续离开，离开一切声响甚至一切有形之物，飘进黑夜、飘过星光、飘向无可慰藉的迷茫与空荒……而在我的梦里、我的祈祷中，老海棠树也便随之飘去，跟随着奶奶，陪伴着她，围拢着她：奶奶坐在满树的繁花中、满地的浓荫里，张望复张望，或不断地要我给她说说：“这一段到底是什么意思？”——这形象，逐年地定格成我的思念和永生的痛悔。

（摘自《视野》2018 年第 5 期）

千古明月心

张佐香

世间唯有神奇朦胧的月光能将一切事物加以诗化。月光长途跋涉而来，也许就是为了雕塑我们。它以亘古如斯的皎洁之光反复地浇铸，使人类万物更美丽、更澄澈。

月亮的清辉可以擦亮少年黑色的眼睛。在蛙声和虫吟织成的宁静里，月光渐渐浮了上来，挂在树梢上。长空里，纤尘不染，月亮看上去湿漉漉的，仿佛刚出浴的仙子。乡村的轮廓在月亮淡淡的清辉里模糊着，附近的庄稼呈现出素描的静态。不知有多少个这样的夏夜，我躺在院内梧桐树下的木板床上望月亮，身体和天空平行着。梧桐树冠撑开的伞差不多罩住了半个院子，但遮不住月亮。月亮升起来的时候，梧桐树就小了。我从叶隙间看到的是不规则的月亮。那不要紧，只要我侧转一下身子，或者有微风拂来，眨眼间，那叶子又翻开了月亮，像冒出一个硕大的果子。静谧中，树叶发出轻柔舒缓的声音似鸟羽擦过天空。茂盛的枝叶间一串串宛如紫色铃铛的花朵散发着幽香，恬静而又芬芳。一些丝丝缕缕的触角，很纤细地伸入我的意识中。月亮在云朵里穿行，梧桐树跟着旋转起来，我大睁着眼睛却不知道自己悬在哪里。我之下有枝枝杈杈的月色，我之上有梧桐，梧桐之上有月。这样美好的重叠，一生中能有几个瞬间？

月光与我如影相随。我拥有它们，拥有别人无法知晓的隐秘的欢愉。这让孤寂的我有了与世共存的依靠。月光也给了我内心最深的震撼。那年西子湖畔，我第一次在月白风清之夜欣赏水月交辉的景致，皓月当空，清光万斛。一个清辉四溢、如梦如幻的银白世界，冰雪般洗濯着我的眼目。一种从灵魂深处荡漾出来的透彻的激动使我一时找不到任何感觉，似乎自己也表里俱澄澈，肝胆皆冰雪。独立湖畔，放眼满湖无尽的清辉，我分不清眼前到底是粼粼波光在闪耀，还是一湖月光在涌动。朦胧中恍惚听见湖面有流动的月光与盈盈的湖水在喁喁私语。悬挂在中天的这轮明月，唐宋时就照耀过西湖的明月，如今依然那么清澈明亮。它千里迢迢、穿风破云，将圣洁的光辉慷慨地泼洒在烟波浩渺的湖上，为的就是要与之做一次心心相印的长谈，将一腔心曲向西湖倾诉。

我仰望的明月，在五千年历史的天空中游弋。它越过秦汉，越过唐宋元明清，在滔滔的长江里浸洗过，在滚滚的黄河里沐浴过。多少人的目光和灵魂被它朗照？李白说："今人不见古时月，今月曾经照古人。"张若虚说："江畔何人初见月，江月何年初照人。"苏东坡说："明月几时有，把酒问青天。"月光在李清照的词里平平仄仄地吟诵；月光在阿炳《二泉映月》的弦上流淌；月光蘸着花香在朱自清先生的荷塘上空朗照……我们托着月亮，一步步向岁月纵深处走去，心灵渐渐地沉甸甸起来。这一轮照耀尘世的千古明月，大抵是人们思绪、情怀难以排解、释然的时刻寻觅的知音吧。今人古人不谋而合，向明月倾诉心曲，向明月借光，向自己借光。月光是诗意的，也是哲学的。我们偎在月我交融的怀里取暖。

月亮是心的影子。它完全可以成为我们的襟袖之物。我们的心壤承接了哪怕是一小寸神异的月辉，也定然会无比澄澈清明。揣着月朗月润的心情，人生之旅才能形成绝佳的风景。

（摘自《文苑·经典美文》2017 年第 10 期）

八十抒怀

季羡林

我从来没有想到，我能活到 80 岁；如今竟然活到了 80 岁，然而又一点没有 80 岁的感觉。岂非咄咄怪事！

我向无大志，包括自己活的年龄在内。我的父母都没能活过 50 岁，因此，我自己的原定计划是活到 50 岁。这样已经超过了父母，很不错了。不知怎么一来，宛如一场春梦，我活到了 50 岁。那时正值“三年经济困难时期”。我流年不利，颇挨了一阵子饿。但是，我是“曾经沧海难为水”，在二次世界大战时，我正在德国，经受了而今难以想象的饥饿的考验，以致失去了饱的感觉。我们那一点困难，同德国比起来，真如小巫见大巫；我从而顺利地渡过了那一场灾难，而且我当时的精神面貌是我一生最好的时期，一点苦也没有感觉到，于不知不觉中冲破了我原定的年龄计划，渡过了 50 岁大关。

50 岁一过，又仿佛一场春梦似的，一下子就到了古稀之年，不容我反思，不容我踟蹰。其间跨越了一个“十年浩劫”。我当然是在劫难逃，被送进牛棚。我现在不知道应当感谢哪一路神灵：佛祖、上帝、安拉。由于一个万分偶然的机缘，我没有走上绝路，活下来了。活下来了，我不但没有感到特别高兴，反而时有悔愧之感在咬我的心。活下来了，也许还是有点好处的。我一生写作翻译的高潮，恰恰出现在这期间。原因并不神秘：我获得了余裕和时间。在浩劫期间，我被打得一佛出世，二佛升天。后来不打不骂了，我却变成了“不可接触者”。在很长时间内，我被分配掏大粪，看门房，守电话，发信件。没有以前的会议，没有以前的发言。没有人敢来找我，很少人有勇气同我谈上几句话。一两年内，没收到一封信。我服从任何人的调遣与指挥。只敢规规矩矩，不敢乱说乱动。然而我的脑筋还在，我的思想还在，我的感情还在，我的理智还在。我不甘心成为行尸走肉，我必须干点事情。200 多万字的印度大史诗《罗摩衍那》，就是在这时候译完的。“雪夜闭门写禁文”，自谓此乐不减羲皇上人。

又仿佛是一场缥缈的春梦，一下子就活到了今天，行年八十矣，是古人称之为耄耋之年了。倒退二三十年，我这个在寿命上胸无大志的人，偶尔也想到耄耋之年的情况：手拄拐杖，白须飘胸，步履维艰，老态龙钟。自谓这种事情与自己无关，所以想得不深也不多。哪里知道，自己今天就到了这个年龄了。今天是新年元旦，零时起，自己已是不折不扣的八十老翁了。然而这老景却真如古人诗中所说的“青霭入看无”，我看不到什么老景。看一看自己的身体，平平常常，同过去一样。看一看周围的环境，平平常常，同过去一样。金色的朝阳从窗子里溜了进来，平平常常，同过去一样。时令正是冬天，叶子落尽了，但是我相信，它们正蜷缩在土里，做着春天的梦。水塘里的荷花只剩下残叶，“留得残荷听雨声”，现在雨没有了，上面只有白皑皑的残雪。我相信，荷花们也蜷缩在淤泥中，做着春天的梦。总之，我还是我，依然故我；周围的一切，也依然是过去的一切……

我是不是也在做着春天的梦呢？我想，是的。我现在也处在严寒中，我也梦着春天的到来。我相信英国诗人雪莱的两句话：“既然冬天已经到了，春天还会远吗?”我梦着楼前的白杨重新长出了浓密的绿叶，我梦着池塘里的荷花重新冒出了淡绿的大叶子，我梦着春天又回到了大地上。

可我万万没有想到，“80”这个数字竟有这样大的威力，一种神秘的威力。“自己已经80岁了!”我吃惊地暗自思忖。它逼迫着我向前看一看，又回头看一看。向前看，灰蒙蒙的一团，路不清楚，也不是很长。确实没有什么好看的地方。不看也罢。

而回头看呢，则在灰蒙蒙的一团中，清晰地看到了一条路，路极长，是我一步一步地走过来的，这条路的顶端是在清平县的官庄。我看到了一片灰黄的土房，中间闪着苇塘里的水光，还有我大奶奶和母亲的面影。这条路延伸出去，我看到了泉城的大明湖。这条路又延伸出去，我看到了水木清华，接着又看到德国小城哥廷根斑斓的秋色，上面飘动着我那母亲似的女房东和祖父似的老教授的面影。路陡然又从万里之外折回到神州大地，我看到了红楼，看到了燕园的湖光塔影。令人泄气而且大煞风景的是，我竟又看到了牛棚的牢头禁子那一副牛头马面似的狞恶的面孔。再看下去，路就缩住了，一直缩到我的脚下。

在这一条十分漫长的路上，我走过阳关大道，也走过独木小桥。路旁有深山大泽，也有平坡宜人；有杏花春雨，也有塞北秋风；有山重水复，也有柳暗花明；有迷途知返，也有绝处逢生。路太长了，时间太长了，影子太多了，回忆太重了。我真正感觉到，我负担不了，也忍受不了，我想摆脱这一切，还我一个自由自在身。

回头看既然这样沉重，能不能向前看呢?我上面已经说到，向前看，路不是很长，没有什么好看的地方。我现在正像鲁迅的散文诗《过客》中的那一个过客。他不知道是从什么地方走来的，终于走到了老翁和小女孩的土屋前面，讨了点水喝。老翁看他已经疲惫不堪，劝他休息一下。他说：“从我还能记得的时候起，我就在这么走，要走到一个地方去，这地方就在前面。我单记得走了许多路，现在来到这里了。我接着就要走向那边去……况且还有声音在前面催促我，叫唤我，使我息不下。”那边，西边是什么地方呢？老人说：“前面，是坟。”小女孩说：“不，不，不是的。那里有许多野百合、野蔷薇，我常常去玩，去看它们的。”

我理解这个过客的心情，我自己也是一个过客。但是却从来没有什么声音催着我走，而是同世界上任何人一样，我是非走不行的，不用催促，也是非走不行的。走到什么地方去呢？走到西边的坟那里，这是一切人的归宿。我记得屠格涅夫的一首散文诗里也讲了这个意思。我并不怕坟，只是在走了这么长的路以后，我真想停下来休息片刻。然而我不能，不管你愿意不愿意，反正是非走不行。聊以自慰的是，我同那个老翁还不一样，有的地方颇像那个小女孩——我既看到了坟，也看到野百合和野蔷薇。

我面前还有多少路呢？我说不出，也没有仔细想过。冯友兰先生说：“何止于米？相期以茶。”“米”是 88 岁，“茶”是 108 岁。我没有这样的雄心壮志。我是“相期以米”。这算不算是立大志呢？我是没有大志的人，我觉得这已经算是大志了。

我从前对穷通寿夭也是颇有一些想法的。“十年浩劫”以后，我成了陶渊明的志同道合者。他的一首诗，我很欣赏：

纵浪大化中，
不喜亦不惧。
应尽便须尽，
无复独多虑。

我现在就是抱着这种精神，昂然走上前去。只要有可能，我一定做一些对别人有益的事，绝不想成为行尸走肉。我知道，未来的路也不会比过去的更笔直、更平坦。但是我并不恐惧。我眼前还闪动着野百合和野蔷薇的影子。

（摘自浙江人民出版社《散文精读·季羡林》一书）

我的童年

冰　心

提到童年，总使人有些向往，不论童年生活是快乐，是悲哀，人们总觉得都是生命中最深刻的一段；有许多印象，许多习惯，深固地刻画在他的人格及气质上，而影响他的一生。

我的童年生活，在许多零碎的文字里，不自觉地已经描写了许多，当曼瑰对我提出这个题目的时候，我还觉得有兴味，而欣然执笔。

中年的人，不愿意再说些情感的话，虽然在回忆中充满了含泪的微笑，我只约略地画出我童年的环境和训练，以及遗留在我的嗜好或习惯上的一切，也许有些父母们愿意用来做参考。

先说到我的遗传：我的父亲是个海军将领，身体很好，我从不记得他在病榻上躺着过。我的祖父身体也很好，八十六岁无疾而终。我的母亲却很瘦弱，常常头痛，吐血——这吐血的症候，我也得到，不是肺结核，而是肺气支涨大，过劳或操心，都会发作——因此我童年时代记忆所及的母亲，是个极温柔、极安静的女人，不是做活计，就是看书，她的生活是非常恬淡的。

虽然母亲说过，我在会吐奶的时候，就吐过血，而在我的童年时代，并不曾发作过，我也不记得我那时生过什么大病，身体也好，精神也活泼，于是那七八年山陬海隅的生活，我多半是父亲的孩子，而少半是母亲的女儿！

在我以先，母亲生过两个哥哥，都是一生下就夭折了；我的底下，还死去一个妹妹。我的大弟弟，比我小六岁。在大弟弟未生之前，我在家里是个独子。

环境把童年的我，造成一个“野孩子”，丝毫没有少女的气息。我们的家，总是住近海军兵营，或海军学校。四围没有和我同年龄的女伴，我没有玩过“娃娃”，没有学过针线，没有搽过脂粉，没有穿过鲜艳的衣服，没有戴过花。

反过来说，因着母亲的病弱和家里的冷静，使得我整天跟在父亲的身边，参加了他的种种工作与活动，得到了连一般男子都得不到的经验。为一切方便起见，我总是男装，常着军服。父母叫我“阿哥”，弟弟们称呼我“哥哥”，弄得后来我自己也忘其所以了。

父亲办公的时候，也常常有人带我出去，我的游踪所及，是旗台、炮台、海军码头、火药库、龙王庙。我的谈伴是修理枪炮的工人、看守火药库的残疾兵士、水手、军官，他们多半是山东人，和蔼而质朴，他们告诉我海上许多新奇悲壮的故事。有时也遇见农夫和渔人，谈些山中海上的家常。那时除了我的母亲和父亲同事的太太们外，几乎轻易见不到一个女性。

四岁以后，开始认字。六七岁就和我的堂兄表兄们同在家里读书。他们比我大了四五岁，仍旧是玩不到一处，我常常一个人走到山上海边去。那是极其熟识的环境，一草一石，一沙一沫，我都有无限的亲切。我常常独步在沙岸上，看潮来的时候，仿佛天地都飘浮了起来；潮退的时候，仿佛海岸和我都被吸卷了去！童稚的心，对着这亲切的“伟大”，常常感到怔忡。黄昏时，休息的军号吹起，四山回响，声音凄壮而悠长，那熟识的调子，也使我莫名其妙地要下泪，我不觉得自己的“闷”，只觉得自己的“小”。

因着没有游伴，我很小就学习看书，得了个“好读书，不求甚解”的习惯。我的老师很爱我，常常教我背些诗句，我似懂似不懂的，有时很能欣赏。比如“前不见古人，后不见来者，念天地之悠悠，独怆然而涕下”，我独立山头的时候，就常常默诵它。

离我们最近的城市，就是烟台，父亲有时带我下去，赴宴会，逛天后宫，或是听戏。父亲并不喜听戏，只因那时我正看《三国》，父亲就到戏园里点戏给我听，如《草船借箭》《群英会》《华容道》等。看见书上的人物走上舞台，虽然不懂得戏词，我也觉得很高兴。所以我至今还不讨厌京戏，而且我喜听须生、花脸、黑头的戏。

再大一点，学会了些精致的淘气，我的玩具已从铲子和沙桶进步到蟋蟀罐同风筝，我收集美丽的小石子，在瓷缸里养着，我学作诗，写章回小说，但都不能终篇，因为我的兴趣仍在户外，低头伏案的时候很少。

父亲喜欢种花养狗，公余之暇，这是他极少的消遣。因此我从小不怕动物，对于花木，更有普遍的爱好。母亲不喜欢狗，却也爱花，夏夜我们常常在豆棚花架下，饮啤酒、汽水，乘凉。母亲很早就进去休息，父亲便带我到旗台上去看星，他指点给我各个星座的名称和位置。他常常说：“你看星星不是很多很小，而且离我们很远么？但是我们海上的人一时都离不了它们。在海上迷路的时候看见星星就如同看见家人一样。”因此我至今爱星甚于爱月。

父亲又常常带我去参观军舰，指点给我军舰上的一切，我只觉得处处都整齐、清洁、光亮、雪白，心里总有说不出的赞叹同羡慕。我也常得亲近父亲的许多好友，如萨镇冰先生，黄赞侯先生——民国第一任海军部长黄钟瑛上将——他们都是极严肃，同时又极慈蔼，生活是那样纪律、那样恬淡，他们也作诗，同父亲常常唱和，他们这一班人是当时文人所称为的“裘带歌壶，翩翩儒将”。我当时的理想，是想学父亲，学父亲的这些好友，并不曾想到我的“性”阻止了我做他们的追随者。

这种生活一直连续到了十一岁，此后我们回到故乡——福州——去，生活起了很大的转变。我也不能不感谢这个转变！十岁以前的训练，若再继续下去，我就很容易变成一个男性的女人，心理也许就不会健全。因着这个转变，我才渐渐地从父亲身边走到母亲的怀里，而开始我的少女时期了。

童年的印象和事实，遗留在我的性格上的，第一是我对于人生态度的严肃，我喜欢整齐、纪律、清洁的生活，我怕看怕听放诞、散漫、松懈的一切。

第二是我喜欢空阔高远的环境，我不怕寂寞、不怕静独，我愿意常将自己消失在空旷辽阔之中。因此一到了野外，就如同回到了故乡，我不喜城居，怕应酬，我没有城市的嗜好。

第三是我不喜欢穿鲜艳颜色的衣服，我喜欢的是黑色、蓝色、灰色、白色。有时母亲也勉强我穿过一两次稍为鲜艳的衣服，我总觉得很忸怩，很不自然，穿上立刻就要脱去。关于这一点，我觉得完全是习惯的关系。其实在美好的品味之下，少女爱好天然，是应该“打扮”的！

第四是我喜欢爽快、坦白、自然的交往。我很难勉强我自己做些不愿意做的事，见些不愿意见的人，吃些不愿意吃的饭！母亲常说这是“任性”之一种，不能成为“伟大”的人格。

第五是我一生对于军人普遍的尊敬，军人在我心中是高尚、勇敢、纪律的结晶。关系军队的一切，我也都感兴趣。

说到童年，我常常感谢我的好父母，他们养成我一种恬淡、“返乎自然”的习惯，他们给我一个快乐、清洁的环境，因此，在任何环境里我都能自足、知足。我尊敬生命、珍爱生命，我对于人类没有怨恨，我觉得许多缺憾是可以改进的，只要人们有决心、肯努力。

这不是一件容易事，因为生命是一张白纸，它的本质无所谓痛苦，也无所谓快乐。我们的人生观，都是环境形成的。相信人生是向上的人，自己有了勇气，别人也因而快乐。

我不但常常感念我的父母，我也常常警惕我们应当怎样做父母。

（摘自二十一世纪出版社集团《冰心精品诗文集》一书）

母爱是一件罩着你的衣裳

邓康延

在各种老课本里，母爱多用缝衣表达，那是农耕社会的丝丝牵挂。一篇写针头线脑的识字课文，只是一段白描，那种“慈母手中线”的千秋意境便跃然纸上。我的配文是：“母亲们用几千年的线穿过一辈子的针眼，缝缀我们栉风沐雨的布衣华服，让我们知寒知暖。”

在汉族服装史上，元朝、清朝都在我们的衣襟上鞭笞下血泪。日寇侵华之初，也曾重点抓捕过穿中山装的青年。

尤令人寒心的还是我们袍泽自撕。我采访过一位腾冲老兵，他说为打鬼子入伍时，第一件事不是操练打枪，而是编草鞋，因为布条裹草不磨脚，他养成了在路上捡拾碎布的习惯。战后他回家，母亲已谢世。国民党军队老兵的身份让他无力结婚和拥有后代，他无人疼爱也无疼爱之人，像是一件用过的旧军服。好在这些年有了志愿者送来些鞋子、衣服和粮油。

丰子恺先生的漫画，在民国时别具一格。柳树，襁褓，国破山河在的家园，逃难途中的学校，都在裹着尚不省事的孩子，如同绵厚的岁月裹着悲凉护生的画家。如今先生殊荣再显，可见一川的风狂雨骤，压不过悲悯加身的一蓬劲草。

高尔泰在《寻找家园》中，记述了穿着藏蓝色棉袄的劳改右派龙庆忠。他因为瘦，棉袄空荡荡的，透风，但他不舍得扎根绳子，怕将衣服磨出白印；他也不愿像其他人那样就地躺下，怕弄脏棉袄。在他被送到夹边沟前，远在河北的母亲寄来亲手缝制的蓝棉袄。他在饿殍满地的劳改农场给母亲回信，只说吃得好、穿得暖。第二年，高尔泰回农场，远远看到他终于在腰间拴根绳子了，高兴地跟他打招呼，却发现是别人。龙庆忠早死了，蓝袄已几易其主，送走好几位主人。我看完那段，掩卷想想，那是件暖和过几个人的衣服。

我还想到 1983 年春天，胡耀邦在深圳对市委干部说：你们穿的衣服怎么还是老样子？我赞成你们穿西装。同外商打交道，人家的第一观感就是穿着服饰，你们总是老样子，他们就觉得你们这里还很落后，没有什么变化，投资担风险。

几年前，拍摄纪录片《布衣中国》，我想到百多年来世界服装千变万化，中国人的服装却在战争、革命、运动里，不是灰头土脸、衣不遮体，就是蓝黑灰绿、千篇一律，缺失个性、异性、人性。20 世纪 80 年代北京的一场时装秀，模特将衣裳轻轻一撩，台下的中山装、轻便装们，轰的一声头往后仰，仿佛大风吹过。唉，阴霾太久，阳光刺眼。

我本想拍衣裳在社会跌宕中的命运，禁不住朋友的劝说，侧重了服装的五个技术维度：原料、颜色、款式、设计、制作，举轻若重。可这些依然逃脱不了百姓刻骨铭心的时代冷暖。审片时，一个情节让我心头一凛：一位河南老奶奶说，她一辈子做了几代人的衣裳，一生都在纺车上，只有家里饿死几口人的那年，纺车停过几天。

当然，生活也多有温情。湖州一位老奶奶已无力绞丝了，仍留下一些蚕茧要亲手抽丝、剥茧，为将出生的孙儿铺一件丝绸小袄。清明节，剧组随她去祭蚕丝娘娘，看到上山路上的老牌坊上刻着在风雨中保留了几百年的四个大字：衣被天下。

我为《布衣中国》写过几遍主题歌，从母爱亲情到衣被天下，最终接受了音乐家何沐阳的意见，写成了一首隐喻爱情的歌曲《爱你如衣》：

棉花开过的四季/苍凉依旧的大地/故乡的讯息/裹住我的浪迹/梦里温衾的暖意/丝路绵延千万里/岁月转身的距离/缠绕的往事编织成绸忆/而你针刺般华丽/等风起/爱你如衣/剪相思/归去遥遥无期/沉香的那匹/一直压箱底/留给你今生来世做嫁衣/冷暖不弃/爱你如衣。

（摘自《读者》2017 年第 2 期）

后花园

萧　红

呼兰河这小城里边住着我的祖父。

我生的时候，祖父已经六十多岁了；我长到四五岁时，祖父就快七十了。

我家有一个大花园，这花园里蜂子、蝴蝶、蜻蜓、蚂蚱，样样都有。蝴蝶有白的、黄的。这种蝴蝶极小，不太好看。好看的是大红蝴蝶，满身带着金粉。

蜻蜓是金的，蚂蚱是绿的，蜂子则嗡嗡地飞着，满身绒毛，落到一朵花上，胖圆圆的，就跟一个小毛球似的不动了。

花园里边明晃晃的，红的红，绿的绿，新鲜漂亮。

据说这花园，从前是一个果园。祖母喜欢吃果子就种了果树。祖母又喜欢养羊，羊却把果树给啃了。果树于是都死了。到我有记忆的时候，园子里就只有一棵樱桃树、一棵李子树，为因樱桃和李子都不大结果子，所以觉得他们是并不存在的。小的时候，只觉得园子里边就有一棵大榆树。

这榆树在园子的西北角上，来了风，这榆树先啸；来了雨，大榆树就先冒烟了。太阳一出来，大榆树的叶子就发光了，它们闪烁得和沙滩上的蚌壳一样了。

祖父一天都在后园里边，我也跟着祖父在后园里边。祖父带一个大草帽，我戴一个小草帽，祖父栽花，我就栽花；祖父拔草，我就拔草。当祖父下种，种小白菜的时候，我就跟在后边，把那下了种的土窝，用脚一个一个地溜平，哪里会溜得准，东一脚、西一脚地瞎闹，有时不单没把土盖上，反而把菜籽踢飞了。

小白菜长得非常快，没有几天就冒了芽了。一转眼就可以拔下来吃了。

祖父铲地，我也铲地。因为我太小，拿不动那锄头杆，祖父就把锄头杆拔下来，让我单拿着那个锄头的“头”来铲。其实哪里是铲，也不过趴在地上，用锄头乱勾一阵就是了。也认不得哪个是苗哪个是草，往往把韭菜当作野草一起地割掉，把狗尾草当作谷穗留着。

等祖父发现我铲的那块满留着一片的狗尾草，他就问我：“这是什么？”

我说：“谷子。”

祖父大笑起来，笑得够了，把草摘下来问我：“你每天吃的就是这个吗？”

我说：“是的。”

我看着祖父还在笑，我就说：“你不信，我到屋里拿来你看。”

我跑到屋里拿了鸟笼上的一头谷穗，远远地就抛给祖父了，说：“这不是一样的吗？”

祖父慢慢地把我叫过去，讲给我听，说谷子是有芒针的，狗尾草则没有，只是毛嘟嘟的，真像狗尾巴。

祖父虽然教我，我看了也并不细看，也不过马马虎虎承认下来就是了。

一抬头看见了一个黄瓜长大了，跑过去摘下来，我就去吃黄瓜去了。

黄瓜也许没有吃完，又看见了一个大蜻蜓从旁飞过，于是丢了黄瓜又去追蜻蜓去了。蜻蜓飞得多么快，哪里会追得上。好在一开初也没有存心一定要追上，所以站起来，跟了蜻蜓跑了几步就又去做别的去了。

采一个倭瓜花心，捉一个大绿豆青蚂蚱，把蚂蚱腿用线绑上，绑了一会，也许把蚂蚱腿就绑掉了，线头上只拴了一条腿，而不见蚂蚱了。

玩腻了，又跑到祖父那里去乱闹一阵，祖父浇菜，我也抢过来浇，就是并不往菜上浇，而是拿着水瓢，拼尽了力气，把水往天空里一扬，大喊着："下雨了，下雨了。"

太阳在园子里是特大的，天空是特别高的，太阳的光芒四射，亮得使人睁不开眼睛，亮得蚯蚓不敢钻出地面来，亮得蝙蝠不敢从什么黑暗的地方飞出来。

是凡在太阳下的，都是健康的、漂亮的，拍一拍连大树都会发响的，叫一叫就是站在对面的土墙都会回答似的。

花开了，就像花睡醒了似的；鸟飞了，就像鸟上天了似的；虫子叫了，就像虫子在说话似的。一切都活了。它们都有无限的本领，要做什么，就做什么。

要怎么样，就怎么样，都是自由的。倭瓜愿意爬上架就爬上架，愿意爬上房就爬上房。黄瓜愿意开一个谎花，就开一个谎花；愿意结一个黄瓜，就结一个黄瓜。若都不愿意，就是一个黄瓜也不结、一朵花也不开，也没有人问它。

玉米愿意长多高就长多高，它若愿意长上天去，也没有人管。蝴蝶随意地飞，一会从墙头上飞来一对黄蝴蝶，一会又从墙头上飞走了一个白蝴蝶。它们是从谁家来的，又飞到谁家去？太阳也不知道这个。

只是天空蓝悠悠的，又高又远。

可是白云一来了的时候，那大团的白云，好像撒了花的白银似的，从祖父的头上经过，好像要压到了祖父的草帽那么低。

我玩累了，就在房子底下找个阴凉的地方睡着了。不用枕头，不用席子，就把草帽遮在脸上就睡了。

后园中有一棵玫瑰，一到五月就开花的，一直开到六月，花朵像酱油碟那么大。它开得很茂盛，满树都是，花香招来了很多的蜂子，嗡嗡地在玫瑰树那儿闹着。

别的一切都玩厌了的时候，我就想起来去摘玫瑰花，摘了一大堆，把草帽脱下来用帽兜子盛着。在摘那花的时候，有两种恐惧，一种是怕蜂子的勾刺人，另一种是怕玫瑰的刺刺手。好不容易摘了一大堆，摘完了可又不知道做什么了。忽然异想天开，这花若给祖父戴起来该多好看。

祖父蹲在地上拔草，我就给他戴花。祖父只知道我是在捉弄他的帽子，而不知道我到底是在干什么。我把他的草帽插了一圈的花，红通通的二三十朵。我一边插着一边笑，当我听到祖父说“今年春天雨水大，咱们这棵玫瑰开得这么香。二里路也怕闻得到的”时，就笑得哆嗦起来，几乎没有支持的力气再插上去了。等我插完了，祖父还是安然得不晓得，他还照样拔着垅上的草。我跑得很远站着，我不敢往祖父那边看，一看就想笑。所以我借机进屋去找一点吃的来，还没有等我回到园中，祖父也进屋来了。

那满头红通通的花朵，一进来祖母就看见了。她看见什么也没说，就大笑了起来。父亲母亲也笑了起来，而以我笑得最厉害，笑得在炕上打滚。

祖父把帽子摘下来一看，原来那玫瑰的香并不是因为今年春天雨水大的缘故，而是因为那花就顶在他的头上。

他把帽子放下，他笑了十多分钟还停不住，过一会又想起来，又笑了。

祖父刚有点忘记了，我就在旁边提醒说：“爷爷……今年春天雨水大呀……”

一提起，祖父的笑就来了，于是我也在炕上打起滚来。

就这样一天一天的，祖父、后园、我，这三样是一样也不可缺少的了。

刮了风、下了雨，不知对祖父有什么影响，而我却是非常寂寞的了。去没有去处，玩没有玩的，觉得这一天不知有多少日子那么长。

（摘自《视野》2018 年第 1 期）

又是一年芳草绿

老 舍

悲观有一样好处，它能叫人把事情都看轻了一些。这个可也就是我的坏处，它不起劲，不积极。您看我挺爱笑不是？因为我悲观。悲观，所以我不能板起面孔，大喊："孤——刘备！"我不能这样。一想到这样，我就要把自己笑毛咕了。看着别人吹胡子瞪眼睛，我从脊梁沟上发麻，非笑不可。我笑别人，因为我看不起自己。别人笑我，我觉得应该；说得天好，我不过是脸上平润一点的猴子。我笑别人，往往招人不愿意；不是别人的量小，而是不像我这样稀松，这样悲观。

我打不起精神去积极地干，这是我的大毛病。可是我不懒，凡是我该做的我总想把它做了，总算得点报酬养活自己与家里的人——往好了说，尽我的本分。我的悲观还没到想自杀的程度，不能不找点事做。有朝一日非死不可呢，那只好死喽，我有什么法儿呢？

这样，你瞧，我是无大志的人。我不想当皇上。最乐观的人才敢做皇上，我没这份胆气。

有人说我很幽默，不敢当。我不懂什么是幽默。假如一定要问我，我只能说我觉得自己可笑，别人也可笑；我不比别人高，别人也不比我高。谁都有缺欠，谁都有可笑的地方。我跟谁都说得来，可是他得愿意跟我说；他一定说他是圣人，叫我三跪九叩报门而进，我没这个瘾。我不教训别人，也不听别人的教训。幽默，据我这么想，不是嬉皮笑脸，死不要鼻子。

也不知怎股子劲儿，我成了个写家。我的朋友德成粮店的写账先生也是写家，我跟他同等，并且管他叫二哥。既是个写家，当然得写了。“风格即人”——还是“风格即驴”？——我是怎个人自然写怎样的文章了。于是有人管我叫幽默的写家。我不以这为荣，也不以这为辱。我写我的。卖得出去呢，多得个三块五块的，买什么吃不香呢；卖不出去呢，拉倒，我早知道指着写文章吃饭是不易的事。

稿子寄出去，有时候是肉包子打狗，一去不回头，连个回信也没有。这，咱只好幽默；多见着那个骗子再说，见着他，大概我们俩总有一个笑着去见阎王的。不过，这是不很多见的，要不怎么我还没想自杀呢。常见的事是这个，稿子登出去，酬金就睡着了，睡得还是挺香甜。直到我也睡着了，它忽然来了，仿佛故意吓人玩。数目也惊人，它能使我觉得自己不过值一毛五一斤，比猪肉还便宜呢。这个咱也不说什么，国难期间，大家都得受点苦，人家开铺子的也不容易，掌柜的吃肉，给咱点汤喝，就得念佛。是的，我是不能当皇上，焚书坑掌柜的，咱没那个狠心，你看这个劲儿！不过，有人想坑他们呢，我也不便拦着。

这么一来，可就有许多人看不起我。连好朋友都说：“伙计，你也硬正着点，说你是为人类而写作，说你是中国的高尔基；你太泄气了！”真的，我是泄气，我看高尔基的胡子可笑。他老人家那股子自卖自夸的劲儿，打死我也学不来。人类要等着我写文章才变体面了，那恐怕太晚了吧？我老觉得文学是有用的；拉长了说，它比任何东西都有用，都高明。可是往眼前说，它不如一尊高射炮，或一锅饭有用。我不能吆喝我的作品是“人类改造丸”，我也不相信把文学杀死便天下太平。我写就是了。

别人的批评呢？批评是有益处的。我爱批评，它多少给我点益处；即使完全不对，不是还让我笑一笑吗？自己写的时候仿佛是蒸馒头呢，热气腾腾，莫名其妙。及至冷眼人一看，一定看出许多错儿来。我感谢这种指摘。说得不对呢，那是他的错儿，不干我的事。我永不辩驳，这似乎是胆儿小；可是也许是我的宽宏大量。我不便往自己脸上贴金。一件事总得由两面瞧，是不是？

对于我自己的作品，我不拿她们当作宝贝。是呀，当写作的时候，我是卖了力气，我想往好了写。可是一个人的天才与经验是有限的，谁也不敢保了老写得好，连荷马也有打盹的时候。有的人呢，每一拿笔便想到自己是但丁，是莎士比亚。这没有什么不可以的，天才须有自信的心。我可不敢这样，我的悲观使我看轻自己。我常想客观地估量估量自己的才力；这不易做到，我究竟不能像别人看我看得那样清楚；好吧，既不能十分看清楚自己，也就不用装蒜，谦虚是必要的，可是装蒜也大可以不必。

对做人，我也是这样。我不希望自己是个完人，也不故意地招人家的骂。该求朋友的呢，就求；该给朋友做的呢，就做。做得好不好，咱们大家凭良心。所以我很和气，见着谁都能扯一套。可是，初次见面的人，我可是不大爱说话；特别是见着女人，我简直张不开口，我怕说错了话。在家里，我倒不十分怕太太，可是对别的女人老觉着恐慌，我不大明白妇女的心理；要是信口开河地说，我不定说出什么来呢，而妇女又爱挑眼。男人也有许多爱挑眼的，所以初次见面，我不大愿开口。我最不喜辩论，因为红着脖子粗着筋太不幽默。我最不喜欢好吹腾的人，可并不拒绝与这样的人谈话；我不爱这样的人，但喜欢听他的吹。最好是听着他吹，吹着吹着连他自己也忘了吹到什么地方去，那才有趣。

可喜的是有好几位生朋友都这么说：“没见着阁下的时候，总以为阁下有八十多岁了。敢情阁下并不老。”是的，虽然将奔四十的人，我倒还不老。因为对事轻淡，我心中不大藏着计划，做事也无须耍手段，所以我能笑，爱笑；天真的笑多少显得年轻一些。我悲观，但是不愿老声老气地悲观，那近乎“虎事”。我愿意老年轻轻的，死的时候像朵春花将残似的那样哀而不伤。我就怕什么“权威”咧，“大家”咧，“大师”咧，等等老气横秋的字眼们。我爱小孩，花草，小猫，小狗，小鱼；这些都不“虎事”。偶尔看见个穿小马褂的“小大人”，我能难受半天，特别是那种所谓聪明的孩子，让我难过。比如说，一群小孩都在那儿看变戏法儿，我也在那儿，单会有那么一两个七八岁的小老头说：“这都是假的！”这叫我立刻走开，心里堵上一大块。世界确是更“文明”了，小孩也懂事懂得早了，可是我还愿意大家傻一点，特别是小孩。假若小猫刚生下来就会捕鼠，我就不再养猫，虽然它也许是个神猫。

我不大爱说自己，这多少近乎“吹”。人是不容易看清楚自己的。不过，刚过完了年，心中还慌着，叫我写“人生于世”，实在写不出，所以就近拿自己当材料。万一将来我不得已而做了皇上呢，这篇东西也许成为史料，等着瞧吧。

（摘自北方文艺出版社《老舍经典散文全集》一书）

道德的还是理想的

阿　来

我有个日渐加深的疑问，中国人心目中的故乡是一个怎样的存在？

这个疑问还有别的设问方式：这个故乡是虚饰的，还是一种经过反思还原的真实？是抽象的道德象征，还是具象的地理与人文存在？

的确，我对汉语的文艺性表达中关于故乡的言说有着愈益深重的怀疑。当有需要讲一讲故乡时，我会四顾茫然，顿生孤独惆怅之感。当下很多抒情性的文字——散文、诗歌、歌词，甚至别的样式的艺术作品，但凡关涉故乡这样一个主题，我们一定会听到同样甜腻而矫饰的腔调。在这种腔调的吟咏中，国人的故乡都具有相同的特征：风俗古老淳厚，乡人朴拙善良；花是解语花，水是含情水。在吾国大多数无论是人文还是自然都并不美好的地方旅行，我会突然意识到，这就是被某一首诗吟过，被某一首歌唱过，被某一幅图画过的某一个文化人的美丽的家乡。但真实的情况总是，那情形并不见得就那么美好。带着这样的困惑，有一天，在某地一条污水河上坐旅游船，听接待方安排的导游机械地背诵着本地文化人所写的歌唱这条河流美景的诗句时，我不禁闭上了眼睛，陷入了自己一个荒诞的想象：假如我们的文化发达到每一地都出了文化名人，都写了描绘故乡美景的篇章，我们再把这些篇章像做拼图游戏一样拼合起来，那么，吾国每一条河流都不会有污染，每一座山峦都披满了绿装，没有沙漠进逼城市与村庄，四处都是天堂般的风和日丽、鸟语花香。城镇的每一个角落都被彩虹般的灯光照亮，没有波德莱尔笔下那样的“恶之花”从卑污处绽放。

由此，不得不得出一个结论，在中国绝大多数文艺性的表述中，那个关于故乡的言说都是虚饰的，出自一种胆怯乏力的想象。关于人类最初与最终居住地的美好图景，最美妙的那一些，已经被各种宗教和各种主义很完整、很大胆地以一种不容置疑的气度描述过了。当我们描绘那些多半并不存在的家乡美景时，气度上却缺乏那样大气磅礴的支撑，不过是在局部性地复述一些前人的言说。于是，一种虚饰的故乡图景在文字表述中四处泛滥。故乡——村庄、镇子、胡同、大院，所有这些存在或者说记忆到底是应该作为一种客观对象还是主观的意象，已经不是一个如何写作的问题，而早就是一个道德伦理问题。用句套话说来，不是存在决定一切，而是态度决定一切。

帕慕克说：“我们一生当中至少都有一次反思，带领我们检视自己出生的环境。”但大多数时候，我们文字里的故乡，不是经过反思的环境，而是一种胆怯的想象所造就的虚构的图景。

没有查书，但大致记得亚里士多德说过，人都会通过文字或思考来使对象“净化”，但是，这个“净化”是“通过怜悯与恐惧达到”，而不是通过虚饰与滥情来达到。想想我本人的写作，或者是就在实际的生活中间，一直以来就有意无意回避对故乡进行直接简单的表述，我也从来没有自欺地说过，有多么热爱自己的故乡。

不愿虚饰，可又无力怜悯。

少年时代，我曾想象过自己是一个孤儿，在路上，永远在穿越不同的村子与城镇，无休止地流浪。幸福，而且自由。自由不是为了无拘无束去天马行空，而是除了自己之外，与别的人没有任何牵扯与挂碍。幸福也不是为了丰衣足食，但至少不必为不够丰衣足食而生活在愁烦焦灼的氛围之中，生活在为了生存而动物般的竞争里。那是一个川西北高原上的僻静村庄，阳光是透明的，河水是清澈的，鲜花是应时开放的，村后高山上的积雪随季节转换堆积或融化。但人们的生活，如果只是为了生存而挣扎，那人之为之，又有什么意义呢？可在中国乡村，特别是我们这一代人青少年时期生活的乡村，使旧乡村有些意味的士绅与文化人物已经消失殆尽，几乎所有人都堕入动物般的生存。树木与花草没有感官与思想，只是顺应着季节的变化枯荣有定。但人，发展出来那么丰富的感受能力，却又只为嘴巴与胃囊而奔忙，而兴奋与悲愁，这样的故乡，我想，但凡是一个正常的人，恐怕是无法热爱的。何况，那时使故乡美丽的森林正被大规模地砍伐。20 世纪六七十年代，伐木工人的数量早就超过了我们这些当地土著的数量。跟很多很多中国人一样，我青少年时代的许多努力，就是为了逃离家乡。

但是，当我们在学校学习，或者通过阅读自学，在汉语的语境之中，好像已经有一个约定俗成的规矩，那就是，一个人必须爱自己的故乡。如果不是这样，那么，这个人在道德上就已经失去了立身之地。这处境有点像我们在某些需要表决的场合，虽然规则说可以投反对票，但所有人都知道，要么你不举手，要举手就是投赞成票，否则，就是一个离经叛道的另类，一个不识时务的傻瓜了。

其实，故乡只是一个地理性存在，美好与否，自然条件就有先天的决定，本来那只是地图上的一个点，一个人总归要非常偶然地降生在一个地方。于是，这个地方就有了强烈的感情色彩，叫作故乡。从此开始，衍生出一连串宏大的命名，最为宏大而前定的两个命名就是民族与国家，“人生签牌分派给我们的国家”。故乡之不能被正面注视，不能被客观书写，也是因为这两个伟大的命名下诞生出来的特殊情感。因为从家到族到国的概念连接，家乡的神圣性再也无可动摇。再从国到族到家，这样反过来一想，老家所在的那块土地，也就神化成一个坛，只好安置我们对理想家园梦境般的美好想象。幸福家园的图景总是那么相似，故乡的描述终于也就毫无新意，就像彼此抄袭互相拷贝的一样。

在所有宏大的命名下，只有“人”这个概念，被整体遗忘。在家乡，你是家族中的一分子，你的身份是按血缘纽带中的一环来命名与确认的，就像我们在整个社会机器中，你不是作为一个独立的人，而是按你在整部机器的运行中所起的作用大小来得以确认。于是，人就只好知趣地自己消失了，人在故乡的真实感受与经历也就真的消失了。

我们虚饰了故乡，其实就是拒绝了一种真实的记忆，拒绝真实的记忆，就等于失去记忆。

失忆当然是因为缺少反省的习惯与反思的勇气。

于是，失忆从一个小小的地方开始，日渐扩散，在意识中水渍一样慢慢晕染，终于阴云一样遮蔽了理性的天空，使我们这些人看起来变成了诗意的、感性的、深情的一群，在一个颇能自洽的语境中沉溺，面对观想出来的假象自我陶醉。当我们放弃了对故乡真实存在的理性观照与反思，久而久之，我们也就整体性地失去了对文化与历史，对当下现实的反思的能力。

（摘自长江文艺出版社《阿来散文精选》一书，有删节）

文字的力量

李建臣

文字的价值

传递信息是一种生命现象。

植物有传递信息的能力。比如说植物的趋光性、顶端优势、共生、绞杀以及捕猎动物，等等。据考证，目前地球上的食肉类植物有 600 多种，如大家熟知的猪笼草、捕蝇草。

微生物也有传递信息的能力。比如细菌和病毒可以产生耐药性，可以将耐药性传递给下一代。

至于动物传递信息，就不必赘言了。

人类作为一种特殊生物，与其他物种的本质差别，就是具有独特的思考能力、想象力和创造力，具有丰富多彩的情感世界和精神家园。其主要表现手段便是语言文字。

文字是人类具有里程碑意义的重大发明。它既是人类思维能力和表达能力产生飞跃的重要标志，同时又促进了人类思维能力的跃升。它对人类告别愚昧和肤浅，逐步走向文明起到了无法估量的作用。

思想文化的传播方式有多种，如建筑、音乐、舞蹈、服饰、绘画、雕塑等。但毫无疑问，文化传播的主要承担者、第一主力军是文字。这是因为文字传播范围最广泛、时间最久远、思想最深刻。

首先，文字便于携带和流传。丝绸之路也好，茶马古道也罢，可以随身携带大量典籍。佛教传入中国，即缘于无数的学者把典籍带到中国。人类可考的文明史，基本上都源自文字传承。文字又是一种抽象的表达方式，形而上，能把人类最抽象深刻的概念、思想、逻辑都充分、精准地表达出来。

英国哲学家波普有一个著名的思想实验：假如地球上人类的物质文明遭到毁灭，但是图书还在，那么人类文明成果很快就会恢复；如果图书也不在了，那么人类文明成果的恢复将是漫漫长夜。

春秋时鲁国大夫叔孙豹曾有“三不朽”说法：立德、立功、立言。实际上“德”的标准因时而变，“功”的成果得失无常，而且德与功，都需要通过文字来记载和传承。所以真正能够不朽、可以穿透历史迷雾永恒存在的，只有“立言”，立那些凝结智慧与良知、洞明本质与规律、悯恤生命与人性、崇弘光明与尊严之言。

世界文字的历史

人类早期创造的文明有许多。但是，有的文明有文字记载，得到了传播，并且对推动人类进步做出了重要贡献，那么这个文明就为历史所尊重，比如古希腊文明。而没有文字记载，或虽有记载但找不到它推动人类进步的痕迹，那么这个文明就会淹没在茫茫历史尘埃中，仿佛从来没有存在过。

达尔文 1871 年在《人类起源和性选择》中提出了人类走出非洲的观点。100 多年后，学界根据考古成果描绘了走出非洲的路线图，起点主要在南非和东非——坦桑尼亚、埃塞俄比亚一带。可是仅此而已。数千年来，南非和东非的文明始终处于初级层面。

1756 年，丹麦派出了一支 6 人组成的探险队前往中东。中途死了 5 个人，剩下一个人叫尼布尔，到达了伊朗境内的波斯波利斯。在那里，他在有 2000 多年历史的波斯王宫遗址中发现了许多排列整齐的符号。他抄录了下来，并且研究多年，终于破解了这种古老的楔形文字。

原来早在 5500 多年前，在两河流域就诞生了人类最早的奴隶制国家，并且达到了较高的文明程度。比如人类对青铜器的使用就是从这里拉开序幕。大约在 4250 年前，居住在这里的苏美尔人开始使用文字。

人类早期的文字都是从象形文字开始。苏美尔人经过上千年的使用和改进，逐渐把象形文字改造成了音节符号，即楔形文字。苏美尔人在法律制度、宗教、文学、数学、天文学、建筑等诸多方面的成就，以及该文化对其他地区文明发展所起到的启蒙和推动作用，都是通过楔形文字记载和传播的。《圣经》中的伊甸园就是指这里。

至公元前 538 年，巴比伦王国被崛起于伊朗高原的波斯灭掉。持续了 3000 年的历史文明自此谢幕。苏美尔人生存过的遗迹被黄沙掩埋，再无踪迹。1772 年尼布尔研究成果的发布，使沉寂数千年的苏美尔文明重见天日，也使我们看到、读懂了 4100 年前的《乌尔纳姆法典》和 3800 年前的《汉谟拉比法典》,领略了那一段文明的辉煌。

古埃及的一些文明遗迹，数千年来一直是个谜。1799 年 7 月，拿破仑带领法国军队在埃及开罗附近作战。中尉布撒尔在指挥士兵修工事时挖出一块一米多长的石碑，上面有用古埃及象形文字、古埃及草书和古希腊文书写的相同内容的铭文。此地阿拉伯语叫拉希德，而法国士兵误传为罗塞达，故而石碑被命名为罗塞达石碑。

再说法国有一个神童叫商博良，5 岁便可以翻译古文，12 岁开始发表作品，18 岁获得博士学位，19 岁成为教授，并开始破译罗塞达石碑。经过多年的不懈努力，商博良解读古埃及象形文字取得了重大突破。1822 年，32 岁的商博良把自己的成果公之于世，揭开了古埃及灿烂文明的神秘面纱。古埃及从公元前 3000 年至公元前 300 年的 31 个王朝的历史发展面貌，从象形文字中喷薄而出。

古希腊文化对人类文明影响巨大，与文字记载有直接关系。如《荷马史诗》不仅是文学艺术的高峰，在历史、地理、考古和民俗等许多方面都具有重要价值，是研究公元前 11 世纪到公元前 9 世纪希腊社会和迈锡尼文明的重要史料来源。

柏拉图被学界尊崇为古希腊最伟大的哲学家，甚至是整个西方文化史中的伟人，与他撰写了《理想国》《政治家篇》《法律篇》等一系列著作密切相关。

亚里士多德被称为古希腊百科全书式的学者，绝非浪得虚名。因为他留下了 400 多部作品，如《形而上学》《物理学》《伦理学》《政治学》《气象学》《修辞学》《诗学》《论生灭》《论记忆》《论睡眠》《论呼吸》《动物志》《工具论》等。此外还有大量作品署名不完整，但被学界推测为亚里士多德主编。他的著作构成了一个庞大知识体系。其作品数量多并不奇怪，因为他是帝师，亚历山大支持他建设了一个庞大的研究院。

古希腊文明向世界传播，有两个重要时期：一是希腊化时代，二是阿拉伯帝国时期。

希腊化时代 300 年，有两个图书馆十分重要。一个是亚历山大图书馆，建于公元前 259 年，托勒密一世推动建立，是古代世界第一座最大的综合性图书馆，拥有丰富的古籍收藏和手稿真迹，如诗人荷马的全部诗稿，三大悲剧作家的手稿真迹，西方医学奠基人希波克拉底的著述手稿，大学者亚里士多德的手迹等，藏书量达 70 万卷，对推动人类文明进步发挥了巨大作用，被誉为“人类文明世界的太阳”。

另一个堪与媲美的，是帕珈马图书馆。亚历山大帝国崩溃后，形成了100多个独立政权。其中位于小亚细亚西部的帕珈马王国，制定了文化立国的基本国策。可是托勒密王国垄断了莎草纸生产，而且禁止出口。于是帕珈马王国便发明了羊皮纸作为书写材料。帕珈马图书馆建立后，藏书量也一度达到20万卷，对推动希腊文化的传播和促进西方世界在文学、艺术、美术、雕刻、历史、科学等各方面的发展做出了巨大贡献。

阿拉伯帝国是阿拉伯人建立的地跨亚非欧三大洲的伊斯兰国家。公元7—8世纪，阿拉伯帝国一方面在扩张过程中广泛搜罗世界各地的书籍，另一方面实施了一个持续100多年的翻译运动，把所收集到的古希腊、古罗马、古印度、古波斯、古埃及、犹太等各种古文明著作，竭力翻译成阿拉伯文字，使阿拉伯帝国迅速集东西方文明成就于一身，不仅大大促进了自身文化的飞速发展，也把大量珍贵的文物典籍，甚至在欧洲早已失传的学术著作保存下来，如欧几里得、托勒密、希波克拉底、盖伦、亚里士多德、柏拉图等人的大量著作。

到中世纪晚期，当欧洲思想禁锢的黑夜即将结束、文艺复兴行将来临之际，这些著作又被译回欧洲语言，对推动世界文明发展产生了巨大作用。但丁、薄伽丘、乔叟、塞万提斯等文化巨匠都深受阿拉伯文学影响。

印度文明的传承主要依赖梵文、巴利文等语言文字。《吠陀经》是印度最古老的作品。其中《梨俱吠陀》成就最高，价值最大，是印度文学的源头，对印度社会生活和文化发展都产生了深远影响。

《梨俱吠陀》产生于3000多年前，收诗1028首，由梵文写成。佛教早期的传播方式主要是口耳相传，如是我闻，其传播力度受到很大局限。600多年后，龙树对佛教进行了系统的理论化、体系化整理和创新，并以文字形式传播，效果就完全不同了，影响深远。在世界上各种古文献中，梵文数量仅次于汉文，远超希腊文和拉丁文。

1448年古腾堡印刷术的诞生，被认为是现代史上一件大事，对推动欧洲文艺复兴、宗教改革、启蒙运动和科学革命，都发挥了不可替代的作用。其原因在于，印刷术就像一个扩音器，把文字的力量扩大了千万倍。大家熟知的马丁·路德宗教改革能够成功，主要得益于印刷术的强力助推。在马丁·路德之前150多年，英国思想家威克里夫在英译《圣经》过程中，曾提出过同样的宗教改革意见，但是没有印刷术助力，无果而终。

中华文化泱泱五千年，蔚为壮观。从后来蒐辑到的4500多个甲骨文和3700多个金文文字来看，汉字在商代即已形成体系。我国现存最早的一部历史文献《尚书》记载，西周初年，周公要求商朝的遗老遗少进行迁移，向他们转达周成王的命令时说："惟尔知，惟殷先人有典有册，殷革夏命。"意思是说，你们都应该知道，你们的先人推翻了夏朝之后，也是这样做的。这个事情在你们自己编的书中都有记载。可见，汉字在商代就已经广泛使用。

可是，中华文明后来依然呈现了夏商周断代的窘态。中国历史的官方记载，是从公元前841年的西周共和元年开始的。如果从那时起就尊重文化，保护好文字成果，那么中国古籍的面貌也会完全不同。至少在随后的春秋战国500年间，诸子著说，百家争鸣，承载各种思想学说的书籍广泛传播。然而历史不幸，遭遇了秦始皇，一边焚书坑儒，一边颁布《挟书律》，严禁民间和个人拥有书籍，使中华文化遭到了灭顶之灾。

有时历史事件的巧合真是匪夷所思。比如亚历山大图书馆的建成与秦始皇的出生，就发生在同一年，公元前259年。之所以把这两件事扯到一起，是因为这两件事影响了东西方的文化走向。亚历山大图书馆断断续续存在了800多年，对传播人类文明的作用无法言表。而秦始皇则开创了东方毁灭文化的先例。

所幸有一位名叫伏生的知识分子，爱书心切，冒着杀头危险，暗自将记录上古故事的典籍藏在了墙壁夹层内，逃过了焚烧之难。可是22年后，当汉惠帝废除《挟书律》时，伏生掘开墙壁，发现只剩29篇依稀可辨，其他书籍已无法辨认。

在秦始皇之前，是否也发生过类似的文化浩劫？无法推测。但秦始皇之后又发生过十余起大规模的、自上而下的文化浩劫，却是永久记入青史的。再加上数千年间发生过上万次的战争，生灵涂炭。所以中国古代浩瀚的文化典籍，能够完整流传到今天的百无一二。绝大多数由于各种原因，湮灭在历史长河中。

改革开放以后，我国迅速走向了繁荣富强，主要得益于对科学文化的尊重、对知识和知识分子的尊重，得益于恢复高考等一系列推动文化发展的重大制度的建立。这是民族素质提升的基础。它引领中华民族以知识为桥梁，走向现代文明。

文字与思想

文字为什么会有力量？因为文字背后矗立着人，矗立着思想。思想是人的本质特征和标志。法国哲学家帕斯卡说，人是一棵会思想的芦苇。思想形成人的伟大。人全部的尊严就在于思想。笛卡尔说，我思故我在。

21 世纪以来，人类迈向了数字文明时代。一张大网把地球包裹得严严实实。小小寰球完全浸没于信息海洋。一个信息可以在亿万人的头脑中同时擦出各种色彩的思想火花。思想的力量可以瞬间被无限放大，星火燎原排山倒海。这张网同时又是一张透明的网，让文明之光愈加彰显，让龌龊肮脏无处藏身。所以面向未来，我们可以满怀信心。历史长河不管经历多少个漩涡，终将奔流入海；历史前进的方向必将是告别愚昧，走向文明。

在前不久闭幕的党的十九届四中全会上，总书记指出，要深化文化体制改革，加快完善遵循社会主义先进文化发展规律、体现社会主义市场经济要求、有利于激发文化创新创造活力的文化管理体制和生产经营机制，激发全民族文化创造活力。

因此可以预见，中华民族的明天将充满生机和活力，中华文化将再次迎来一个春天！

（摘自“木铎书声”微信公众号，2019年11月22日）

故乡行

王　蒙

我又来到了这块土地上，这块我生活过、用汗水浇灌过六七年的土地上。这块在我孤独的时候给我以温暖，迷茫的时候给我以依靠，苦恼的时候给我以希望，急躁的时候给我以慰安，并且给我以新的经验、新的乐趣、新的知识、新的更加朴素与更加健康的态度与观念的土地上。

高高的青杨树啊，你就是我们在一九六八年的时候栽下的小树苗吗？那时候你幼小、歪斜，长着孤零零的几片叶子，牛羊驴马、大车高轮，时时在威胁着你的生存。你今天已经是参天的大树了，你们一个紧靠着一个，从高处俯瞰着道路和田地，俯瞰着保护过你们、哺育过你们，至今仍在辛勤地管理着你们的矮小的人们。你知道谁是当年那年老的护林员？你知道谁将是你们的精明强悍的新主人？你可知道今天夜晚，有一个戴眼镜的巴彦岱——北京人万里迢迢回到你的身边，向你问好，与你谈心？

赫里其汗老妈妈，今夜您可飘然来到这里，在这高高的青杨树边逡巡？

您是一九七九年十月六日去世的，那时候我正住在北京的一个嘈杂的小招待所里奋笔疾书，倾吐我重新拿起笔来的欢欣，我不知道您病故的凶信。原谅我，阿帕，我没有能送您，没有能参加您的葬礼，您的乃孜尔。乃孜尔，这里指人死之后举行的祭奠仪式。那六年里，我差不多每天都喝着您亲手做的奶茶。茶水在搪瓷壶里沸腾，您坐在灶前与我笑语。茶水对在搪瓷锅里，您抓起一把盐放在一个整葫芦做成的瓢里，把瓢伸到锅里一转悠，然后把一碗加工过的浓缩的牛奶和奶皮子倒到锅里，然后用葫芦瓢舀出一点茶水把牛奶碗一涮，最后再在锅里一搅。您的奶茶做好了，第一碗总是端在我的面前，有时候，您还会用生硬的汉语说："老王，泡！"我便兴致勃勃地把大馕或者小馕，或者带着金黄的南瓜丝的苞谷馕掰成小小的碎块，泡在奶茶里。最初，我不太习惯这种我以为是幼儿园小孩所采用的掰碎食物泡着吃的方法，是您慢慢把我教会。看到我吃得很地道，而且从来不浪费一粒馕渣儿的时候，您是多么满意地笑起来了啊！如今，这一切还都历历在目呢。可您在哪里，您在哪里呢？青杨树叶的喧哗声啊，让我细细地听一听，那里边就没有阿帕呼唤她的"老王"的声音吗？

笔直的道路和水渠，整齐的、成块的新居民点，有条有理，方便漂亮。20 世纪 60 年代中期自治区党委提出的好条田、好林带、好道路、好渠道、好居民点的"五好"的要求，关于建设社会主义新农村的号召，如今在巴彦岱不是已经实现了吗？根据规划建设的要求，我和阿卜都热合曼老爹、赫里其汗老妈妈住过的小小的土房子已经拆掉了，现在是居民区的一条通道。当年，我曾住在他们的一间不到六平方米的放东西的小库房里，墙上挂着一个面箩、九把扫帚和一张没有鞣过的小牛皮。最初我来到这个语言不通的地方，陪伴我的只有梁上的两只燕子。我亲眼看见燕子做窝、孵卵，看见它们怎样勤劳地哺喂那些叽叽喳喳的小燕子。在小燕子学会飞翔的时候，我也已经向维吾尔农民的男女老少（包括四五岁的孩子）学了不少的维吾尔语了。我们愈来愈熟悉、亲热了，按照你们的古老而优美的说法，你们从燕子在我住的小屋里筑巢这一点上，判定我是一个心地善良的人。于是，你们建议我搬到正屋里，和你们住在一起。我欣然接受了。从此，我们一起相聚许多年，我们的情感胜过了亲生父子。亲爱的燕子们哪，你们的后代可都平安？你们的子孙可仍在伊犁河谷的心地善良的农民家里筑巢繁养？当曙色怡人的时候，你们可到这青杨树上款款飞翔？

阿卜都热合曼老爹啊，我们又重逢了。在那些年，我把我的遭遇告诉了您。您那天沉默了许久，您思索着，思索着，然后，您断然说："老王，不会老是这样子的。请想一想，一个国家，怎么能够没有诗人呢？没有诗人，一个国家还能算是一个国家吗？元首、官员、诗人，这是任何一个国家都不能缺少的。老王，放心吧，政策不会老是这个样子的。"您没有文化，您不会写自己的名字，您不懂汉语，没有看过任何书，然而，您是坚定的。您用您自己的语言，表达了您的信心，对于常识，对于真理，对于客观规律总比任何人的个人意志强大的信心。如今，您的信心应验了：诗人和作家在我们的国家受到了应有的关心和爱护。排斥诗人、废黜诗人的年代终于一去不复返了，而您，也已经老迈了……

还有二大队的支部书记阿西穆·玉素甫。一九七一年，我离开巴彦岱前去乌鲁木齐"听候安排"的前夕，阿西穆同志对我说："不要有什么顾虑，放心大胆地去吧！如果他们（指当时乌鲁木齐的有关部门）不需要你，我们需要你。如果他们不了解你，我们了解你。你随时可以带着全家回来，你需要户口准迁证，我这里时刻为你准备着。你需要房屋，我们可以立刻划出九分地，打好墙基。一切困难，我们解决。"这真是披肝沥胆、推心置腹！巴彦岱的父老兄弟呀，在我最困难的时候，你们给过我怎样巨大的支持和鼓励！古人说，"人生得一知己足矣"，而在巴彦岱，成百上千的贫下中农都是我的知己！在最困难的时候，最混乱的时候，我的心仍然是踏实的，我仍然比较乐观，我没有丧失生活的热情和勇气。至今有人称道我四十七八岁了还基本上没有白发，说我身体好。其实，我的青少年时期身体状况是很糟糕的，为什么经过了那么多动乱和考验以后，我反倒更结实也更精神了呢？那是因为你们——阿卜都热合曼、依斯哈克、阿西穆·玉素甫、阿卜都克里木、金国柱、艾姆杜拉、满素艾山……你们支持我，帮助我，知己知心，亲如兄弟，你们给了我多少温暖和勇气！不是吗？当我来到四队庄子上，看望依斯哈克老爹的时候，他激动得哭个不停。心连心，心换心啊！此意此情，夫复何求？

慢慢地在青杨掩映的乡村大路上前行吧，每一株树，每一个院落，每一扇木门，每一缕从馕坑里冒出来的柴烟，每一声狗叫和鸡鸣都会唤起我无限的怀念。清清的小渠啊，多少次我到你这里挑水？阿帕是贫寒的，她的水桶一个大一个小，她的扁担歪歪扭扭，严格说来那根本不能叫扁担，因为它一点也不扁，而是一根拧了麻花的细棍子。那东西压在肩膀上，才叫闹鬼呢，它好像随时要翻滚，要摆脱你的手心……就是这样，我用它挑了多少水啊。而当枯水季节，或者当小渠被不讲道德的个别人污染了的时候，我就要沿着田埂向北走上三百多米，从另一处渠头挑水了。给房东大娘把水挑满，这也是党的传统，党的教育，党的胜利的源泉啊，我能够忘记吗？即使我住在冷热水龙头就在手边的地方，我能忘记这用麻花扁担挑着大小水桶走在巴彦岱的田野上的日子吗？

继续往前走，就是原来的大队部了。我不由得想起一九六五年到一九六六年，我们每天早晨天不亮就聚集在这里“天天读”的情景。我把“天天读”变成了学习维吾尔语的好机会，我认真地背诵着“老三篇”的维吾尔译文，并且背下了上百条“语录”译文。一方面做学生，一方面又担任教维吾尔新文字的“先生”，有许多个早上我在这里给大队干部教授拉丁化的维吾尔新文字。那齐声朗诵 A、B、C、D 的声音，还在这里回响着吗？

当然，原来的大队部也使我想起那阴暗的日子，一阵“炮轰”以后的半瘫痪状态，“一打三反”时候的恐怖气氛……这些，已经成为往日的陈迹了。我会见了艾姆杜拉和司迪克，艾姆杜拉已经被落实了政策，担任巴彦岱中学的教员，一家十一口，也转为吃商品粮的了。“你现在和队上没有什么关系了吗？”我问。“啊，如果我给队上缴一车肥料，队上就给我一车麦草。”他笑着说。而曾被捆绑和殴打过的司迪克呢，他骄傲地把他新盖的高台阶、宽前廊的房屋指给我看，端来了自己栽植收获的葡萄、梨……劳动者的心地是最宽阔也最厚道的，我们共同引用着维吾尔族的谚语：男子汉大丈夫总要经受各式各样的磨难的。沉重的回忆就这样被欢畅的笑声冲刷过去了。

巴彦岱的农民弟兄们，你们终于安定了，轻松了，明显地富裕起来了。孤儿出身的曾是穷苦的光棍儿的阿卜都克里木啊，你现在也有三间正房，上千元的存款，自行车、手表、驴车，并且饲养着牛、鹿、驴了。你包了十一亩菜地，和你的精明的妻子一起种植管理。当年我曾经多少次睡在你的独间土房里，睡在你那个只有架子没有床板，用向日葵秆托着我的身躯的歪歪扭扭的床上，共同诉说着生活的艰辛和期望啊！今天，我又睡到你这间房子里来了，你用伊犁大曲、爆牛肉、炒鸡蛋和煮饺子来招待我。曾经教会我扬场、自称是我的师傅的金国柱也来了，他拿着酒杯向我祝酒说：“如果不替我们说话，我们就把你拉下来！”善于经营理财的穆成昌也来了，问我：“农村的政策不会变吧？”为什么要变呢？符合人民心愿的，有利于生产发展的政策，要靠我们自己来贯彻啊！巴彦岱的各个大队，正在进一步落实责任制，把责任包到每户、每个劳动力身上。大家都说，真能这样搞下去，就会搞好了。难道可以不搞好吗？我们已经付出了那么多代价，那么多时间！

中秋刚过，明月出天山，天山上的月亮才是最亮、最无尘埃的啊！但愿我们的生活，我们每个人的心像天山上的明月一样光亮饱满。月光下的新居民点，房屋和庭园，属于社员个人的房前屋后的树木，堆积着的饲草饲料，还有不时发出哞哞声的牛吼马嘶，显示出多少希望！过去大队干部为购买一辆货运卡车绞尽了脑汁，现在，大队已经拥有两辆这样的汽车了。过去收割的时候靠马拉机具和人工，现在主要靠康拜因了。过去轧场的时候靠马拉石碾子，现在主要靠手扶拖拉机了。过去粮食加工靠水磨，现在在拥有更大的水磨的同时，电磨已经占据重要的位置了。过去送信时骑马，现在邮递员都备有崭新的挎斗摩托车了。过去谁家里有个半导体收音机就会引起轰动，现在，一些社员的家里已经有了收录两用机，有了沙发、大衣柜、五斗橱和捷克式写字台，还有的社员已经提前买下了电视机了（伊犁的电视台正在建设中）。不管有多少挫折和失望，我们生活的洪流正像伊犁河水一样地滚滚向前。

我又来了。我又来到了这块美好的、边远的、亲切的和热气腾腾的土地上。愿已经与世长辞的赫里其汗妈妈、斯拉穆老爹、阿吉老爹、穆萨子大哥安息！愿年老的阿卜都热合曼老爹、马穆提和泰外阔老爹在公社的照料下安度晚年。愿还在工作岗位上的阿西德、金国柱同志实现自己的抱负，做出成绩！愿当年的小孩子、现在的青年人能过上远胜于上一代的更加富裕、更加文明的生活！巴彦岱的一切，永远装在我的心里。

是的，我没有忘记巴彦岱，而巴彦岱的乡亲们也没有忘记我。当依斯麻尔见到我的时候，他不是立刻提醒我，当年，是我给他写的结婚请帖，我帮他上的房泥吗；而我也立刻回忆起，那时他的夏日茶棚不是在南面而是在北面，他曾经有过一头硕大的黄毛奶牛。当那时的小姑娘、现在的三个孩子的母亲塔西姑丽见到我的时候，不是立刻问候我的妻子和我的孩子们吗？当吐尔迪、穆成昌……见到我的时候，不是还询问我的那辆因破烂而在巴彦岱有名的自行车和黄棉衣的下落吗？他们不是绘声绘形地回忆起我在哪块地上锄草，在哪块地上收割，怎样撒粪，怎样装车吗？无怪乎曾经担任大队会计、现在担任公社财会辅导员的小阿卜都热合曼库尔班对我说：“我不知道王蒙哥是不是一位作家，我只知道你是巴彦岱的一个农民。”没有比这更好的褒奖了！好好地回忆一下那青春的年华，沉重的考验，农民的情谊，父老的教诲，辛勤的汗水和养育着我的天山脚下伊犁河谷的土地吧！有生有日，一息尚存，我不能辜负你们，我不能背叛你们，不管前面还有什么样的胜利或者失败的考验，我的心是踏实的。我将带着长逝者的坟墓上的青草的气息，杨树林的挺拔的身影与多情的絮语，汽车喇叭、马脖子上的铜铃、拖拉机发动机的混合音响，带着对维吾尔老者的银须、姑娘的耳环、葡萄架下的红毡与剖开的西瓜的鲜丽的美好的记忆，带着相逢时候的欣喜与慨叹交织的泪花、分手时的真诚的祝愿与“下次再来”的保证，带着巴彦岱的盛情、慰勉和告诫，带着这知我爱我的巴彦岱的一切影形声气、这巴彦岱的心离去，不论走到天涯海角……

（摘自作家出版社《忘却的魅力》一书）

谢幕的教养

刘心武

至今回想起母亲在剧场演出结束后，那样重视演员谢幕的表现，还不禁感动。

她不仅会随着大家一起鼓掌，微笑地仰望着走到台沿谢幕的演员，还总是喃喃有词，发出些感叹赞扬，仿佛人家会听得见似的。她总属于把掌声坚持到最后，直到幕布合拢再不掀开，才意犹未尽地离场的那批铁杆戏迷之一。

母亲重视演员谢幕，当然首先是对演员有一份浓酽的尊重。她说过，应该像爱惜每一篇文章那样珍惜每一回观看到的演出。那也绝不仅仅是一种理性支配下的礼貌，母亲有感悟艺术的天性。记得十几岁的时候跟她去看中国青年艺术剧院演出的契诃夫名剧《万尼亚舅舅》。那出戏展现的生活和人物不仅离我那样一个中国少年极其遥远，其实与一直并没有走出过国门的母亲也很有隔膜，但是幕布一拉开，记得第一幕布景是 19 世纪俄国外省农庄花园一隅，穿西服的绅士和穿拖地长裙的淑女慢条斯理地在台上活动着，从树荫下的长餐桌上银闪闪的大茶炊里接茶喝，说着一些很平淡的话，我开始真有些“猪八戒吃人参果不知其味”，不知不觉左腿抖动起来，母亲感觉到了，用右手轻按我左腿膝盖，轻声在我耳边说：“看他们多不顺心啊！”母亲这一句提示，竟让我一下子捕捉到了此剧的情调，我像母亲一样专注地观看，渐渐从那些似乎平淡的对话里听出了味道，小小的心于是琢磨起来：景色那么美，穿的、吃的、住的那么好，可是这些人为什么那么不快活……当然，整出戏演完，我也不能说真看懂了什么。演员谢幕的时候，母亲照例感动得久久鼓掌，我也跟着鼓掌。回家的有轨电车上，我跟母亲说：“这戏好。”母亲问：“好在哪里？”我就说：“万尼亚舅舅跟他侄女儿索尼娅说，你的头发真美。索尼娅说，一个人长得不美的时候，人们就会安慰她，你的头发美……”母亲微笑了，笑得像缓缓开放的一朵花，说：“能记住这么几句台词，也不枉你看了这么一出戏，他们也不枉演了这么一场啊。”

戏如人生，人生如戏，这话太老了。其实还可以说些“年轻话”——戏吸引人恰是因为其不尽如人生，而人生的诡谲其实远非任何戏剧可比。现在回想起母亲带我看戏的种种情景，忽然醒悟：观戏的最大意义和乐趣是在人生中镶嵌进一些“美丽的停顿”。

母亲带我看了戏，也熏陶出了我的文明习惯。如今，母亲仙逝二十年了，我进剧场的次数也不多了。但一旦去剧场观剧，我总是提前进场，中途绝不“抽签儿”，我最见不得那些未到幕落就站起来撤退的看客，我总是以真诚的鼓掌和仰望来对待演员谢幕，离开剧场回家的途中，我会回味那些最打动我的片段。

西方古典歌剧正式开幕前，往往会有好儿分钟的序曲。多数西方电影的最后，是一边放映详尽的演职员表字幕一边响起终曲，有时终曲会是一首很长的歌。许多中国观众还不习惯在电影院里静坐到全部字幕走完、欣赏完终曲后再离座，有的影院甚至也不待拷贝彻底走完便停止放映，一些人士在家里看光盘，就更不耐烦听电影的终曲了。记得三年前我在巴黎蓬皮杜文化中心里看一部法国电影，故事结束后黑底子的字幕走动了有五六分钟，但只有少数观众离场，多数人都静坐在座位上欣赏那伴随着字幕的终曲。我置身在异国他乡的那种情景中，忽然想起了母亲，想起来了她虔诚地对待演员的谢幕，我更加铭心刻骨地意识到：沉浸于艺术，是我们人生之旅中“美丽的停顿”。

（摘自《意林》2012 年第 2 期）

我在故宫“篡改历史”

罗 婷

天儿好的日子，刘思麟会骑她那辆淘来的二手凤凰自行车上班。还不到早上 8 点，北京城还没醒来。进了故宫的门儿，世界更安静了，刘思麟老觉得自己到了另一个时空。“你不仅从地理空间上，走进了一个非常不一样的环境，在时间的节奏上也发生了变化。这里面的一草一木，每一个建筑，每一个物品，都不是属于当下的东西。”春末故宫里梨花落，她拍下来，在微博里写：“东风袅袅泛崇光，香雾空蒙月转廊。”

她是故宫博物院里传说中的“修文物的女孩儿”。工作的主要内容是对文物的伤况进行二维和三维的信息采集。和大多数同事一样，她低调慎言，不对外说具体的工作内容。工作口午休时会去周围的公园消消食儿，忙完活计和师傅们一块在故宫里看看展览。

每天下午 5 点下了班，到晚上 12 点睡觉之前，还有七八个小时。刘思麟的白天与夜晚呈现出完全不同的面貌——白天在故宫这样严肃的历史圣殿里工作，晚上她却热衷于用摄影创作去解构历史。

在她居住的四合院的房间里，那个低调的、安静的、东方的世界消失了，西方的、奔放的、现代的时空出现了。书架上摆满画册，许多都是波普艺术，比如美国艺术家安迪·沃霍尔、涂鸦艺术家班克西……桌上一台超大电脑，还有各式相机，都是她创作的工具。

你很可能见过她的艺术作品。一组叫作《我无处不在》的作品里，她用计算机修改照片，把自己和20世纪的许多大人物放在同一张照片里。她把蒋介石拿掉，自己站在了宋美龄旁边；也曾把萨特拿掉，把手搭上波伏娃的肩膀上。她还曾与戴安娜王妃、玛丽莲·梦露、安迪·沃霍尔、弗里达"同框"，甚至把自己放在站在天安门城楼上的伟人旁边。每一张照片看着都幽默又和谐。故宫里她的同事知道这些，常打趣儿，喊她"艺术家"。

21岁时，刘思麟开始做第一张照片。最开始是为了好玩儿，看到妈妈的一张老照片，短发，穿着衬衫，很干练，酷酷的。她觉得和当下的妈妈一点儿也不像，就处理了一张图，把自己和年轻时的妈妈放在一起。

这种自娱自乐渐渐变成一种严肃的创作。她从海量的名人照片里，选择她最想表达自己态度的照片。那时她的人生疑问是，想成为一个什么样的人。于是她就去找世界上最伟大的女性，和她们"合影"。过了两年，这个问题解决了，她开始寻找潜意识里艺术梦想的根源，就开始做文化相关的人物。

每一次，她都要构思自己以什么身份介入，再根据时代背景选定服装、动作和表情。在和戴安娜王妃的合影里，她站在王妃身边，翻了个白眼。"我觉得她是一个朋克，所以做了翻白眼的表情。如果她不是王妃的身份，可能就会这样非常真实地表达自己。"

她观察这些图片被传播的过程。她与张爱玲、李香兰的合影，就被记者看到了，还真做了一番考据。记者请教了张爱玲研究专家止庵、两位摄影师和一位图片编辑，大家都认为是伪造。后来多番搜索，才发现是刘思麟的作品。还有一次，有公众号发文讲毕加索生平，用了她与毕加索的合影——他们也信以为真了。她向对方说明这是自己的创作。后来这个公众号还发了一个声明，专门介绍了她。

她觉得这很有趣。“我是一个网络世界成长起来的年轻小孩，通过创作了解这个大众文化影响下的时代。过去只有极少数的精英阶层才能影响社会和时代，而今天的网络环境给了每个人展示的舞台，我们有了平等的机会去创造、传播和表达。”记者问她，照片流传出去，被误以为真怎么办？她说：“那我的目的某种程度上讲就达到了，平等的传播就是今天图像的命运。”展览时，看到有的观众脸上露出疑惑的表情，她就在旁边偷偷地笑。

到了 26 岁，她这一组作品拿下了 2016 年的“集美·阿尔勒发现奖”。有媒体说，这个奖项被称为摄影界的奥斯卡。这些作品随后在许多欧洲国家展出和获奖。

很多人问：这算艺术吗？当时推荐她作品的策展人这样写道：“无论是在静态摄影还是目前被广泛使用的网络直播之中，刘思麟把自己的形象当作一种传播介质，亲身试探和演绎互联网时代中图像的多舛命运。”

与从事文物工作需要的审慎、严谨不同，打小儿她就天马行空。这也许和独处有关。4 岁时她家搬到北京，就住在四合院里。爸爸妈妈都下班很晚，放了学，她喜欢独自对着窗子发呆。“正是太阳落山的时候，透过那雕花的窗格子，能看到光线在屋子里移动。还能看到鸽灰色的天空、树与飞鸟。”

有次院子里挖地，挖了个很大的洞，下面黑黢黢的，深不见底。她骑着三轮的儿童自行车，围着洞看来看去，觉得要是掉下去就飞到宇宙中了，又向往又害怕，纠结了一夜。家里管得严，不让她看电视，她偶尔路过电视，瞄一眼，回房间里躺下，就开始脑补整个剧情该如何演绎。

到了高中她开始学画画，发现自己和别人也不一样。参加美术考试，都是画模特，中场休息时模特从上面走下来，到她那儿说，你的画跟别人都不一样。她问，我画得不像吗？模特说，不是，你的画有这么多颜色。“那时候我就想，完了，我肯定得不了高分。但是我就是能看到那些色彩，我控制不住自己，必须要诚实地画出来。”

她不是在传统文化里长大的孩子，十一二岁开始听 CD，从“格莱美”听到“老虎鱼”。喜欢看杂志，从内容到广告，但只看图片，发现好看的就翻不动篇儿。喜欢涂鸦，喜欢安迪·沃霍尔，喜欢波普。这是她的精神世界。

对她而言，到故宫工作完全是出人意料的选择——“我们这代人，从流行文化里面成长起来。再稍微大点，就无缝链接到网络时代。但总觉得忽略了自己的文化基因，所以想回到这个文化土壤里，而故宫也许是最能直接给我这种感受的地方。”所以到了故宫，她身上发生的故事其实是——一个新锐的当代艺术家，在故宫上班，她会遇到什么？

一个很大的挑战是早起。一开始住在通州，每天 6 点半出门，开车一路都心惊胆战，怕迟到，“时间浪费得毫无意义，感觉能把人逼疯掉。”后来搬到东四环，“生活在人挤人的地儿，心态也是分分钟就能崩。”现在到了景山附近，每天路程 5 分钟，省下的时间用来慢慢打发。

另一个问题是，是融入环境，还是做自己？刚进去那会儿，她学同事们的穿衣风格，穿得朴素、低调、沉稳，一头黑发。很快她发现自己不开心，穿着不舒服的衣服，热情和创造力都被压抑了，工作里也不敢表达自己。后来她改回自己的风格，反倒好了，领导没说啥，同事们说她终于开始做自己了。

工作与艺术创作的一些技艺是共通的。她用摄影透光的方法拍古代书画，能看到它们内部的信息和伤况。一个本质上非常个人主义的艺术家，也逐渐觉得，“其实每个人所做的一切，都能影响别人的生活”。

但艺术观念的融合需要时间。最初她来故宫，是希望获得创作的灵感。后来她发现，传统文化与她做的当代艺术，严肃的工作与她解构的创作方式，东方与西方，严谨与自由，还是不一样。

好在她还有许多漫长的夜晚，那都是她一个人的创作时间。每一个作品都很复杂。一张海明威的照片，她已经做了 3 年。那张照片里，海明威坐在家里的沙发前面逗猫，穿一件白色 T 恤，看起来很放松。她喜欢他的这种状态，也穿了个睡衣，扎个辫子，想像他女儿一样。她分析了光线、景别、透视，但就是看着别扭，“不知道哪里不对，就是没有找到原因”。

但她觉得《老人与海》好，不想放弃。“小时候不理解海明威，以为《老人与海》就是捕鱼，就是搏斗一下，幸存了。长大了会发现，和平凡做抗争，是每个人的宿命。”

（摘自《文苑·经典美文》2019 年第 6 期）

绝密的 28 年背后

李　谦　凌　晨

1964 年 10 月 16 号下午 3 点，在新疆罗布泊沙漠腹地，巨大的蘑菇云腾空而起，我国第一颗原子弹爆炸成功。

当天晚上，中央人民广播电台连续播放了《新闻公报》，《人民日报》也印发了号外。当人们闻讯涌上大街小巷，敲锣打鼓、欢庆胜利的时刻，北京西郊一间普通公寓里，36 岁的许鹿希还不能确认，这样震惊世界的消息和自己的丈夫邓稼先有着怎样的关系。

她后来回忆，过了好多天，父亲许德珩拿着报纸，指着上面“中国原子弹成功试爆”的消息，问中科院副院长严济慈：“谁这么有本事把中国的原子弹都搞出来了?”严济慈笑着说：“这要问你的女婿啊!”这时许鹿希才得知，邓稼先真的是在搞原子弹。

1924 年，邓稼先出生在书香门第，父亲邓以蛰是国学大师。1945 年，他从西南联大物理系毕业，后在北京大学任教。1948 年，邓稼先赴美国普渡大学物理系留学，获得博士学位。两年后，他放弃了优越的工作条件和生活环境回到国内。

如果做好了这件事，这一辈子就活得很值得，就是为它死了也值得

邓许两家是世交。邓稼先与许鹿希 1953 年在家人们的祝福下结为夫妻。此时，邓稼先在中科院近代物理研究所做副研究员，许鹿希从北京医学院毕业后留校任教。他们像所有的小夫妻一样过着柴米油盐的日子。

许鹿希："那时孩子刚会说话的时候，很小，许多词还不能连得很长的时候，他就教孩子：爸爸，好爸爸，非常好爸爸，极端好爸爸…… 他给加了一长串（形容词）。"

邓稼先喜欢把孩子放在自行车上，带着他们兜风，工作虽然忙，但一有时间就会陪孩子们玩。许鹿希有时候觉得邓稼先自己看起来也像个孩子。

许鹿希："他性格非常活泼，非常地随和，而且非常爱玩。我儿子平平天黑以后，就拿个手电，跟着一帮小朋友到墙根儿上，把砖头一翻过来，底下就有蛐蛐，逮蛐蛐。邓稼先一看小孩去逮蛐蛐，他也去，他还教他们……"

人生的转折在不经意间到来。1958 年的一天，邓稼先接到了一项绝密的任务。许鹿希记得，那天晚上，邓稼先失眠了。

许鹿希："我问他，调哪儿去？他说不能说。我问干什么？他说不能说。我说去干什么？不能说。我说你到了那地方把地址给我，我给你写信。他说不能写信，不能通信。他说这个家以后都靠你了，他说我的生命就献给将来要做的这个工作了。他这句话说得非常坚决，他说如果做好了这件事，一辈子就活得很值得，就是为它死了也值得。"

唯有一次，她是真的和丈夫生气了

后来的一些报道，曾用28年“杳无音信”来形容邓稼先从事原子弹研制后的家庭生活，这并不准确。28年里，邓稼先大部分时间都住在青海和四川的研制基地，但偶尔需要回北京汇报工作时，他会回到北京西郊的家里，和妻儿短暂团聚——用邓稼先的话说，是“回北京出差来了”。

许鹿希从事的是神经解剖学，她是博士生导师，自己的科研任务很重，还要照顾老人、孩子。但她在邓稼先面前，从不提自己的辛苦，全力支持丈夫。唯有一次，她是真的和丈夫生气了！

那是20世纪70年代末，在一次氢弹试验中，飞机空投下氢弹，降落伞却没有打开，核弹从高空直接摔到了地上。正在现场指挥的邓稼先不顾大家的阻拦，决定进入预定的沙漠爆心去找那枚核弹。作为科学家，他当然知道弹头里装的钚239的辐射有多厉害，但他也知道，这一颗核弹头花了国家多少钱！作为理论设计负责人，他心里没有自己，只有责任。

许鹿希：“当时是防化兵没找着（弹头），邓稼先亲自去找。到今天你去问别人，人家还在反对，说是邓稼先根本不该去找，说科学家自己去趟那个弹坑是不明智的，可是邓稼先这个人，必定会去！”

几天后的身体检查中，许鹿希知道了，邓稼先的尿液里被查出具有很强的放射性，白细胞内染色体已经呈粉末状，几乎所有的化验指标都不正常。

这一次，许鹿希真的发火了！身为医生，她知道身体受了这样大剂量的辐射已不可逆，唯一的要求就是希望邓稼先能离开工作岗位，休息一段时间！

许鹿希：“后来他不听我的话，马上要走，要回去！多少年以后我才知道，当时他们在突破中子弹，非常需要他，所以我只好放他回去。”

邓稼先最终没有答应妻子的请求，他选择回到梓潼的大山里，回到核武器研制基地。

1985 年，邓稼先亲自指挥了最后一次核试验后，终于回到北京，在解放军 301 医院的病房里和妻儿再次团聚，此时他已处于直肠癌晚期。

28 年后，中央军委决定对他的事迹解密

1986 年 6 月，中央军委决定对他的事迹解密，6 月 24 日，《人民日报》和《解放军报》都在头版头条刊登了长篇报道《两弹元勋——邓稼先》，中央人民广播电台也在“新闻和报纸摘要”节目中播发了这篇通讯，人们这才知道他的名字。

1986 年 7 月，邓稼先在病房里被授予“全国劳动模范”奖章和证书。12 天后，与世长辞，享年 62 岁。

许鹿希：“所以他在病情非常重，癌症扩散的时候，就是拼了命，在他去世前三个月，1986 年 4 月，才把建议书写好。”

邓稼先去世前，曾忍着身体的剧痛，和同事于敏一起递交了“中国核武器发展规划建议书”。此后，中国核武器的发展正是按照他们所提出的建议，在日后达到可实验室模拟的水平。

新中国成立 50 周年的时候，你就来看看我吧，到我的坟前来看看我

游泽华是邓稼先生前的警卫员，当年邓稼先口中的小游如今已是头发花白。游泽华常常回忆起邓稼先做完第二次手术后的一个下午，他们一起去了一趟王府井外文书店，随后邓稼先突然提议，到天安门走一走。

游泽华：“我们先到书店，他看了一会书。我都不晓得他要去那个地方，他说我们到天安门广场去，他说他想去看看。那天天气好，人很多……”

游泽华记得，他们在人民英雄纪念碑前坐了下来。邓稼先看着他问，等

到新中国成立100周年的时候，你多大了？小游回答，86岁。邓稼先笑着说："那到时候，你这个86岁的老人家可别忘了来看看我，给我说说国家的变化。"然后他马上又改口说："不用等到100周年，50周年的时候，你就来看看我吧，到我的坟前来看看我。"

如果邓稼先还活着，今年95岁。

邓稼先的两个子女，女儿邓志典定居国外从事医学工作，儿子邓志平一直陪伴在母亲身边。他们几乎没有公开接受过媒体采访，一家三代人唯一的公开"露面"，可能就是在2015年出版《邓稼先传》时。在这本书的封面上，邓稼先黑白照片下，并列写着作者许鹿希、邓志典、邓志平和邓稼先未曾谋面的孙子的名字。一家三代以这样的方式照了一张"全家福"。

许鹿希近几年已很少出门，家里推选了许鹿希的侄子许进做对外"联络人"。

许进："我的表哥他不愿意出来出头露面做这些事情，我表哥不是军人，他原来在电子部的研究所（工作），现在已经退休了。"

如今60岁的许进和56岁的游泽华经常保持联系，有时还会一起回到梓潼"两弹城"里的"邓稼先旧居"，他们都在自己工作之余全身心投入邓稼先的事迹宣讲中。

在绵阳市人民公园，他们曾一同出席邓稼先铜像落成仪式。如今绵阳谁家孩子考上大学，离家前父母会带着孩子到邓稼先像前拍张合影，作为一种标志，鼓励年轻人在学业上攀登高峰。

许进和游泽华在我国第一颗氢弹爆炸成功50周年时，一起来到北京八宝山邓稼先墓前，他们一前一后站立着，擦拭着骨灰盒上的尘土，游泽华没有忘记他和邓稼先的约定。

游泽华："邓老我来看你来了，你现在还好吧，我告诉你一个好消息，四川你工作的地方，每天很多孩子们去看你，孩子们都以你为榜样，榜样的力量是很大的……"

人生的 33 年 +33 年 +……

邓稼先去世时，许鹿希 58 岁，如今她已经 91 岁高龄了。她和邓稼先结婚 33 年，此后她守在他们的老房子里，到今年也正好 33 年了。这栋 20 世纪 50 年代建的没有电梯的老房子，上下二楼已越来越不方便，但许鹿希却坚持不搬家。只有 60 多平方米的屋里，一切家具、摆设尽量保持着邓稼先在世时的原貌：那对 20 世纪 70 年代买来的沙发，上面铺着一层又一层的垫子，因为弹簧已经老得快失效了；书桌上一部大红色、老式的拨盘电话机早已不用，但还是摆放在原来的位置，和屋子里邓稼先不同时期的很多照片一样，被套上了透明的塑料袋，每个袋子里都有一张许鹿希用毛笔写下的纸条“邓稼先使用过”，许鹿希希望这一切都可以一直留存下去……

（摘自人民网，2020 年 1 月 8 日）

火晶柿子

陈忠实

我喜欢柿树。柿子好吃，这是最主要的因由。柿树不招虫害，任何害虫病菌都难以近身，大约是柿树特有的那种涩味构成了内在的天然抗拒，于是便省去了防虫治病的麻烦，也不担心农药残留的后患。柿树又很坚韧，几乎与榆槐等柴树无异，既不要求肥力和水分，也不需要任何稍微特殊的呵护。庭院里可以栽植，水肥优良的平川地里可以茁壮成长，土瘠水缺的干旱的山坡上硷畔上同样蓬蓬勃勃，甚至一般柴树也畏怯的红石坡梁上，柿树仍可长到合抱粗。按照习惯或者说传统，几乎没有给柿树施肥浇水的说法。然而柿子果实却不失其甘美。

在柿树家族里，种类颇多。最大个儿的叫“虎柿”，大到可称出半斤。虎柿必须用慢火温水浸泡，拔去涩味儿，才香甜可口。然慢火的火功和温水的温度随机变换，极难把握，稍有不当就会温出一锅僵涩的死柿子，甭说上市卖钱，白送人也送不出去。再说，这种虎柿还有一个致命的弱点，不能存放，温熟之后即卖即食，隔三天两日尚可，再长就坏了，属于典型的时令性水果。还有一种民间称为“义生”的柿子，个头也比较大，果实变红时摘下，搁置月余即软化熟透，味道十分香甜。麻烦的是：软化后便需尽快出手，或卖钱或送亲友或自家享受，稍长时间便皮儿崩裂、柿汁流出，不可收拾，长途运送都是比较难以解决的问题。再有一种名曰“火罐”的柿子，果实较小，一般不超过半两，尽管味道与火晶柿子无甚差异，却多核儿，成为重大的弹嫌之弊，所以不被钟爱，几乎遭到淘汰而绝种，反正我已多年不见此物了。只有火晶柿子，在柿树家族中逐渐显出优长来，已经成为独透柿族的王牌品种了。

火晶。真是一个热烈而又令人富于想象的名字。火是这种柿子的色彩，单一的红，红的程度真可以用“文革”中用滥了的词儿“红彤彤”来形容来喻示。我在骊山南麓的岭坡上见到过那种堪称红彤彤的景观，一棵一棵大到合抱粗的柿树，叶子已经落光掉净了，枝枝丫丫上挂满繁密的柿子，红溜溜或红彤彤的，蔚为壮观，像一片自然的火树。火晶的名字中的“火”字大约由此而自然产生，“晶”也就无须阐释或猜想了。把火的色彩与晶字联结起来，便成为一种民间命名的高雅，恐怕只有民间的智者才会创造出这样一个雅俗共赏的柿子的名字来。

火晶柿子比虎柿比义生柿子小，比火罐柿子大，个重两余，无核。在树上长到通体变成橙黄时摘折下来，存放月余便软化熟透，尤其耐得存放，保管得法的农户甚至可以保存到春节以后，仍不失其新鲜甘美的原味。食时一手捏把儿，一手轻轻捏破薄皮儿，一撕一揭，那薄皮儿便利索地完整地去掉了，现出鲜红鲜红的肉汁，软如蛋黄，却不流，吞到口里，无丝无核儿，有一缕蜂蜜的香味儿。乡间小贩摆卖火晶柿子的摊位上，常见蜜蜂嗡嗡盘绕不去，可见其诱惑。

关中盛产柿子，尤以骊山为代表的临潼的火晶柿子最负盛名。一种名果的品质，决定于水土，这是无法改变的常识。我家居骊山之南，白鹿原原坡之北，中间流着一条倒淌河灞水，形成一条狭窄的川道，俗称灞川，逆水而上经蓝田的五十里进入王维的居所辋州。由我祖居的老屋涉过灞水走过平川登上骊山南麓的坡道，大约也就半个小时。水土和气候无大差异，火晶柿子的品质也难分上下，然而形成气候形成品牌的仍然是临潼。

大约是“文革”后期，诺罗敦·西哈努克亲王携妻引子到西安，参观兵马俑往来的路上，王子发现路边有农民摆的火晶柿子小摊，问及此果，陪随人员告之。回到西安下榻处，有心的接待人员已经摆放好一盘精心挑选的火晶柿子，并说明吃法。王子生长在热带，未见过亦未吃过北方柿子并不足怪，恰是这种中国关中的火晶柿子令其赞赏不绝，直到把一盘火晶柿子吃完，仍然还要，不顾斯文且不说了，连陪随人员的劝告（食多伤胃）也任性不顾。果然，塞了满肚子火晶柿子的王子，到晚上闹起肚子来，引起各方紧张，直接报告北京有关领导，弄出一场虚惊。王子虽然经历了一个难受的夜晚，离开西安时仍不忘要带走一篮火晶柿子。

这个真实的传闻流传颇广。在关中普通到不能再普通的柿子，竟然上了招待外宾的果盘，而且是高贵的王子，确实令当地人始料不及。想来也不足奇，向来都是物以稀为贵的。20 世纪 80 年代中期，我到与临潼连界的蓝田县查阅县志时发现，清末某年，关中奇冷，柿树竟然死绝了。我得到一个基本常识，柿树原来耐不得严寒的。但那年究竟“奇冷”到怎样的程度，却是无法判断的，那时怕是连一根温度计也没有。到 20 世纪 90 年代头上，我在原下的祖屋写作《白鹿原》的时候，这年冬天冻死了一批柿树，我至今记得这年冬天的最低温度为零下 14 度，持续了半月左右，这是几十年来西安最冷的一个冬天。村子里许多农户刚刚挂果的葡萄统统冻死了，好多柿树到春末夏初还不发芽，人们才惊呼柿树被冻死了。我也便明白，清末冻死柿树的那年冬天“奇冷”的程度，不过是零下十几度而已。

编志的人在叙述“奇冷”造成的灾害时，加了一句颇带怜悯情调的话，曰：柿可当食。我便推想，平素当作水果的柿子，到了饥馑的年月里，就成为养生活命的吃食了。确凿把柿子顶作粮食的事，发生在 20 世纪 60 年代初的“三年经济困难”时期及十年“文革”之中，临潼山上的山民从生产队分回柿子，五斤顶一斤粮食。想想吧，作为消遣的柿子是一种调节和品尝，而作为一日三餐的主食，未免就有点残酷了。然而，我又胡乱联想起来，被当地山民作为粮食充饥的柿子，在西哈努克的王子那里却成为珍果，可见人的舌头原本是没有什么天生的贵贱的。想到近年某些弄出一点名堂的人，硬要做派出贵族状，硬要做派出龙种凤胎的不凡气象，我便担心这其中说不准会潜伏着类似火晶柿子的滑稽。

我在祖居的屋院里盖起了一幢新房，这是 20 世纪 80 年代中期的事，当时真有点“李顺大造屋”的感受。又修起了围墙，立了小门楼，街门和新房之间便有了一个小小的庭院。我便想到栽一株柿树，一株可以收获火晶柿子的柿树。

我的左邻右舍乃至村子里的家家户户，都有一两棵火晶柿树，或院里或院外；每年 10 月初，由绿色转为橙黄的柿子便从墨绿的树叶中脱颖而出，十分耀眼，不说吃吧，单是在屋院里外撑起的这一方风景就够惹眼了。我找到内侄儿，让他给我移栽一棵火晶柿子树。内侄慷慨应允，他承包着半条沟的柿园。这样，一株棒槌粗的柿树便栽植于小院东边的前墙根下，这是秋末冬初最好的植树时月里做成的事。

这株柿树栽下以后，整个前院便生动起来。走出屋门，一眼便瞅见高出院墙沐着冬日阳光的树干和树枝，我的心里便有了动感。新芽冒出来，树叶日渐长大了，金黄色的柿花开放了，从小草帽一样的花萼里托出一枚枚小青果，直到缀满枝丫的红灯笼一样的火晶柿子在墙头上显耀……期待和祈祷的心境伴我进入漫长的冬天。

20 世纪 50 年代初我读小学时，后屋和厦房之间窄窄的过道里，有一株火晶柿树，若小碗口粗，每年都有一树红亮亮的柿子撑在厦房房瓦上空。我于大人不在家时，便用竹竿偷偷打下两三个来，已经变成橙黄的柿子仍然涩涩的，涩味里却有不易舍弃的甜香。母亲总是会发现我的行为，总是一次又一次斥责，你就等不到摘下搁软了熟了吗？直到某一年，我放学回家，突然发现院里的光线有点异样，抬头一看，罩在过道上空的柿树的伞盖没有了，院子里一下子豁亮了。柿树被齐根锯断了，断茬上敷着一层细土。从断茬处渗出的树汁浸湿了那一层细土，像树的泪，也似树的血。我气呼呼地问母亲。母亲也阴郁着脸，告诉我，是一位神汉告诫的。那几年我家灾祸连连，我的一个小妹夭折了，一个小弟也在长到四五岁时夭亡了，又死了一头牛。父亲便请来一位神汉，从前院到后院观察审视一番，最终瞅住过道里的柿树说：把这树去掉。父亲读过许多演义类小说，于这类事比较敏感，不用神汉阐释，便悟出其中玄机，“柿”即“事”。父亲便以一种泰然的口吻对我说，柿树栽在家院里，容易生“事”惹“事”。去掉柿树，也就不会出“事”了。我的心里便怯怯的了，看那锯断的柿树茬子，竟感到了一股鬼气妖氛的恐惧。

没有什么人现在还相信神汉巫师装神弄鬼的事了，起码在“柿”与“事”的咒符是如此。因为我的村子里几乎家家户户的院里门外都有一株或几株柿树。人在灾变连连打击下便联想到神的惩罚和鬼的作祟，这种心理趋势由来已久，也并非只是科学滞后的中国乡村人独有，许多民族包括科学已很发达的民族也颇类同，神与鬼是人性软弱的不可避免的存在。我在前院栽下这棵柿树，早已驱除了“柿”与“事”的文字游戏式的咒语，而要欣赏红柿出墙的景致了。漫长的冬天过去了，春风日渐一日温暖起来。我栽的柿树迟迟不肯发芽。

直到春末夏初，枝梢上终于努出绿芽来，证明它活着，我兴奋不已。只要活着就是成功，就有希望。大约两月之后，进入伏天，我终于发觉不妙，那仅仅长到三四寸长的幼芽开始萎缩。无论我怎样浇水、疏松土壤，它还是无可挽回地枯死了。

这是很少有的现象，我喜欢栽树，不敢说百分之百成活，这样的情况确实极少发生。这株火晶柿子树是我尤为用心栽植的一棵树，它却死了。我久久找不出死亡的原因，树根并无大伤害，树的阴阳面也按原来的方向定位，水也浇得及时适度，怎么竟死了呢。问过内侄儿，他淡淡地说，柿树是很难移栽的，成活率极低。我原是知道这个常识的，却自信土命的我会栽活它。我犯了急功近利的毛病，急于看到一棵成景的柿树。于是便只好回归到最实之点，先栽软枣苗子，然后嫁接火晶柿子。

一种被当地人称作软枣的苗子，是各种柿树嫁接的唯一的砧木。软枣生长十分泼势，随便甚至可以说马马虎虎栽下就活。我便在小院的西北角栽下一株软枣，一年便长到齐墙的高度。第二年夏初，请来一位嫁接果树的巧手用俗称“热粘皮”的芽接法一次成功，当年冒出的正儿八经的火晶柿子的新枝，同样蹿起一人高。叶子大得超过我的巴掌，新出的绿色的杆儿竟有食指粗，那蓬勃的劲头真正让我时时感知初生生命的活力。为了防止暴风折断它的尚为绿色的嫩杆，我为它立了一根木杆，绑扶在一起，一旦这嫩杆变成褐黑色，显示它已完全木质化了，就尽可放心了。我于兴奋鼓舞里独自兴叹，看来栽成树走捷径还是不行的。这个火晶柿子树的起根发苗的全过程完成了，我也就留下了一棵树的生命的完整印象，至今难以忘怀。

这株火晶柿树后来就没有故事了。没有虫害病菌侵害，在院里也避免了牛马猪羊的骚扰，对水呀肥呀也不讲究，忽忽就长起来了，分枝分杈了，长过墙头了，形成一株青春活力的柿树了。这年冬天到来时，我离开久居的祖屋老院，迁进城里去，一年难得回来几次。有一年回来，正遇着它开花，四方卷沿的米黄色小花令人心动，我忍不住摘下两朵在嘴里嚼着咽下，一股带涩的甜味儿，竟然回味起背着父母用竹竿偷打下来的生柿子的感觉。

今年春节一过，我终于下定决心回归老家，争取获得一个安静吃草安静回嚼的环境。我的屋檐上时有一对追逐着求偶的咕咕咕叫着的斑鸠。小院里的树枝和花丛中常常栖息着一群或一对色彩各异的鸟儿。隔墙能听到乡友们议论天气和庄稼施肥浇水的农声。也有小牛或羊羔窜进我忘了关闭的大门。

看着一个个忙着农事忙着赶集售物的男人女人毫不注意修饰的衣着，我常常想起那些高级宾馆车水马龙衣冠楚楚口红眼影的景象。这是乡村，那是城市。大家都忙着，大家都在争取自己的明天。

我的柿树已经碗口粗了。我今年才看到了它出芽、开花、坐果到成熟的完整的生命过程。10月初，柿子日渐一日变得黄亮了，从浓密的柿树叶子里显现出来，在我的墙头上方，造成一幅美丽的风景。我此时去了一趟滇西，回来时，妻子已经让人摘卸了柿子。

装在纸箱里的火晶柿子开始软化。眼看得由橙黄日渐一日转变为红亮。有朋自城里来，我便用竹篮盛上，忍不住说明：这是自家树上的产物。多路客人无论长幼无论男女，无不惊叹这火晶柿子的醇香，更兼着一种自家种植收获的乡韵。看着客人吃得快活，我就想起一件有关火晶柿子的轶趣。某年到一个笔会，与一位作家朋友聊天，他说某年到陕西参观兵马俑的路上，品尝了火晶柿子，尤感甘美，临走时又特意买了一小篮，带回去给尚未尝过此物的南方籍的夫人。这种软化熟透的火晶柿子，稍碰即破，当地农民用剥去了粗皮的柳条编织的小篮儿装着，一层一层倒是避免了挤压。他一路汽车火车，此物不能装箱，就那么拎着进了家门，便满怀爱心献给了亲爱的夫人。揭开柳条小篮，取出上边一层红亮亮的柿子，情况顿觉不妙，下边两层却变成了石头。可以想象他的懊丧和生气之状了。事过多年和我相遇聊起此事，仍然火气难抑，末了竟冲我说，都说你们陕西人老实，怎么这样恶劣作假？几个柿子倒不值多少钱，关键是让我几千里路拎着它，却拎回去一篮子石头，你说气人不气人？这在谁也会是懊丧气恼的，然而我却调侃道，假导弹假飞船没准儿都弄出来了，陕西农民给柿篮子里塞几块石头，在中国蓬蓬勃勃的造假行业里，只能算是启蒙生或初级水平，你应该为我的乡党的开化而庆祝。朋友也就笑了。我随之自我调侃，你知道我们陕西人总结经济发展滞后的原因是什么吗？不急不躁，不跑不跳，不吵不闹，不叫不到，不给不要，所谓关中人的“十不”特性。所以说，一个兵马俑式的农民用当地称作料僵石（此石特轻）的石头冒充火晶柿子，把诸如我所钦敬的大城市里的名作家哄了骗了涮了一回，多掏了他几枚铜子，真应该庆祝他们脑瓜里开始安上了一根转轴儿，灵动起来了。

玩笑说过也就风吹雨打散了。我却总想着那些往柳条编的小篮里塞进冒充火晶柿子的石头的农民乡党，会是怎样一种小小的得意……

（摘自人民文学出版社《陈忠实文集》一书）

诗的泉源

叶圣陶

当“诗人”这两个音给我听到、“诗人”这两个字给我看见的时候，我总感觉不大自然，或者说于耳于目不大顺适。这或者是由于我的偏见。我以为“诗人”指的是一种特异的人，并且有把这种特异的人与一般大众区别开来的意思。人家或者说，“我们发出这两个音、写出这两个字，本意就是这样。”但是我感到不自然、不顺适。

人家又常说“作诗”或是“写诗”，一样足以立刻引起我的那种感觉。有些人刻刻在那里搜寻和期待，他们的经心比猎人猎取野兽还要加胜，这也使我代他们感到彷徨不安。他们看这个“作”或“写”，好像也是生活中不可或缺的一件事，正如吃饭和做工，在一定的时间内没有新的诗篇产出，就觉得异样地不安宁，正如饥饿和闲散无聊的时候所感受的。

我的意思浅薄而固执，我认为“诗人”这个名字和“农人”“工人”不一样，不配成立而用来指一种特异的人。世间没有除了“作诗”“写诗”以外就无所事事的，仅仅名为一个“诗人”的人。“作诗”或“写诗”也和“吃饭”“做工”不同，不是生活中不可或缺的事，不做就感到缺少了什么似的。换一句说，这算不得一回事。

我并非看轻“诗人”，鄙薄到不愿意用这个名字来称呼谁；也不是厌恶“作诗”或“写诗”，说无论如何我们不该这么做。我只不愿意我们做一个被特异称呼的“诗人”，不愿意我们比猎人猎取野兽更经心地“作诗”或“写诗”。

诗是什么的问题，很惭愧不能明确地解答出来。但是也可以作护短的说辞：即使解答出来了，于诗的世界又有什么益处？

还是回过来探索诗的泉源吧。假若没有所谓人类，没有人类这么生活着，就没有诗这种东西。这是一句幼稚可笑的话，聪明的人或者要冷笑着说：“何止是诗，哪一件人事不是这个样子？”固然，一切人事都是这个样子，都因为人类这么生活着，所以才有。生活是一切的泉源，也就是诗的泉源。所以说到诗就要说到生活——并不为要达到作诗的目的才说到生活。我们生而为人，怎能不说到生活呢？

两个不同的形容词加到生活上去，表示出生活的相反的两端的，通用的是“空虚”和“充实”。判定生活属于哪一端，由于各人的内观，而旁人为客观的观察，往往难得其真。我们常常欢喜代人家设想，说这个人的生活何等空虚，那个人的生活何等不充实。其实这个人和那个人未必感到这等的缺憾，不一定同我们一样设想。现在欲避免这一层错误，只得就我们内观所得的来说。

听说佛宗有所谓“禅定”的一个法门，不声不见，不虑不思，用来注释空虚的生活或是最适切的了。我们虽不讲什么禅定，却有时也入于相类的境界。不事工作，也不涉烦闷，不欣外物，也不动内情，一切只是淡漠和疏远，统可加上一个消极的“不”字。好的生活和坏的生活都是积极的，唯有这“一切不”的生活是异样地空虚。但是我们确有时过这一种生活，或者延绵下去，至于终身。

反过来说，另一种生活就是“不一切不”的。有工作则不绝地工作，倦于工作则深切地烦闷，强烈地颓废；对美善则热跃地欣赏赞美，对丑恶则悲悯地咒诅怜念；情感有所倾注，思虑有所系属。总之，一切都深浓和亲密。无论这是好的生活，足以欣喜恋慕的，或是坏的生活，足以悲伤厌弃的，本身内观的当儿总觉得这生活的丰富和繁茂。明白地说，就是觉得里面包含着许多东西，好像一个饱满的袋子。这就是所谓充实的生活。

现在说到诗。空虚的生活是个干涸的泉源，也可说不成泉源，哪里会流出诗的泉来？因为它虽名为生活，而顺着它的消极的倾向，几乎退入于不生活了。唯有充实的生活是汩汩无尽的泉源。有了源，就有泉水了。所以充实的生活就是诗。这不只是写在纸面上的有字迹可见的诗啊。当然，写在纸面就是有字迹可见的诗。写出与不写出原没有什么紧要的关系，总之生活充实就是诗了。我常这么妄想：一个耕田的农妇或是一个悲苦的矿工的生活比一个绅士先生的或许充实得多，因而诗的泉源也比较丰富。我又想，这或者不是妄想吧。

我们将“诗人”两字加到哪一类人的身上去呢？若说凡是生活充实的人便是诗人，似乎有点奇怪；或者专以称呼曾经写出些诗来的人，又觉得不妥。固然，有些人从充实的生活的泉源里疏引些泉水，写出些诗篇来。这不过是他们高兴这样做，有写作的冲动，别的人只是没有这种冲动罢了。只将“诗人”称呼他们，对于同他们一样具有充实的生活的人又将怎样呢？

由高兴和冲动所引出的事似乎与生活中不可或缺的事有点区别。我们由于高兴而去游山，或者由于冲动而长啸一声，不能说游山和长啸就是不可或缺的事。我们若是具有充实的生活，可以不用经心，问什么要不要从那里疏引些泉水出来。忽然高兴，忽然冲动，就写出些字迹，成为纸面的诗篇。一辈子不高兴、不冲动，就一辈子不写，但我们的诗篇依然存在。特地当它一回事，像猎人那样搜寻和期待，这算什么呢？

这是从高兴写、有写的冲动的一方面说。因为生活充实，除非不写，写出来没有不真实、不恳切的，决没有虚伪浮浅的弊病。丰盈澄澈的泉源自然流出清泉。所以描写工作，就表出厚实的力量；发抒烦闷，就成为切至的悲声；赞美则满含春意；咒诅则力显深痛；情感是深浓热烈的；思虑是周博正确的。这等的总称，便是“好诗”。好诗的成立不在乎写出的人被称为“诗人”，也不在乎写出的人有了这写出的努力，而在乎他有充实的生活的泉源啊！

生活空虚的人也可以写诗，但只是诗的形罢了。写出来的好诗既然视而可见、诵而可听，自然凝固为一个形。形往往成为被摹拟的。西子含颦，尚且有人仿效呢。所以到我们眼睛里的诗有满篇感慨，实际却浑无属寄的，有连呼爱美，实际却未尝直觉的；情感呢，没有，思虑呢，没有，仅仅具有诗的形而已。汲无源的泉水，未免徒劳；效西子的含颦，益显丑陋。人若不是愚笨，总不愿意这样做吧。

（摘自浙江文艺出版社《稻草人——叶圣陶散文》一书）

资禀与修养

朱光潜

拉丁文中有一句名言："诗人是天生的不是造作的。"这句话本有不可磨灭的真理，但是往往被不努力者援为口实。迟钝人说，文学必须靠天才，我既没有天才，就生来与文学无缘，纵然努力，也是无补费精神。聪明人说，我有天才，这就够了，努力不但是多余的，而且显得天才还有缺陷，天才之所以为天才，正在他不费力而有过人的成就。这两种心理都很普遍，误人也很不浅。文学的门本是大开的。迟钝者误认为它关得很严密不敢去问津；聪明者误认为自己生来就在门里，用不着摸索。他们都同样懒怠下来，也同样被关在门外。

从前有许多迷信和神秘色彩附丽在"天才"这个名词上面，一般人以为天才是神灵的凭借，与人力全无关系。近代学者有人说它是一种精神病，也有人说它是"长久的耐苦"。这个名词似颇不易用科学解释。我以为与其说"天才"，不如说"资禀"。资禀是与生俱来的良知良能，只有程度上的等差，没有绝对的分别，有人多得一点，有人少得一点。所谓“天才”不过是在资禀方面得天独厚，并没有什么神奇。莎士比亚和你我相去虽不可以道里计，他所有的资禀你和我并非完全没有，只是他有的多，我们有的少。若不然，他和我们在智能上就没有共同点，我们也就无从了解他、欣赏他了。除白痴以外，人人都多少可以了解欣赏文学，也就多少具有文学所必需的资禀。不单是了解欣赏，创作也还是一理。文学是用语言文字表现思想情感的艺术，一个人只要有思想情感，只要能运用语言文字，也就具有创作文学所必需的资禀。

就资禀说，人人本都可以致力文学；不过资禀有高有低，每个人成为文学家的可能性和在文学上的成就也就有大有小。我们不能对于每件事都能登峰造极，有几分欣赏和创作文学的能力，总比完全没有好。要每个人都成为第一流文学家，这不但是不可能，而且也大可不必；要每个人都能欣赏文学，都能运用语言文字表现思想情感，这不但是很好的理想，而且是可以实现和应该实现的理想。一个人所应该考虑的，不是我究竟应否在文学上下一番功夫（这不成为问题，一个人不能欣赏文学，不能发表思想情感，无疑地算不得一个受教育的人），而是我究竟还是专门做文学家，还是只要一个受教育的人所应有的欣赏文学和表现思想情感的能力？

这第二个问题确值得考虑。如果只要有一个受教育的人所应有的欣赏文学和表现思想情感的能力，每个人只需经过相当的努力，都可以达到，不能拿没有天才做借口；如果要专门做文学家，他就要自问对文学是否有特优的资禀。近代心理学家研究资禀，常把普遍智力和特殊智力分开。普遍智力是施诸一切对象而都灵验的，像一把同时可以打开许多种锁的钥匙；特殊智力是施诸某一种特殊对象而才灵验的，像一把只能打开一种锁的钥匙。比如说，一个人的普遍智力高，无论读书、处事或作战、经商，都比低能人要强；可是读书、处事、作战、经商各需要一种特殊智力。尽管一个人件件都行，如果他的特殊智力在经商，他在经商方面的成就必比做其他事业都强。

对于某一项有特殊智力，我们通常说那一项为“性之所近”。一个人如果要专门做文学家就非性近于文学不可。如果性不相近而勉强去做文学家，成功的固然并非绝对没有，究竟是用违其才；不成功的却居多数，那就是精力的浪费了。世间有许多人走错门路，性不近于文学而强做文学家，耽误了他们在别方面可以有为的才力，实在很可惜。“诗人是天生的不是造作的”这句话，对于这种人确是一个很好的当头棒。

但是这句话终有语病。天生的资禀只是潜能，要潜能成为事实，不能不借人力造作。好比花果的种子，天生就有一种资禀可以发芽成树、开花结实，但是种子有很多不发芽成树、开花结实的，因为缺乏人工的培养。种子能发芽成树、开花结实，有一大半要靠人力，不管它天资如何优良。人的资禀能否实现于学问事功的成就，也是如此。一个人纵然生来就有文学的特优资禀，如果他不下功夫修养，他必定是苗而不秀，华而不实。天才愈卓越，修养愈深厚，成就也就愈伟大。比如说李白、杜甫对于诗不能说是无天才，可是读过他们诗集的人都知道这两位大诗人所下的功夫。李白在人生哲学方面有道家的底子，在文学方面从《诗经》《楚辞》直到齐梁体诗，他没有不费苦心模拟过。杜诗无一字无来历为世所共知。他自述经验说，“读书破万卷，下笔如有神”。西方大诗人像但丁、莎士比亚、歌德诸人，也没有一个不是修养出来的。莎士比亚是一般人公评为天才多于学问的，但是谁能测量他的学问的深浅？医生说，只有医生才能写出他的某一幕；律师说，只有学过法律的人才能了解他的某一剧的术语。你说他没有下功夫研究过医学、法学，等等？我们都惊讶他的成熟作品的伟大，却忘记他的大半生精力都费在改编前人的剧本，在其中讨诀窍。这只是随便举几个例。完全是“天生”的而不经“造作”的诗人，在历史上却无先例。

孔子有一段论学问的话最为人所称道：“或生而知之，或学而知之，或困而知之，及其知之一也。”这话确有至理，但亦看“知”的对象为何。如果所知的是文学，我相信“生而知之”者没有，“困而知之”者也没有，大部分文学家是有“生知”的资禀，再加上“困学”的功夫，“生知”的资禀多一点，“困学”的功夫也许可以少一点。牛顿说：“天才是长久的耐苦。”这话也须用逻辑眼光去看，长久的耐苦不一定造成天才，天才却有赖于长久的耐苦。一切的成就都如此，文学只是一例。

天生的是资禀，造作的是修养；资禀是潜能，是种子；修养使潜能实现，使种子发芽成树，开花结实。资禀不是我们自己力量所能控制的，修养却全靠自家的努力。在文学方面，修养包含极广，举其大要，约有三端：

第一是人品的修养。人品与文品的关系是美学家争辩最烈的问题，我们在这里只能说一个梗概。从一方面说，人品与文品似无必然的关系。魏文帝早已说过：“古今文人类不护细行。”刘彦和在《文心雕龙·程器》里一口气就数了一二十个没有品行的文人，齐梁以后有许多更显著的例，像冯延巳、严嵩、阮大铖之流还不在内。在克罗齐派美学家看，这也并不足为奇。艺术的活动出于直觉，道德的活动出于意志；一为超实用的，一为实用的，二者实不相谋。因此，一个人在道德上的成就不能裨益也不能妨害他在艺术上的成就，批评家也不应从他的生平事迹推论他的艺术的人格。

但是从另一方面说，言为心声，文如其人。思想情感为文艺的渊源，性情品格又为思想情感的型范，思想情感真纯则文艺华实相称，性情品格深厚则思想情感亦自真纯。“仁者之言霭如”“诐辞知其所蔽”。屈原的忠贞耿介，陶潜的冲虚高远，李白的徜徉自恣，杜甫的每饭不忘君国，都表现在他们的作品里面。他们之所以伟大，就因为他们的一篇一什都不仅为某一时会即景生情偶然兴到的成就，而是整个人格的表现。不了解他们的人格，就决不能彻底了解他们的文艺。从这个观点看，培养文品在基础上下功夫就必须培养人品。这是中国先儒的一致主张，“文以载道”说也就是从这个看法出来的。

人是有机体，直觉与意志，艺术的活动与道德的活动恐怕都不能像克罗齐分得那样清楚。古今尽管有人品很卑鄙而文艺却很优越的，究竟是占少数，我们可以用心理学上的“双重人格”去解释。在甲重人格（日常的）中一个人尽管不矜细行，在乙重人格（文艺的）中他却谨严真诚。这种双重人格究竟是一种变态，如论常例，文品表现人品是千真万确的事实。所以一个人如果想在文艺上有真正伟大的成就，他必须有道德的修养。我们并非鼓励他去做狭隘的古板的道学家，我们也并不主张一切文学家在品格上都走一条路。文品需要努力创造，各有独到，人品亦如此，一个文学家必须有真挚的性情和高远的胸襟，但是每个人的性情中可以特有一种天地，每个人的胸襟中可以特有一副丘壑，不必强同而且也决不能强同。

其次是一般学识经验的修养。文艺不单是作者人格的表现，也是一般人生世相的返照。培养人格是一套功夫，对于一般人生世相积蓄丰富而正确的学识经验又另是一套功夫。这可以分两层说：一是读书。从前中国文人以能熔经铸史为贵，韩愈在《进学解》里发挥这个意思，最为详尽。读书的功用在储知蓄理，扩充眼界，改变气质。读的范围愈广，知识愈丰富，审辨愈精当，胸襟也愈恢宏。在近代，一个文人不但要博习本国古典，还要涉猎近代各科学问，否则见解难免偏蔽。这事固然很难。我们第一要精选，不浪费精力于无用之书；第二要持恒，日积月累，涓涓终可成江河；第三要有哲学的高瞻远瞩，科学的客观剖析，否则食而不化，学问反足以梏没性灵。其次是实地观察体验。这对于文艺创作或比读书还更重要。从前中国文人喜游名山大川，一则增长阅历，一则吸纳自然界瑰奇壮丽之气与幽深玄渺之趣。其实这种“气”与“趣”不只在自然中可以见出，在一般人生世相中也可得到。许多著名的悲喜剧与近代小说所表现的精神气魄正不让于名山大川。观察体验的最大的功用还不仅在此，尤其在洞达人情物理。文学超现实而却不能离现实，它所创造的世界尽管有时是理想的，却不能不有现实世界的真实性。近代写实主义者主张文学须有“凭证”，就因为这个道理。你想写某一种社会或某一种人物，就必须对于那种社会那种人物的外在生活与内心生活都有彻底的了解，这非多观察多体验不可。要观察得正确，体验得深刻，你最好投身他们中间，和他们过同样的生活。你过的生活愈丰富，对于人性的了解愈深广，你的作品自然愈有真实性，不致如雾里看花。

第三是文学本身的修养。“工欲善其事，必先利其器。”文学的器具是语言文字。我们第一须认识语言文字，其实须有运用语言文字的技巧。这事看来似很容易，因为一般人日常都在运用语言文字；但是实在极难，因为文学要用平常的语言文字产生不平常的效果。文学家对于语言文字的了解必须比一般人都较精确，然后可以运用自如。他必须懂得字的形声义，字的组织以及音义与组织对于读者产生的影响。这要包含语文学、逻辑学、文法、美学和心理学各科知识。从前人做文言文很重视小学（即语文学），就已看出工具的重要。我们现在做语体文比较做文言文更难。一则语言文字有它的历史渊源，我们不能因为做语体文而不研究文言文所用的语文，同时又要特别研究流行的语文；一则文言文所需要的语文知识有许多专书可供给，流行的语文的研究还在草创，大半还靠作者自己努力去摸索。在现代中国，一个人想做出第一流文学作品，别的条件不用说，单说语文研究一项，他必须有深厚的修养，他必须达到有话都可说出而且说得好的程度。

运用语言文字的技巧一半根据对于语言文字的认识，一半也要靠虚心模仿前人的范作。文艺必止于创造，却必始于模仿。模仿就是学习。最简捷的办法是精选范文百篇左右（能多固好；不能多，百篇就很够），细心研究每篇的命意、布局、分段、造句和用字，务求透懂，不放过一字一句，然后把它熟读成诵，玩味其中声音节奏与神理气韵，使它不但沉到心灵里去，还须沉到筋肉里去。这一步做到了，再拿这些模范来模仿（从前人所谓“拟”），模仿可以由有意的渐变为无意的，习惯就成了自然。入手不妨尝试各种不同的风格，再在最合宜于自己的风格上多下功夫，然后融合各家风格的长处，成就一种自己独创的风格。从前做古文的人大半经过这种训练，依我想，做语体文也不能有一个更好的学习方法。

以上谈文学修养，仅就其大者略举几端，并非说这就尽了文学修养的能事。我们只要想一想这几点所需要的功夫，就知道文学并非易事，不是全靠天才所能成功的。

（摘自北京联合出版公司《朱光潜散文·美是一生的修行》一书）

老师的眼界，就是学生的眼界

马　云

老师是教育孩子的，而怎样让老师变得真正会教育？

有知识和会教学，是两回事。其实这个问题我想了很久，可以追溯到我在杭州师大读书的时候。

那时候，我们上完 4 年本科以后，在学校里实习一两个月，就到讲台上去上课。教学的本领主要是靠自己悟出来的。我常常想，语文老师除了要把语文学好，更多的时间应该去学习语文以外的东西。比如，教学的技能、课堂的组织、孩子的心理……老师不光要学习教什么，重点要学习如何去教。

我听说在座有一位校长，不久前从以色列游学回来。在以色列的时候，他到死海去体验了一下。死海的水非常咸，他呛了一口水，结果喝了 5 瓶矿泉水，才把嘴里的咸味给冲淡。回来以后他给学生们上科学课，讲到浮力的时候，就讲了这 5 瓶矿泉水的故事，班里的学生都听得津津有味，对浮力的概念印象更加深刻。

其实，老师的眼界就是学生的眼界，老师的胸怀就是学生的胸怀。

前几天，我在网上看到一则新闻——山西朔州的一位地理老师带着孩子们骑行 1800 多公里到上海。在这位老师出发之前，他的同事、领导都非常紧张，有位家长甚至气得住进了医院，但是我心里特别佩服这位地理老师。

今天，很多老师的压力非常大，学校的压力也非常大，我相信谁都怕担责任，但是这位地理老师依然有勇气带着孩子们远行，我心里非常佩服。我相信，这位老师是为了孩子们的未来，为了让他们有探索未来的能力，才做了这样的决定。

教育的背后，是学校、老师、家长，还有社会的担当。如果我们要教给孩子们责任和担当，那么教育者首先必须有责任和担当。教育者需要有勇气、担当和判断，我们要知道什么是真正为孩子们好，什么是为孩子们的一辈子负责任。

今天，教育面临的最大的挑战不是如何增长知识，而是如何去应对未来的不确定性。我曾经和以色列教育部部长探讨过这个问题。以色列小学生有野外生存等课程，在这些课上，孩子们确实会有危险，但是教育不是为了确保孩子没有危险、不出问题，而是为了让孩子学会怎样去面对危险、怎样去面对问题。

最近，网上还有关于老师是否应该惩戒学生的讨论，我也非常关注。其实，不是老师要惩戒学生，而是要用规则惩戒那些破坏规则的学生。学生不是向老师低头，而是要向规则低头。

素质教育是我们追求的方向，但是素质教育不是低质教育，素质教育不等于可以放松教育的标准，不等于教育不需要严格。

科学技术的迅猛发展，必然会带来未来教育的变革。老师的责任，就是让每一个孩子在发现世界的同时，去发现自己，做最好的自己。要让每个孩子不仅学会知识，更要学会配合、学会团队协作、学会担当。这是我们的人才计划最需要思考的问题，也是所有老师需要思考的问题。

未来，国与国之间的竞争一定是教育的竞争。

我们国家今天的经济成就、社会发展，离不开过去三四十年来对教育的重视和投入。未来中国最重要的资源是什么？2018 年，全国共有 1500 多万个新生儿。可以这样说，对于这 1500 多万个幼儿的教育模式和内容，决定了我们这个国家 30 年以后的竞争力，决定了我们国家每一个家庭及其子孙后代的发展。

在我看来，一个国家的教育水平不仅要看发达地区，而且要关注欠发达地区；一个社会的进步不仅在于有多少精英，而且在于普通人群的素质如何。我们坚信，只有乡村好了，中国才会好；只有乡村的教育好了，中国的未来才会有希望。

我要特别感谢今天仍然坚守在全国偏远地区的乡村教师们——你们的努力和付出正在改变着这个国家！我们很荣幸能够和大家一起推进中国未来教育的改革和发展，很荣幸和大家一起去改变农村的教育。你们的努力、你们的创新、你们的变革、你们的关爱和你们的温暖，将给教育带来更多改变。

很多人说农村教育没有城里的好，但是我相信在农村，教育改革的机会可能比城里的更多。而且，很多农村孩子是被“放养”的，更加富有潜力。

我们希望更多的乡村教师和校长能够到城里进行培训，到海外进行学习，打开自己的视野。

最后，我要再一次深深感谢所有坚守在乡村教育岗位上的老师——你们让我们对这个国家更有信心，让这个国家的未来更有希望！

（摘自《解放日报》2019 年 8 月 2 日）

银　杏

郭沫若

银杏，我思念你，我不知道你为什么又叫公孙树。但一般人叫你是白果，那是容易理解的。

我知道，你的特征并不专在乎你有和杏相仿佛的果实，核皮是纯白如银，核仁是富于营养——这不用说已经就足以为你的特征了。

但一般人并不知道你是有花植物中最古老的先进，你的花粉和胚珠具有动物般的性态，你是完全由人力保存下来的奇珍。

自然界中已经是不能有你的存在了，但你依然挺立着，在太空中高唱着人间凯歌。你这东方的圣者，你这中国人文的有生命的纪念塔，你是只有在中国才有呀，一般人似乎也并不知道。

我到过日本，日本也有你，但你分明是日本的华侨，你侨居在日本大约已有中国的文化侨居在日本那样久远了吧。

你是真应该称为中国的国树的呀，我是喜欢你，我特别喜欢你。

但也并不是因为你是中国的特产，我才特别喜欢，是因为你美，你真，你善。

你的株干是多么端直，你的枝条是多么蓬勃，你那折扇形的叶片是多么青翠、多么莹洁、多么精巧呀！

在暑天你为多少的庙宇戴上了巍峨的云冠，你也为多少的劳苦人撑出了清凉的华盖。

梧桐虽有你的端直而没有你的坚牢；

白杨虽有你的葱茏而没有你的庄重。

熏风会媚抚你，群鸟时来为你欢歌；上帝百神——假如有上帝百神，我相信每当皓月流空，他们会在你脚下来聚会。

秋天到来，蝴蝶已经死了的时候，你的碧叶要翻成金黄，而且又会飞出满园的蝴蝶。

你不是一位巧妙的魔术师吗？但你丝毫也没有令人掩鼻的那种江湖气息。

当你那解脱了一切，你那槎牙的枝干挺撑在空中的时候，你对于寒风霜雪毫不避易。

你没有丝毫依阿取容的姿态，但你也并不荒伧；你的美德像音乐一样洋溢八荒，但你也并不骄傲；你的名讳似乎就是“超然”，你超乎一切的草木之上，你超乎一切之上，但你并不隐遁。

你的果实不是可以滋养人吗，你的木质不是坚实的器材吗，就是你的落叶不也是绝好的引火燃料吗？

可是我真有点奇怪了：中国人似乎都忘记了你，而且忘记得很久远，似乎是从古以来。

我在中国的经典中找不出你的名字，我很少看到中国的诗人咏赞过你的诗，也很少看到中国的画家描写过你的画。

这究竟是怎么一回事呀，你是随中国文化俱来的亘古的证人，你不也是以为奇怪吗?

银杏，中国人是忘记了你呀，大家虽然都在吃你的白果，都喜欢吃你的白果，但的确是忘记了你呀。

世间上也尽有不辨菽麦的人，但把你忘记得这样普遍、这样久远的例子，从来也不曾有过。

我是多么思念你呀，银杏！我可希望你不要把中国忘记。

这事情是有点危险的，我怕你一不高兴，会从中国的地面上隐遁下去，在中国的领空中会永远听不着你赞美生命的欢歌。

(摘自人民文学出版社《郭沫若散文》一书，有删节)

寒冬节气书

曹文生

大雪

大者，盛也，至此而雪盛也!

或许，一夜风过，就刮来一夜飞雪。开门，雪堵了门槛，只好在雪上深深浅浅地画脚印。这雪，太白，仿若一片白云落在地上，无论怎样都撵不走了。

这大雪的名字，到底源自何处？不甚明白。一翻书，看到这样一段话：“大雪为节者，行于小雪为大雪，时雪转甚，故以大雪名节。”

好文雅的文字，可是我的乡村，对于大雪无能为力。父亲本打算趁着雪未下，修修猪圈、补补牛槽，一场雪，就什么也干不成了。冬天，适合补给。明年，又是一年。日子，就是这样被冬雪追赶着。

每年这个时候，我们村的人都会一起出去挖惠济河。这是强制的，除了管吃，不给一分钱。父亲走前，家里备好面。母亲是那种从不上街买针线的人，家里的事都是父亲打理，母亲只负责做饭。

雪下得越大，人越高兴。大雪兆丰年。这一床雪被，温暖了平原。突然想起了王维的诗句“积雪满阡陌”。枯草不见了，只剩下一片白色。地里的小道，也不见人，村里人凭记忆在雪地里行走。外乡人，便不知出路了。

村里的那个学究，没事总给我讲大雪三候：一候鹖旦不鸣，二候虎始交，三候荔挺出。

村里人都说这鹖旦是寒号鸟。陶宗仪《南村辍耕录》里记载：“五台山有鸟，名寒号虫，四足，有肉翅，不能飞。其粪即五灵脂，当盛暑时，文采绚烂，乃自鸣曰：‘凤凰不如我！’比至深冬严寒之际，毛羽脱落，索然如鷇雏，遂自鸣曰：‘得过且过！’”

这记载和小时候学过的一篇课文很相似，让人觉得这鸟就在身边。可是，现代人有了另一个发现：这寒号鸟不是鸟，而是一种兽，性情孤僻，喜安静，昼伏夜出。大雪封门，一个人，读不透乡村了。原以为对一种鸟很自信，现在也没底气了。我说不清寒号鸟的真实身份了。

中原，无虎。它们躲在山林里求偶。盛极而衰，阳气萌动了。同节气一样的，还有人。

西头的那一家人家，走了。当初，他家是多么阔。村里的第一台电视机就在他家，我们看到很晚才想起回家。如今，人都走了，只剩下一片瓦房，坍塌着，让人伤感不已。

有时候回故乡，也觉得离它远了。一个人不敢出门，只躲在房子里，喝酒，想着一场大雪。在这场雪里，李白写的“举酒挑朔雪”，活了。

母亲在大雪的节气里也不闲着。小雪腌制的雪里蕻还没吃完，母亲又开始腌肉了。腌制的肉，咸，但下馍。

一个人，面对着大雪，突然想起了南宋马远的《寒江独钓图》，是如此安静。

一个人，心里藏着一场大雪。大雪，或许充满童话气息。天地间，一片白，什么杂质都没有了，只剩下雪的清冽，呼吸一口，神清气爽。

一个人，学会和雪对话，才能了解一个人的孤独和个性。独钓寒江雪，其实钓的是意境。一个人，躲在雪屋下，开始喝一杯浓茶，这世界就变得温暖了。

前段时间在西安，与画家朱满林一起聊天，很喜欢他的《风雪骆驼图》：一头骆驼，在风雪里仰着头，这风雪交加的日子，渺小了。

白雪，让他的画生一心的寒。或许，这是一种境界吧！

冬至

这天，才是真正的冬天。

“阴极之至，阳气始生，日南至，日短之至，日影长之至，故曰冬至。”寥寥数语，点出一个节气的来源。

冬至，也称冬节。在寒冬，它算一个节日。据说，当初它隆重登场。只是走到如今，寒酸了，只剩下一些风俗，可有可无。

在故乡，冬至吃饺子。那时候人都贫穷，冬至这天，父亲便到集市上割二指宽的肉，一刀下来，用黄表纸包了，便带回家去。

母亲剁馅，要多掺一些白菜，才能多吃几天。那时的冬至，还是热闹的。如今生活好了，平时饺子不断，冬至吃饺子已然觉得不新鲜了，人也不再重视了。

在古代，这天称为“亚岁”。意思也就是说，仅次于新年。冬至大如年。《汉书》记载：“冬至阳气起，君道长，故贺。”或许，见人便鞠一躬，道一声：兄台，冬至好。只是，这还没到文化里。文化里，冬至这天要祭礼。

《东京梦华录》里记载：“十一月冬至，京师最重此节，虽至贫者，一年之间，积累假借，至此日更易新衣，备办饮食，享祀先祖。”这礼节，和春节颇像。

在当今，冬至这天仍有一些地方要吃饺子。在故乡，我们叫它“扁食”。

冬至吃饺子，据说源自张仲景。入冬，天太冷，人耳快要冻掉了。张仲景用羊肉、辣椒和一些驱寒药材，熬出“祛寒娇耳汤”，后来用药材和羊肉和一起，包成耳朵模样，称为“饺子”。这显然有传说色彩，北方“扁食”的叫法，除了它和耳朵形似，没一点关联。

南方人不吃饺子，吃馄饨。据说，这是回忆西施的。吃馄饨，忆西施，也是最好的广告语了。吴王在冬至这天，吃西施炖的饭，觉得好吃，便问什么饭，西施看吴王脑子昏沉，便说“馄饨”，其实是对吴王的讽刺。这说法，可能是杜撰的浪漫。在南方，吃馄饨，喝酿的桂花酒，把一个人带入一种境界里。

在宁夏冬至也过得热闹，或许最接近于古代的过法。这天，老百姓称为“鬼节”，要做羊肉粉汤。一碗供祖先，一碗送给邻家。这风俗，和故乡的相似。春节，我们做好的饺子，第一碗要孝敬长辈，第二碗要送给邻居。

福建过冬至较为复杂，仪式烦琐。冬至前夜，红烛通明，灯光如昼。这多像年三十晚上啊。从这些风俗里可以看出，在古代，冬至和春节最为接近，都过出了铺张的劲儿。老百姓一咬牙，一跺脚，借钱买鱼买肉，也要过一个好冬至。

冬至一候：蚯蚓结。这蚯蚓还在土里，团在一起，打成一个结。有时候，人眼看不见，一铁锹土，便挖出了蚯蚓来，它们仍然冬眠着。放在地面上很久，仍然没醒。

到了冬至，也就到了三九日了。“一九二九，不出手。”天太冷，手都揣在袖子里。有些人，手脚都冻了，一摁一个坑。这些人很是可怜。在“一九”日，相约九人饮酒，在桌席上，九个碟，九个碗，九九消寒。这也是一种美好的愿望吧！

在冬至，生起炉火，煮一锅羊肉汤，看白色的浓汤在锅里翻腾，呼吸着羊肉汤的美味，也是幸福的。冬至，是一个关于吃的节日。

在中国，节日和吃关联甚密：端午吃粽子，中秋吃月饼，腊八喝粥，冬至吃饺子。在中国，每一个节日，都解一次馋，这就是中国人喜欢过节的原因吧。只是，如今这节日，少了些古意。

（摘自《文苑·经典美文》2019 年第 12 期，有删节）

午门忆旧

汪曾祺

北京解放前夕，一九四八年夏天到一九四九年春天，我曾在午门的历史博物馆工作过一段时间。

午门是紫禁城总体建筑的一个重要的组成部分。这是故宫的正门，是真正的“宫门”。进了天安门、端门，这只是宫廷的“前奏”；进了午门，才算是进了宫。有午门和没有午门，是不大一样的。没有午门，进天安门、端门，直接看到三大殿，就太敞了，好像一件衣裳没有领子；有午门，当中一隔，后面是什么，都瞧不见，这才显得宫里神秘庄严、深不可测。

午门的建筑是很特别的。下面是一个凹形的城台。城台上正面是一座九间重檐庑殿顶的城楼；左右有重檐的方亭四座。城楼和这四座正方的亭子之间，有廊庑相连属，稳重而不笨拙，玲珑而不纤巧，极有气派，俗称为“五凤楼”。在旧戏里，五凤楼成了皇宫的代称。《草桥关》里姚期唱的“到来朝陪王在那五凤楼”，《珠帘寨》里程敬思唱的“为千岁懒登五凤楼”，指的就是这里。实际上姚期和程敬思都是不会登上五凤楼的。楼不但大臣上不去，就是皇帝也很少上去。

午门有什么用呢？旧戏和评书里常有一句话："推出午门斩首！"哪能呢！这是编戏编书的人想象出来的。午门的用处大概有这么三项：一是逢什么大典时，皇上登上城楼接见外国使节。曾见过一幅紫铜的版刻，刻的就是这一盛典。外国使节、满汉官员，分班肃立，极为隆重。是哪一位皇上，庆的是何节日，已经记不清了。其次是献俘。打了胜仗，要把俘虏（当然不是俘虏的全部，只是代表性的人物）押解到京城来。献俘本来应该在太庙。《清会典·礼部》："解送俘囚至京师，钦天监择日献俘于太庙社稷。"但据熟悉掌故的同志说，其实是在午门。到时候皇上还要坐到城楼亲自过过目。究竟在哪里，余生也晚，未能亲历，只好存疑。第三，大概是午门最有历史意义，也最有戏剧性的故事，是在这里举行廷杖。廷杖，顾名思义，是在朝廷上受杖。不过把一位大臣按在太和殿上打屁股，也实在不大像样子，所以都在午门外举行。廷杖是对廷臣的酷刑。据朱国桢《涌幢小品》，廷杖始于唐玄宗时。但是盛行似在明代。原来不过是"意思意思"。《涌幢小品》说："成化以前，凡廷杖者不去衣，用厚棉底衣，重毡叠帊，示辱而已。"穿了厚棉裤，又垫着几层毡子，打起来想必不会太疼。但就这样也够呛，挨打以后，要"卧床数月，而后得愈"。"正德初年，逆瑾（刘瑾）用事，恶廷臣，始去衣。"即脱了裤子，露出屁股挨打了。"遂有杖死者。"掌刑的是"厂卫"。明朝宦官掌握的特务机关有东厂、西厂，后来又有内行厂。廷杖在午门外进行，抡杖的该是内行厂的锦衣卫。五凤楼下，血肉横飞，是何景象？

不知从什么时候起，五凤楼就很少有人上去。"马道"的门锁着。民国以后，在这里建立了历史博物馆。据历史博物馆的老工友说，建馆后，曾经修缮过一次，从城楼的天花板上扫出了一些烧鸡骨头、荔枝壳和桂圆壳。他们说，这是"飞贼"留下来的。北京的"飞贼"做了案，就到五凤楼天花板上藏着，谁也找不着——那倒是，谁能搜到这样的地方呢？老工友们说，

“飞贼”用一根麻绳，一头系一个大铁钩，一甩麻绳，把铁钩搭在城垛子上，三把两把，就上来了。这种情形，他们谁也不会见过，但是言之凿凿。这种燕子李三式的人物引起老工友们美丽的向往，因为他们都已经老了，而且有的已经半身不遂。

“历史博物馆”名目很大，但是没有多少藏品，东边的马道里有两尊“将军炮”。那是很大的铜炮，炮管有两丈多长。一尊叫作“武威将军炮”；另一尊叫什么将军炮，忘了。据说张勋复辟时曾起用过两尊将军炮，有的老工友说他还听到过军令：“传武威将军炮！”传“××将军炮！”是谁传？张勋，还是张勋的对立面？说不清。马道拐角处有一架李大钊烈士就义的绞刑机。据说这架绞刑机是从德国进口的，只用过一次。为什么要把这东西陈列在这里呢？我们在写说明卡片时，实在不知道如何下笔。

城楼（我们习惯叫作“正殿”）里保留了皇上的宝座。两边铁架子上挂着十多件袁世凯祭孔用的礼服，黑缎的面料，白领子，式样古怪，道袍不像道袍。这一套服装为什么陈列在这里，也莫名其妙。

四个方亭子陈列的都是没有多大价值的文物：不知道来历的墓志、烧瘫在“匣”里的钧窑瓷碗、清代的“黄册”（为征派赋役编造的户口册）、殿试的卷子、大臣的奏折……西北角一间亭子里陈列的东西却有点特别，是多种刑具。有两把杀人用的鬼头刀，都只有一尺多长。我这才知道杀头不是用力把脑袋砍下来，而是用“巧劲”把脑袋“切”下来。最引人注意的是一套凌迟用的刀具，装在一个木匣里，有一二十把，大小不一。还有一把细长的锥子。据说受凌迟的人挨了很多刀，还不会死，最后要用这把锥子刺穿心脏，才会气绝。中国的剐刑搞得这样精细而科学，真是令人叹为观止。

整天和一些价值不大、不成系统的文物打交道，真正是“抱残守缺”。日子过得倒是蛮清闲的。白天检查检查仓库，更换更换说明卡片，翻翻资料，都是可做可不做的事情。下班后，到左掖门外筒子河边看看算卦的算卦，——河边有好几个卦摊；看人叉鱼，——叉鱼的沿河走，捏着鱼叉，欻地一叉下去，一条二尺来长的黑鱼就叉上来了。到了晚上，天安门、端门、左右掖门都关死了，我就到屋里看书。我住的宿舍在右掖门旁边，据说原是锦衣卫——执行廷杖的特务值宿的房子。四外无声，异常安静。我有时走出房门，站在午门前的石头坪场上，仰看满天星斗，觉得全世界都是凉的，就我这里一点是热的。

北平一解放，我就告别了午门，参加四野南下工作团南下了。

从此就再也没有到午门去看过，不知道午门现在是什么样子。

有一件事可以记一记。解放前一天，我们正准备迎接解放，来了一个人，说："你们赶紧收拾收拾，我们还要办事呢！"他是想在午门上登基。这人是个疯子。

（摘自浙江文艺出版社《汪曾祺散文》一书，有删节）

往事如“烟”

冯骥才

从家族史的意义上说，抽烟没有遗传。虽然我父亲抽烟，我也抽过烟，但在烟上我们没有基因关系。我曾经大抽其烟，我儿子却决不沾烟，儿子坚定地认为不抽烟是一种文明。看来个人的烟史是一段绝对属于自己的人生故事。而且在开始成为烟民时，就像好小说那样，各自还都有一个“非凡”的开头。

记得上小学时，我做肺部的X光透视检查。医生一看我肺部的影像，竟然朝我瞪大双眼，那神气好像发现了奇迹。他对我说：“你的肺简直跟玻璃的一样，太干净太透亮了。记住，孩子，长大可绝对不要吸烟！”

可是，后来步入艰难的社会。我从事仿制古画的单位被“文革”的大锤击碎。我必须为一家塑料印刷的小作坊跑业务，天天像沿街乞讨一样，钻进一家家工厂去寻找活计。而接洽业务，打开局面，与对方沟通，先要敬上一支烟。烟是市井中一把打开对方大门的钥匙。可最初我敬上烟时，却只是看着对方抽，自己不抽。这样反而倒有些尴尬。敬烟成了生硬的“送礼”。于是，我便硬着头皮开始了抽烟的生涯。为了敬烟而吸烟。应该说，我抽烟完全是被迫的。

儿时，那位医生叮嘱我的话，那句金玉良言，我至今未忘。但生活的警句常常被生活本身击碎。因为现实总是至高无上的，甚至还会叫真理甘拜下风。当然，如果说起我对生活严酷性的体验，这还只是九牛一毛呢！

古人以为诗人离不开酒，酒后的放纵会给诗人招来意外的灵感；今人以为作家的写作离不开烟，看看他们写作时脑袋顶上那纷纭缭绕的烟缕，多么像他们头脑中翻滚的思绪啊。但这全是误解！好的诗句都是在清明的头脑中跳跃出来的，而“无烟作家”也一样写出大作品。

他们并不是为了写作才抽烟。他们只是写作时也要抽烟而已。

真正的烟民全都是无时不抽的。

他们闲时抽，忙时抽；舒服时抽，疲乏时抽；苦闷时抽，兴奋时抽；一个人时抽，一群人时更抽；喝茶时抽，喝酒时抽；饭前抽几口，饭后抽一支；睡前抽几口，醒来抽一支。右手空着时用右手抽，右手忙着时用左手抽。如果坐着抽，走着抽，躺着也抽，那一准是头一流的烟民。记得我在自己烟史的高峰期，半夜起来还要点上烟，抽半支，再睡。我们误以为烟有消闲、解闷、镇定、提神和助兴的功能，其实不然。对于烟民来说，不过是这无时不伴随着他们的小小的烟卷，参与了他们大大小小一切的人生苦乐罢了。

我至今记得父亲挨整时，总躲在屋角不停地抽烟。那个浓烟包裹着的一动不动的蜷曲的身影，是我见到过的世间最愁苦的形象。烟，到底是消解了还是加重他的忧愁和抑郁？

那么，人们的烟瘾又是从何而来？

烟瘾来自烟的魅力。我看烟的魅力，就是在你把一支雪白和崭新的烟卷从烟盒抽出来，夹在唇间，点上，然后深深地将雾化了的带着刺激性香味的烟丝吸入身体而略感精神一爽的那一刻。即抽第一口烟的那一刻。随后，便是这吸烟动作的不断重复。而烟的魅力在这不断重复的吸烟中消失。

其实，世界上大部分事物的魅力，都在这最初接触的那一刻。

我们总想去再感受一下那一刻，于是就有了瘾。所以说，烟瘾就是不断燃起烟“抽上一口”——也就是第一口烟的欲求。这第一口之后再吸下去，就成了一种毫无意义的习惯性的行为。我的一位好友张贤亮深谙此理，所以他每次点上烟，抽上两三口，就把烟灭烟缸里。有人说，他才是最懂得抽烟的。他抽烟一如赏烟。并说他是“最高品位的烟民”。但也有人说，这第一口所受的尼古丁的伤害最大，最具冲击性，所以笑称他是“自残意识最清醒的烟鬼”。但是，不管怎么样，烟最终留给我们的是发黄的牙和夹烟卷的手指，熏黑的肺，咳嗽和痰喘，还有难以谢绝的烟瘾本身。

父亲抽了一辈子烟。抽得够凶。他年轻时最爱抽英国老牌的“红光”，后来专抽“恒大”。“文革”时发给他的生活费只够吃饭，但他还是要挤出钱来，抽一种军绿色封皮的最廉价的“战斗牌”纸烟。如果偶尔得到一支“墨菊”“牡丹”，便像中了彩那样，立刻眉开眼笑。这烟一直抽得他晚年患“肺气肿”，肺叶成了筒形，呼吸很费力，才把烟扔掉。

十多年前，我抽得也凶，尤其是写作中。我住在北京人民文学出版社写长篇时，四五个作家挤在一间屋里，连写作带睡觉。我们全抽烟，天天把小屋抽成一片云海。灰白色厚厚的云层静静地浮在屋子中间。烟民之间全是有福同享。一人有烟大家抽，抽完这人的抽那人的。全抽完了，就趴在地上找烟头。凑几个烟头，剥出烟丝，撕一条稿纸卷上，又是一支烟。可有时晚上躺下来，忽然害怕桌上烟火未熄，犯起了神经质，爬起来查看查看，还不放心。索性把新写的稿纸拿到枕边，怕把自己的心血烧掉。

烟民做到这个份儿，后来戒烟的过程必然十分艰难。单用意志远远不够，还得使出各种办法对付自己。比方，一方面我在面前故意摆一盒烟，用激将法来锤炼自己的意志；一方面，在烟瘾上来时，又不得不把一支不装烟丝的空烟斗叼在嘴上，好像在戒奶的孩子的嘴里塞上一个奶嘴，致使来访的朋友们哈哈大笑。

只有在戒烟的时候，才会感受到烟的厉害。

最厉害的事物是一种看不见的习惯。当你与一种有害的习惯诀别之后，又找不到新的事物并成为一种习惯时，最容易出现的便是返回去。从生活习惯到思想习惯，全是如此。这一点也是我在小说《三寸金莲》中“放足”那部分着意写的。

如今我已经戒烟十年有余。屋内烟消云散，一片清明，空气里只有观音竹细密的小叶散出的优雅而高逸的气息。至于架上的书，历史的界线更显分明；凡是发黄的书脊，全是我吸烟时代就立在书架上的；此后来者，则一律鲜明夺目，毫无污染。今天，写作时不再吸烟，思维一样灵动如水，活泼而光亮。往往看到电视片中出现一位奋笔写作的作家，一边皱眉深思，一边喷云吐雾，我就会哑然失笑，并庆幸自己已然和这种糟糕的样子永久地告别了。

一个边儿磨毛的皮烟盒，一个老式的有机玻璃烟嘴，陈放在我的玻璃柜里。这是我生命的文物。但在它们成为文物之后，所证实的不仅仅是我做过烟民的履历，它还会忽然鲜活地把昨天生活的某一个画面唤醒，就像我上边描述的那种种的细节和种种的滋味。

去年我去北欧，在爱尔兰首都都柏林的一个小烟摊前，忽然一个圆形红色的形象跳到眼中。我马上认出这是父亲半个世纪前常抽的那种英国名牌烟“红光”。一种十分特别和久违的亲切感涌来。我马上买了一盒。回津后，在父亲祭日那天，用一束淡雅的花衬托着，将它放在父亲的墓前。这一瞬竟让我感到了父亲在世一般的音容，很生动，很贴近。这真是奇妙的事！虽然我明明知道这烟曾经有害于父亲的身体，在父亲活着的时候，我希望彻底撇掉它。但在父亲离去后，我为什么又把它十分珍惜地自万里之外捧了回来?

我明白了，这烟其实早已经是父亲生命的一部分。

从属于生命的事物，一定会永远地记忆着生命的内容，特别是在生命消失之后。我这句话是广义的。

物本无情，物皆有情，这两句话中间的道理便是本文深在的主题。

（摘自人民文学出版社《世间生活——冯骥才生活散文精选》一书）

儿　女

朱自清

我现在已是五个儿女的父亲了。想起圣陶喜欢用的“蜗牛背了壳”的比喻，便觉得不自在。新近一位亲戚嘲笑我说：“要剥层皮呢！”更有些悚然了。十年前刚结婚的时候，在胡适之先生的《藏晖室札记》里，见过一条，说世界上有许多伟大的人物是不结婚的；文中并引培根的话，“有妻子者，其命定矣。”当时确吃了一惊，仿佛梦醒一般；但是家里已是不由分说给娶了媳妇，又有什么可说？现在是一个媳妇，跟着来了五个孩子；两个肩头上，加上这么重一副担子，真不知怎样走才好。“命定”是不用说了；从孩子们那一面说，他们该怎样长大，也正是可以忧虑的事。我是个彻头彻尾自私的人，做丈夫已是勉强，做父亲更是不成。自然，“子孙崇拜”，“儿童本位”的哲理或伦理，我也有些知道；既做着父亲，闭了眼抹杀孩子们的权利，知道是不行的。可惜这只是理论，实际上我是仍旧按照古老的传统，在野蛮地对付着，和普通的父亲一样。近来差不多是中年的人了，才渐渐觉得自己的残酷；想着孩子们受过的体罚和叱责，始终不能辩解——像抚摩着旧创痕那样，我的心酸溜溜的。有一回，读了有岛武郎《与幼小者》的译文，对那种伟大的、沉挚的态度，我竟流下泪来了。去年父亲来信，问起阿九，那时阿九还在白马湖呢；信上说："我没有耽误你，你也不要耽误他才好。"我为这句话哭了一场；我为什么不像父亲的仁慈？我不该忘记，父亲怎样待我们来着！人兴许真是二元的，我是这样矛盾，我的心像钟摆似的来去。

你读过鲁迅先生的《幸福的家庭》吗？我的便是那一类的"幸福的家庭"！每天午饭和晚饭，就如两次潮水一般。先是孩子们你来他去地在厨房与饭间里查看，一面催我或妻发"开饭"的命令。急促繁碎的脚步，夹着笑和嚷，一阵阵袭来，直到命令发出为止。他们一递一个地跑着喊着，将命令传给厨房里用人；便立刻抢着回来搬凳子。于是这个说："我坐这儿!"那个说："大哥不让我!"大哥却说："小妹打我!"我给他们调解，说好话。但是他们有时候很固执，我有时候也不耐烦，这便用着叱责了；叱责还不行，不由自主地，我的沉重的手掌便到他们身上了。于是哭的哭，坐的坐，局面才算定了。接着可又你要大碗，他要小碗，你说红筷子好，他说黑筷子好；这个要干饭，那个要稀饭，要茶要汤，要鱼要肉，要豆腐，要萝卜；你说他菜多，他说你菜好。妻是照例安慰着他们，但这显然是太迂缓了。我是个暴躁的人，怎么等得及？不用说，用老法子将他们立刻征服了；虽然有哭的，不久也就抹着泪捧起碗了。吃完了，纷纷爬下凳子，桌上是饭粒呀、汤汁呀、骨头呀、渣滓呀、加上纵横的筷子、欹斜的匙子，就如一块花花绿绿的地图模型。吃饭而外，他们的大事便是游戏。游戏时，大的有大主意，小的有小主意，各自坚持不下，于是争执起来；或者大的欺负了小的，或者小的竟欺负了大的，被欺负的哭着嚷着，到我或妻的面前诉苦；我大抵仍旧要用老法子来判断的，但不理的时候也有。最为难的，是争夺玩具的时候：这一个的与那一个的是同样的东西，却偏要那一个的；而那一个偏不答应。在这种情形之下，不论如何，终于是非哭了不可的。这些事件自然不至于天天有，但大致总有好些起。我若坐在家里看书或写什么东西，管保一小时里要分几回心，或站起来一两次的。若是雨天或礼拜日，孩子们在家的多，那么，摊开书竟看不下一行，提起笔也写不出一个字的事，也有过的。我常和妻说："我们家真是成日的千军万马呀！"有时是不但"成日"，连夜里也有兵马在进行着，在有吃乳或生病的孩子的时候！

我结婚那一年，才十九岁。二十一岁，有了阿九；二十三岁，又有了阿菜。那时我正像一匹野马，哪能容忍这些累赘的鞍鞯、辔头和缰绳？摆脱也知是不行的，但不自觉地时时在摆脱着。现在回想起来，那些日子，真苦了这两个孩子；真是难以宽宥的种种暴行呢！阿九才两岁半的样子，我们住在杭州的学校里。不知怎的，这孩子特别爱哭，又特别怕生人。一不见了母亲，或来了客人，就哇哇地哭起来了。学校里住着许多人，我不能让他扰着他们，而客人也总是常有的；我懊恼极了，有一回，特地骗出了妻，关了门，将他按在地下打了一顿。这件事，妻到现在说起来，还觉得有些不忍；她说我的手太辣了，到底还是两岁半的孩子！我近年常想着那时的光景，也觉黯然。阿菜在台州，那是更小了，才过了周岁，还不大会走路。也是为了缠着母亲的缘故吧，我将她紧紧地按在墙角里，直哭喊了三四分钟，她因此生了好几天病。妻说，那时真寒心呢！但我的苦痛也是真的。我曾给圣陶写信，说孩子们的折磨，实在无法奈何；有时竟觉着还是自杀的好。这虽是气愤的话，但这样的心情，确也有过的。后来孩子是多起来了，也磨折得久了，少年的锋棱渐渐地钝起来了；加之增长的年岁增长了理性的裁制力，我能够忍耐了——觉得从前真是一个"不成材的父亲"，如我给另一个朋友信里所说。但我的孩子们在幼小时，确比别人的特别不安静，我至今还觉得如此。我想这大约还是由于我们抚育不得法：从前只一味地责备孩子，让他们代我们负起责任，却未免是可耻的残酷了！

正面意义的"幸福"，其实也未尝没有。正如谁所说，小的总是可爱，孩子们的小模样、小心眼儿，确有些教人舍不得的。阿毛现在五个月了，你用手指去拨弄她的下巴，或向她做趣脸，她便会张开没牙的嘴格格地笑，笑得像一朵正开的花。她不愿在屋里待着；待久了，便大声儿嚷。妻常说："姑娘又要出去溜达了。"她说阿毛像鸟儿般，每天总得到外面溜一些时候。闰儿上个月刚过了三岁，笨得很，话还没有学好呢。他只能说三四个字的短语或句子，文法错误，发音模糊，又得费气力说出；我们老是要笑他的。他说"好"字，总变成"小"字。问他"好不好"，他便说"小"，或"不小"。我们常常逗着他说这个字玩儿；他似乎有些觉得，近来偶然也能说出正确的"好"字了——特别在我们故意说成"小"字的时候。他有一只搪瓷碗，是一毛来钱买的；买来时，老妈子教给他，"这是一毛钱"。他便记住"一毛"两个字，管那只碗叫"一毛"，有时竟省称为"毛"。这在新来的老妈子，是必需翻译了才懂的。他不好意思，或见着生客时，便咧着嘴痴笑；我们常用了土话，叫他呆瓜。他是个小胖子，短短的腿，走起路来，蹒跚可笑；若快走或跑，便更"好看"了。他有时学我，将两手叠在背后，一摇一摆的；那是他自己和我们都要乐的。他的大姊便是阿菜，已是七岁多了，在小学校里念着书。在饭桌上，一定得啰啰唆唆地报告些同学或他们父母的事情；气喘喘地说着，不管你爱听不爱听。说完了总问我："爸爸认识吗？""爸爸知道吗？"妻常禁止她吃饭时说话，所以她总是问我。她的问题真多：看电影时便问电影里的是不是人，是不是真人，怎么不说话。看照相时也是一样。不知谁告诉她，兵是要打人的。她回来便问，兵是人吗，为什么打人。近来大约听了先生的话，回来又问张作霖的兵是帮谁的，蒋介石的兵是不是帮我们的。诸如此类的问题，每天短不了，常常闹得我不知怎样答才行。她和闰儿在一处玩儿，一大一小，不很合适，老是吵着哭着。但合适的时候也有：譬如这个往床底下躲，那个便钻进去追着；这个钻出来，那个也跟着——从这个床到那个床。只听见笑着、嚷着、喘着，真如妻所说，像小狗似的。现在在京的，便只有这三个孩子；阿九和转儿是去年北上时，让母亲暂时带回扬州去了。

阿九是欢喜书的孩子。他爱看《水浒传》《西游记》《三侠五义》《小朋友》等；没有事便捧着书坐着或躺着看。只不欢喜《红楼梦》，说是没有味儿。是的，《红楼梦》的味儿，一个十岁的孩子，哪里能领略呢？去年我们事实上只能带两个孩子来；因为他大些，而转儿是一直跟着祖母的，便在上海将他俩丢下。我清清楚楚记得那分别的早上。我领着阿九从二洋泾桥的旅馆出来，送他到母亲和转儿住着的亲戚家去。妻嘱咐说："买点吃的给他们吧。"我们走过四马路，到一家茶食铺里。阿九说要熏鱼，我给买了；又买了饼干，是给转儿的。便乘电车到海宁路。下车时，看着他的害怕与累赘，很觉恻然。到亲戚家，因为就要回旅馆收拾上船，只说了一两句话便出来；转儿望望我，没说什么，阿九是和祖母说什么去了。我回头看了他们一眼，硬着头皮走了。后来妻告诉我，阿九背地里向她说："我知道爸爸欢喜小妹，不带我上北京去。"其实这是冤枉的。他又曾和我们说："暑假时一定来接我啊！"我们当时答应着；但现在已是第二个暑假了，他们还在迢迢的扬州待着。他们是恨着我们呢？还是惦着我们呢？妻是一年来老放不下这两个，常常独自暗中流泪；但我有什么法子呢！想到"只为家贫成聚散"一句无名的诗，不禁有些凄然。转儿与我较生疏些。但去年离开白马湖时，她也曾用了生硬的扬州话（那时她还没有到过扬州呢），和那特别尖的小嗓子向着我："我要到北京去。"她哪晓得什么北京，只跟着大孩子们说罢了；但当时听着、现在想着的我，却真是抱歉呢。这兄妹俩离开我，原是常事，离开母亲，虽也有过一回，这回可是太长了；小小的心儿，知道是怎样忍耐那寂寞来着！

我的朋友大概都是爱孩子的。少谷有一回写信责备我，说儿女的吵闹，也是很有趣的，何至可厌到如我所说；他说他真不解。子恺为他家华瞻写的文章，真是"蔼然仁者之言"。圣陶也常常为孩子操心：小学毕业了，到什么中学好呢？——这样的话，他和我说过两三回了。我对他们只有惭愧！可是近来我也渐渐觉着自己的责任。我想，第一该将孩子们团聚起来，其次便该给他们些力量。我亲眼见过一个爱儿女的人，因为不曾好好地教育他们，便将他们荒废了。他并不是溺爱，只是没有耐心去料理他们，他们便不能成材了。我想我若照现在这样下去，孩子们也便危险了。我得计划着，让他们渐渐知道怎样去做人才行。但是要不要他们像我自己呢？这一层，我在白马湖教初中学生时，也曾从师生的立场上问过丏尊，他毫不踌躇地说："自然啰。"近来与平伯谈起教子，他却答得妙："总不希望比自己坏啰。"是的，只要不比自己坏就行，像不像倒是不在乎的。职业、人生观等，还是由他们自己去定的好；自己顶可贵，只要指导，帮助他们去发展自己，便是极贤明的办法。

予同说："我们得让子女在大学毕了业，才算尽了责任。"SK说："不然，要看我们的经济，他们的材质与志愿；若是中学毕了业，不能或不愿升学，便去做别的事，譬如做工人吧，那也并非不行的。"自然，人的好坏与成败，也不尽靠学校教育；说是非大学毕业不可，也许只是我们的偏见。在这件事上，我现在毫不能有一定的主意；特别是这个变动不居的时代，知道将来怎样？好在孩子们还小，将来的事且等将来吧。目前所能做的，只是培养他们基本的力量——胸襟与眼光；孩子们还是孩子们，自然说不上高的、远的，慢慢从近处、小处下手便好。这自然也只能先按照我自己的样子"神而明之"，存乎其人，光辉也罢，倒霉也罢，平凡也罢，让他们各尽各的力去。我只希望如我所想的，从此好好地做一回父亲，便自称心满意。——想到那狂人"救救孩子"的呼声，我怎敢不悚然自勉呢？

（摘自浙江文艺出版社《朱自清散文》一书，有删节）

不如先正确做事

Jenny 乔

一

最近几年，身边的年轻人压力都很大，房价越来越高，薪水却没涨多少。肚子变大了，头发变少了，可拼命努力，一年到头也没什么成绩能给自己交代。再看看同龄人，不知不觉就甩掉自己几个身位。

有一次，有朋友聊起“2019 届互联网校招薪资清单”，无一例外，大公司都青睐算法工程师、安全工程师这些技术岗位，薪资也都很诱人。

于是，初入职场的 90 后们纷纷感叹：“都怪自己当初选错了专业。”人到中年的 80 后也跟风吐槽：“都怪自己当初选错了工作。”

我们总以为有一件事是无比正确的，只要在这件事上坚持，就能找到想要的成功。

高考填志愿的时候，我们都想把准时代脉搏，找到大趋势下那份“更容易成功的专业”。进入职场，就期望能选择正确的方向，找到有发展前景的工作。

只是那份所谓的“正确工作”，真的能找到吗?

二

工作没有对错，差别是你怎么做。

这些年，很多人提到“风口上的猪”，有时虽然嘴上不承认，可选择的时候，还是力求找到更有发展前途的行业，能够借助风势扶摇直上。

表妹当年报考经管专业，正是每个人都在谈论股票、投资、金融的时候。本以为毕业后就能进入银行体系，却没想到暴增的同类毕业生让本科毕业的她完全丧失了竞争力。

还好，“出国热”又紧跟着兴起。她赶紧报了个雅思班，想着拿到证书后就能到培训机构谋个差事。无奈语言不是她的强项，勉强及格后，还是不能胜任“高职”。

近两年的直播风潮，也迅速刮到了紧跟潮流的她的身上。表妹赶紧辞职购齐了各项设备，无奈至今只有一千多粉丝，礼物也是寥寥可数。

她现在很迷茫，换来换去也没跟上“风”。到底怎样才能找到“正确的工作”，获得行业发展的红利?

日本“经营之圣”稻盛和夫先生刚毕业的时候去了家濒临倒闭的企业。同期入职的大学生都相继离开了，他却觉得如果仅因为“行业不景气”就辞职很不妥当，就决定先埋头工作。

在这家公司，他的工作任务是研究尖端的新型陶瓷材料。

没想到，就在拼命完成工作内容的过程中，稻盛和夫一次又一次取得了出色的科研成果，成为当时无机化学领域的新星。

管理大师彼得·德鲁克曾这样定义“决策”：决策是一种判断，是若干项方案中的选择。所谓“选择”，通常也不是“对与错”之间的判断。

没有哪个选择能够预判成功，失败也并不是选错了行业，而是你不肯认真做。

其实仔细想想，在把一份工作真正做好之前就盲目调转方向，或许是一种逃避。

三

别用“喜欢”来定义正确。

这些年，很多人说，要选择自己喜欢的事，理想大过天，可往往做着做着才发现，当初的选择，如今看起来好像也没那么喜欢。

卡尔·纽波特在《优秀到不能被忽视》里讲过这样一个故事：哲学和神学双学士的托马斯，一直觉得禅修是获取人生意义的关键。即使迫于生计，从事过各种职业，最后还是选择了到寺庙修行。

经过一年多的修行，他成为真正的禅修者，却没有感受到幻想中的平和，甚至和当初不断换工作时的自己一样没有幸福感。

此刻他才对自己的职业生涯有了一种新的认识。

真正做了自己最热爱的事情后才发现，从前不过是自己一厢情愿的执念罢了。

喜欢一件事并不能带来持续的快感，你得学会如何面对并不那么喜欢的事。

《亲爱的客栈》里，曾经有个弹吉他做音乐的姑娘向大家哭诉："虽然很热爱音乐，但是它没办法养活我，所以打算放弃了。但是回家找份普通工作，又让我心有不甘。"王珂并没有安慰她，而是直言："怎么没办法养活了？你留过学，还一身潮牌，我一直觉得是你生活得太奢侈了！"

对热爱的工作都没办法做出些牺牲坚持下去，这份热爱不过是心血来潮罢了。

四

把工作做到极致，才是最正确的事。

"人生 99% 的事情是我们无法掌控的，唯一有决定权的就是态度。"

日剧《校对女孩河野悦子》的女主角，热爱时尚行业，所以接受出版社面试时也是希望能够成为时尚编辑，谁知却被派到了最无趣的校阅部门。

凡事都要刨根问底的河野悦子并没有消极面对工作，而是自创了一套独特的校阅方法。学妹看着总是干劲满满的她，丧气地说："并不是每个人都能像你一样，有想做的事。不咸不淡工作着的大有人在。"

学妹以为河野悦子是抱着可以调部门的心态，才如此积极地去工作。河野悦子却告诉她："你不能享受工作，是因为你从来就没有打算去享受吧？

不仅是工作，人生也是，当你觉得无聊的那一刻就变得无聊了。能不能乐在其中，取决于个人心态。”

耶鲁大学组织行为学教授艾米·瑞斯奈斯基一直在研究人们是如何看待自己的工作的。

她说，激情其实是精通的副产品。觉得自己工作很快乐的员工，不是那些通过激情找到工作的人，而是那些工作很长时间并且擅长自己工作的人。

许多把工作做到极致的工匠，起初或许只是职责所在，经过长期磨炼后也就真正地爱上了自己的职业。

网上有这样一句话：如果你不喜欢现在的工作，要么“滚”，要么“狠”。也就是说，你要么具备辞职后找到更好工作的能力，要么就严格要求自己，改变对待工作的态度。

自己眼前的事还没做好，却总是这山望着那山高，有所作为就只是白日做梦了。

行业前景不佳并不影响你个人工作能力的提升，而个人兴趣更是转瞬即逝的感觉。

别太执着于找到正确的事，每一份平凡的工作都能做出不平凡的成绩，最终决定一个人成就的是他做事的方式。

（摘自中国画报出版社《唯有坚持 不负梦想》一书）

一　朝

林清玄

十二岁的时候，第一次读《红楼梦》似懂非懂，读到林黛玉葬花的那一段，以及她的《葬花吟》，里面有这样几句：

尔今死去侬收葬，未卜侬身何日丧？

侬今葬花人笑痴，他年葬侬知是谁？

试看春残花渐落，便是红颜老死时。

一朝春尽红颜老，花落人亡两不知！

那是我第一次感受到落花也会令人忧伤，而人对落花也像待人一样，有深刻的情感。那时当然不知道林黛玉的自伤之情胜过于花朵的对待，但当时也起了一点疑情，觉得林黛玉未免小题大做，花落了就是落了，有什么值得那样感伤，少年的我正是“侬今葬花人笑痴”那个笑她的人。

我会感到葬花好笑是有背景的，那时候父亲为了增加家用，在田里种了一亩玫瑰，因为农会的人告诉他，一定有那么一天，一朵玫瑰的价钱可以抵上一斤米。可惜父亲一直没有赶上一朵玫瑰抵一斤米的好时机，二十几年前的台湾乡下，根本不会有人神经到去买玫瑰来插。父亲的玫瑰是种得不错，却完全滞销，弄到最后懒得去采收了，一时也想不出改种什么， 玫瑰田就荒置在那里。

我们时常跑到玫瑰田去玩，每天玫瑰花瓣，黄的、红的、白的落了一地，用竹扫把一扫就是一畚箕。到后来大家都把扫玫瑰田当成苦差事，扫好之后顺手倒入田边的旗尾溪，千红万紫的玫瑰花瓣霎时铺满河面，往下游流去。偶尔我也能感受到玫瑰飘逝的忧伤之美，却绝对不会痴到去葬花。

不只玫瑰是大片大片地落，在我们山上，春天到秋天，坡上都盛开着野百合、野姜花、月桃花、美人蕉，有时连相思树上都是一片白茫茫，风吹来了，花就不可计数地纷飞起来。山上的孩子看见落花流水，想的都是节气的改变，有时候压根儿不会想到花，更别说为花伤情了。

只有一次为花伤心的经验，是有一年父亲种的竹子突然有十几丛开花了，竹子花真漂亮，细致的、金黄色的，像满天星那样怒放出来。父亲告诉我们，竹子一开花就是寿限到了，花朵盛放之后，就会干枯，死去。而且通常同一母株育种的竹子会同时开花，母亲和孩子会同时结束生命。那时我每到竹林里看极美丽绝尘不可逼视的竹子花就会伤心一次，到竹子枯死的那一阵子，总会无端地落下泪来。不过，在父亲插下新枝后，我的伤心也就一扫而空了。

多几次感受到竹子开花这样的经验，就比较知道林黛玉不是神经，只是感受比常人敏锐罢了，也慢慢能感受到“昨宵庭外悲歌发，知是花魂与鸟魂？花魂鸟魂总难留，鸟自无言花自羞。愿侬此日生双翼，随花飞到天尽头。天尽头，何处有香丘？未若锦囊收艳骨，一抔净土掩风流。质本洁来还洁去，强于污淖陷渠沟”那种借物抒情、反观自己的情怀。

长大一点，我更知道了连花草树木都与人有情感、有因缘，为花草树木伤春悲秋，欢喜或忧伤，是极自然的事，能在欢喜或悲伤时，对境有所体会观照，正是一种觉悟。

最近又重读了《红楼梦》，就体会到花草原是法身之内，一朵花的兴谢与一个人的成功失败没有两样。人如果不能回到自我，做更高智慧之追求，使自己明净而了知自然的变迁，有一天也会像一朵花一样在无知中凋谢了。

同时，看一片花瓣的飘落，可以让我们更深地感知无常，正如贾宝玉在山坡上听见黛玉的《葬花吟》，“不觉恸倒山坡上，怀里兜的落花撒了一地”。那是他想到黛玉的花容月貌终有无可寻觅之时，又推想到宝钗、香菱、袭人亦会有无可寻觅之时，当这些人都无可寻觅，自己又安在呢？自身既不知何在何往，将来斯处、斯园、斯花、斯柳，又不知当属谁姓！

看看这种无常感，怎么能不恸倒在山坡上？我觉得，整部《红楼梦》就在表达“人生如梦”四字，这是一种无可如何的无常，只是借黛玉葬花来说，使我们看到了无常的焦点。《红楼梦》还有一支曲子，我非常喜欢，说的正是无常：

“为官的，家业凋零；富贵的，金银散尽；有恩的，死里逃生；无情的，分明报应；欠命的，命已还；欠泪的，泪已尽。冤冤相报自非轻，分离聚合皆前定，欲知命短问前生，老来富贵也真侥幸。看破的，遁入空门；痴迷的，枉送了性命。好一似食尽鸟投林，落了片白茫茫大地真干净。”

从落花而知大地有情，这是体会；从葬花而知无常苦空，这是觉悟；从觉悟中知道万法了不可得，应该善自珍摄，不要空来人间一回，这就是最初步的菩提了。读《红楼梦》不也能使我们理解到青原惟信禅师说的“三十年前未参禅时，见山是山，见水是水。及至后来，亲见知识，有个入处，见山不是山，见水不是水。而今得个休歇处，依前见山只是山，见水只是水”的过程吗？

相传从前有一位老僧，经卷案头摆了一部《红楼梦》，一位居士去拜见他，感到十分惊异问他：“和尚也喜欢这个？”

老僧从容地说：“老僧凭此入道。”

这虽是传说，但也不无道理，能悟道的，黄花翠竹、吃饭睡觉、瓦罐瓶勺都会悟道了，何况是《红楼梦》!

虽然《红楼梦》和“悟道”没有必然关系，但只要时时保有菩提之心，保有反观的觉性，就能看出在言情之外言志的那一部分，也可以看到隐在小儿女情意背后那广大的空间。

知悉了大地有情、觉悟了无常苦空、体会了山水的真实、保有了清明的菩提，我们如何继续前行呢？正是“一朝春尽红颜老”的那个“一朝”，是“万古长空，一朝风月”的“一朝”，是知道“放弃今日就没有来日，不惜今生就没有来生”！是“此身不向今生度，更待何生度此身”！是“当下即是”！是“人圆即佛成”！

那么就在每一个“一朝”中保有菩提，心田常开智慧之花；否则，像竹子一样要等到临终才知道盛放，就来不及了。

（摘自长江文艺出版社《你心柔软，却有力量》一书）

放下与执着

史铁生

几位老友，不常见面，见了面总劝我“放下”。放下什么呢？没说，断续劝我：“把一切都放下，人就不会生病。”我发现我有点儿狡猾了，明知那是句佛家经常的教诲（比如“放下屠刀，立地成佛”；“屠刀”也不专指索命的器具，是说一切迷执），却佯装不知。佯装不知，是因为我心里着实有些不快；可见嗔心确凿，是要放下的。何致不快呢？从那劝导中我听出了一个逆推理：你之所以多病，就因为你没放下。逆推理中又含了一条暗示：我为什么身体好呢？全都放下了。

既知嗔心确在，就别较劲儿。坐下，喝茶，说点儿别的。可谁料，一晚上，主张放下的几位却始终没放下几十年前的“文革”旧怨，那时谁把谁怎样了吧，谁和谁是一派的吧，谁表面如何其实不然呀，等等。就不说这“谁”字具体是指谁了吧，总归不是“他”或“他们”，就是“我”和“我们”。

所以，放下什么才是真问题。比如说，放下烦恼，也放下责任吗？放下怨恨，也放下爱愿吗？放下差别心，难道连美丑、善恶都不要分？放下一切，既不可能，也不应该。总不会指着什么都潇洒地说一声“放下”，就算有了佛性吧？当然，万事都不往心里去可以是你的选择、你的自由，但人间的事绝不可以是这样，也从来没这样过。举几个例子吧：是执着于教育的人教会了你读书，包括读经。是执着于种田的人保障着众人的温饱，你才有余力说一声“放下”。唯因有了执着于交通事业的人，老友们才得聚来一处喝茶。若无各门各类的执着者，咱这会儿还在钻木取火呢，还是连钻木取火也已经放下？

错的不是执着，是执迷，有些谈佛论道的书中将这两个词混用，窃以为十分不妥。“执迷”的意思，差不多是指异化、僵化、故步自封、知错不改。何致如此呢？无非“名利”二字。但谋生，从而谋利，只要合法，就不是迷途。名却厉害。温饱甚至富足之后，价值感，常倒把人弄得颠不知所归，其实也是在谋名了——优越感，或价值感。价值感错了吗？人要活得有价值，不对吗？问题是，在这个一切都可以卖的时代，价值的解释权通常是属于价格的，价值感自也是亦步亦趋。

价值和价格的差距本属正当。但这差距却无从固定，可以很大，也可以很小，当然这并非坏事，这正是经济学所赞美的那只市场的无形之手。可这只手，一旦显形为铺天盖地的广告，一旦与认钱不认货的媒体“相得益彰”，事情就不一样了。怎么不一样？只要广告深入人心，东西好坏倒不要紧了，好也未必就卖得好，不好也未必就卖不好。媒体和广告沆瀣一气，大约是经济学未及引入的一个——几乎没有底线的——参数。是呀，倘那无形或有形的手也成了商品，又靠谁来调节它呢？价格既已不认价值这门亲，价值感孤苦无靠去拜倒在价格门下，也就不是什么难解的题。而这逻辑，一旦以“更高、更快、更强”的气势，超越经济，走进社会各个领域，耳边常闻的关键词就只有利润、码洋、票房和收视率了。另有四个词在悄声附和：房子、车子、股市、化疗。此即执迷。

而“执着”与“执迷”不分，本身就是迷途。这世界上有爱财的，有恋权的，有图名的，有什么都不为，单是争强好胜的。人们常管这叫欲壑难填，叫执迷不悟，都是贬义。但爱财的也有比尔·盖茨，他既能聚财也能理财，更懂得财为何用，不好吗？恋权的嘛，也有毛遂自荐的敢于担当，也有种种“举贤不避亲”的言与行，不对吗？图名的呢？雷锋，雷锋及一切好人，他们不图名？愿意谁说他们没干好事，不是好人？不过是不图虚名、假名。争强好胜也未必就不对，阿姆斯特朗怎么样，那个身患癌症还六次夺得环法自行车赛冠军的人？对这些人，大家怎么说？会说他执迷？会请他放下？当然不，相反人们会赞美他们的执着——坚持不懈、百折不挠、矢志不渝，都是褒奖。

主张“一切都放下”，或“执着”与“执迷”分不清，是否正应了佛家的另一个关键词——“无明”呢？

“无明”就是糊涂。但糊涂分两种，一种叫顽固不化，朽木难雕，不可教也，“无明”应该是指这一种；另一种，比如少小无知，或“山重水复疑无路”，这不能算“无明”，这是“柳暗花明又一村”的前奏，是成长壮大的起点。而郑板桥的“难得糊涂”已然是大智慧了。

后一种糊涂，是错误吗？执着地想弄明白某些尚且糊涂的事物，不应该吗？比如一件尚未理清的案件，一处尚未探明的矿藏，一项尚未完善的技术、对策或理论。这正是坚持不懈者施才展志的时候呀，怎倒要知难而退者来劝导他呢？严格说，我们的每一步其实都在不完善中，都在不甚明了中，甚至是巨大的迷茫之中，因而每时每刻都可能走对了，也都可能走错了。问题是人没有预知一切的能力，那么，是应该就此放下呢，还是要坚持下去？设想，对此，佛祖会取何态度？干脆“把一切都放下”吗？那就要问了，他压根儿干吗要站出来讲经传道？他看得那么深、那么透，干吗不统统放下？他曾经糊涂，曾经烦恼，但他放得下王子之位却放不下生命的意义，所以才有那锲而不舍的苦行，才有那菩提树下的冥思苦想。难道他就是为了让后人把一切都放下，没病没灾然后啥都无所谓？该想的，佛都想了，各位就甭想了；该受的，佛都受了，各位就甭再受了；该干的，佛也都干了，各位啥心也甭操了——有这事儿？恐怕，盼望这事儿的，倒是执迷不悟。

可是，哪能谁都有佛祖一样的智慧呢？我等凡人，弄不好一错再错，苦累终生，倒不如尘缘尽弃，早得自在吧。可是，怕错，就不是执着？怕苦，就不是执着？一生享用着别人执着的成果，却一心只图自在，不是执着？不是执着，是执迷！佛祖要是这般明哲保身，犯得上去那菩提树下饱经折磨吗？偷懒的人说一句“放下”，多么轻松，又似多么明达，甚至还有一份额外的“光荣”——价值感，却不去想那菩提树下的所思所想，却不去辨别什么要放下、什么是不可以放下的，结果是弄一个价值虚无来骗自己、蒙大家。

老实说，我——此一姓史名铁生的有限之在，确是个贪心充沛的家伙，天底下的美名、美物、美事没有他没想（要）过的，虽然我并不认为这是他多病的原因。不过，此一史铁生确曾因病得福。二十一岁那年，命运让这家伙不得不把那些充沛的东西——决不敢说都放下了，只敢说——暂时都放一放。特别要强调的是，这“暂时都放一放”，绝非觉悟使然，实在是不得已而为之。先哲有言：“愿意的，命运领着你走；不愿意的，命运拖着你走。”我就是那“不愿意”而被“拖着走”的。被拖着走了二十几年，一日忽有所悟：那二十一岁的遭遇以及其后的二十几年的被拖，未必不是神恩——此一铁生并未经受多少选择之苦，便被放在了“不得不放一放”的地位，真是何等幸运的事情！虽则此一铁生生性愚顽，放一放又拿起来，拿起来又不得不再放一放，至今也不能了断尘根，也还是得了一些恩宠的。我把这感想说给某位朋友，那朋友忒善良，只说我是谦虚。我谦虚？更有位聪慧的朋友说我，他谦虚？他骨子里了不得！这“了不得”，估计也是“贪心充沛”的意思。前一位是爱我者，后一位是知我者。不过，从那时起，我有点儿被“领着走”的意思了。

如今已是年近花甲，读了些书，也想了些事，由衷感到尼采那一句“爱命运”真是对人生态度之最英明的指引。当然不是说仅仅爱好的命运，而是说对一切命运都要持爱的态度。爱，再一次表明与“喜欢”不同，谁能喜欢坏运气呢？但是你要爱它。就好比抓了一手坏牌，你骂它？恨它？耍着赖要重新发牌？当然你不喜欢它，但你要镇静，对它说是，而后看你如何能把这一手坏牌打得精彩。

大凡能人，都嫌弃宿命，反对宿命。可有谁是能力无限的人吗？那你就得承认局限。承认局限，大家都不反对，但那就是承认宿命啊。承认它，并不等于放弃你的自由意志。浪漫点儿说就是：对舞蹈说是，然后自由地跳。这逻辑可以引申到一切领域。

所以，既得有所“放下”，又得有所“执着”——放下占有的欲望，执着于行走的努力。放不下前者的，必至贪、嗔、痴；连后者也放下的，难免还是贪、嗔、痴。看一切都是无意义的人，怎么可能会爱命运？不爱命运，必是心里多有怨。怨，涉及人即是嗔——他人不合我意，涉及物即是痴——世界不可我心，仔细想来，都是一条贪根使然。

（摘自长江文艺出版社《史铁生作品精选》一书）

西湖春游

丰子恺

我住在上海，离杭州西湖很近，坐火车五六小时可到，每天火车有好几班。因此，我每年有游西湖的机会，而时间大都是春天。因为春天是西湖最美丽的季节。我很小的时候在家乡从乳母口中听到西湖的赞美歌："西湖景致六条桥，间株杨柳间株桃……"就觉得神往。长大后曾经在西湖旁边求学，在西湖上做客，经过数十寒暑，觉得西湖上的春天真正可爱，无怪远离西湖的穷乡僻壤的人都会唱西湖的赞美歌了。

然而西湖最美丽的姿态，直到新中国成立后方才充分地表现出来。新中国成立后每年春天到西湖，觉得它一年美丽一年，一年漂亮一年，一年可爱一年。到现在，它一定长得十分美丽，十分漂亮，十分可爱。可惜我刚从病院出来，不能随众人到西湖去游春，但在这里和读者作笔谈，亦是"画饼充饥"，聊胜于无。

西湖最美丽的姿态，为什么直到新中国成立后才充分表现出来呢？这是因为旧时代的西湖，只能看表面（山水风景），不能想内容（人事社会）。换言之，旧时代西湖的美只是形式美丽，而内容是丑恶不堪设想的。

譬如说，你悠闲地坐在西湖船里，远望湖边楼台亭阁，或者精巧玲珑，或者金碧辉煌，掩映出没于杨柳桃花之中、青山绿水之间。这光景多么美丽，真好比“海上仙山”！然而你只能用眼睛来看，切不可用嘴巴来问，或者用头脑来想。你倘使问船老大：“这是什么建筑？”“这是谁的别庄？”因而想起了它们的主人，那么你一定大感不快，你一定会叹气或愤怒，你眼前的“美”不但完全消失，竟变成了“丑”！因为这些楼台亭阁的所有者，不是军阀就是财阀，建造这些楼台亭阁的钱，不是贪污来的便是敲诈来的、剥削来的！于是你坐在船里远远地望去，就会隐约地看见这些楼台亭阁上都有血迹！隐约地听见这些楼台亭阁上都有被压迫者的呻吟声——这真是大煞风景！这样的西湖有什么美？这样的西湖不值得游！西湖游春，谁能仅用眼睛看看而完全不想呢？

旧时代的好人真可怜！他们为了要欣赏西湖的美，只得勉强摒除一切思想，而仅看西湖的表面，仿佛麻醉了自己，聊以满足自己的美欲。记得古人有诗句云：“小亭闲可坐，不必问谁家。”我初读这诗句时，认为这位诗人过于浪漫疏狂。后来仔细想想，觉得他也许怀着一片苦心：如果问起这小亭是谁家的，说不定这主人是个坏蛋，因而引起诗人的恶感，不屑坐他的亭子。旧时代的人欣赏西湖，就用这诗人的办法，不问谁家，但享美景。我小时候的音乐老师李叔同先生曾经为西湖作一首歌曲。且不说音乐，光就歌词而论，描写得真是美丽动人！让我抄录些在这里：

看明湖一碧，六桥锁烟水。

塔影参差，有画船自来去。

垂杨柳两行，绿染长堤。

飏晴风，又笛韵悠扬起。

看青山四围，高峰南北齐。
山色自空濛，有竹木媚幽姿。
探古洞烟霞，翠扑须眉。
霅暮雨，又钟声林外起。

大好湖山如此，独擅天然美。
明湖碧无际，又青山绿作堆。
漾晴光潋滟，带雨色幽奇。
靓妆比西子，尽浓淡总相宜。

这歌曲全部刊载在最近出版的《李叔同歌曲集》中。我小时候求学于杭州西湖边的师范学校时，曾经在李先生亲自指挥下唱这歌曲的高音部（这歌曲是四部合唱）。当时我年幼无知，只觉得这歌词描写西湖景致，曲尽其美，唱起来比看图画更美，比实地游玩更美。现在重唱一遍，回味一下，才感到前人的一片苦心：李先生在这长长的歌曲中，几乎全部是描写风景，绝不提及人事。因为那时候西湖上盘踞着许多贪官污吏、市侩流氓，风景最好的地方都被这些人的私人公馆、别庄所占据。所以倘使提及人事，这西湖的美景势必完全消失，而变成种种丑恶的印象。所以李先生作这歌词的时候，掩住了耳朵，停止了思索，而单用眼睛来观看，仅仅描写眼睛所看见的部分。这样，六桥烟水、塔影垂杨、竹木幽姿、古洞烟霞、晴光雨色，就形成一种美丽的姿态，好比靓妆的西施活美人了。这仿佛是自己麻醉，自己欺骗。采用这种办法，虽然是李先生的一片苦心，但在今天看来，实在是不足为训的！

然而李先生在这歌曲中，不能说绝不提及人事。其中有两处不免与人事有关，即“有画船自来去”“笛韵悠扬起”。坐在这画船里面的是何样的人？吹出这悠扬的笛声的是何样的人？这不可穷究了。李先生只能主观地假定坐在画船里的是一群同他一样风流潇洒的艺术家，吹笛的是同他一样知音善感的音乐家；或者坐在画船里的是一群天真烂漫的游客，吹笛的是一位冰清玉洁的美人。这样，才可以符合主观的意旨，才可以增加西湖的美丽。然而说起画船和笛，在我回忆中的印象很不好。记得有一次我和几个朋友买舟游湖，天朗气清，山明水秀，心情十分舒适。忽然邻近的一只船上吹起笛来，声音悠扬悦耳，使得我们满船的人都停止了说话而倾听笛韵。后来这只船载着笛声远去，消失在烟波云水之间了。我们都不胜惋惜。船老大告诉我们：这船里载着的是上海来的某阔少和本地的某闻人，他们都会弄丝弦，都会唱戏，他们天天在湖上游玩……原来这些阔少和闻人，都是我们所“久闻大名”的。我听到这些人的“大名”，觉得眼前这“独擅天然美”的“大好湖山”忽然减色，而那笛声忽然难听起来、丑恶起来，终于变成了恶魔的啸嗷声。这笛声亵渎了这“大好湖山”，污辱了我的耳朵！我用手撩起些西湖水来洗一洗我的耳朵。——这是我回忆旧时代西湖上的“画船”和“笛韵”时所得的印象。

我疏忽了，李先生的西湖歌中涉及人事的，不止上述两处，还有一处，即“又钟声林外起”。打钟的是谁？在李先生的主观中大约是一位大慈大悲、大智大慧的高僧，或者面壁十年的苦行头陀，或者三戒具足的比丘。然而事实上恐怕不见得如此。在那时候，上述的那些高僧、头陀和比丘极少住在西湖上的寺院里，撞钟的可能是以做和尚为业的和尚，或者是公然不守清规的和尚。

李先生作那首《西湖歌》时，这些人事社会的内情是不想的，是不敢想的。因为一想就破坏西湖风景的美，一想就煞风景。李先生只得摒绝了思索和分辨，而仅用眼睛来看，不谈西湖的内容情状，而仅仅赞美西湖的表面形式。我理解李先生的苦心。我想，如果李先生迟生三十年，能够躬逢新中国成立后的崭新时代，能够看到人民的西湖，那么他所作的《西湖歌》一定还要动人得多！

在这里，我不免要讲几句题外的话：我记得资本主义社会的美学中，有一个术语叫作“绝缘”，英文是 isolation。所谓绝缘，就是说看到一个物象的时候，断绝了这物象对外界（人事社会）的一切关系，而孤零零地欣赏这物象本身的姿态（形状、色彩）。他们认为“美感”是由于“绝缘”而发生的。他们认为：看见一个物象时，倘使想起这物象的内容意义，想起这物象对人类社会的关系、作用和意义，就看不清楚物象本身的姿态，就看不到物象的“美”。必须完全不想物象对人类社会的关系、作用和意义，而仅用视觉来欣赏它的形状和色彩，这才能够从物象获得“美感”。而这种美学学说的由来，现在我明白了：只因为在旧社会中，追究起事物的内容意义来，大都是卑鄙龌龊、不堪闻问的，因此有些御用的学者就造出这种学说来，教人摒绝思索，不论好坏，不分皂白，一味欣赏事物的外表，聊以满足美欲，这实在是可笑、可怜的美学！

闲话少说，言归本题。旧时代的西湖春游，还有一种更切身的苦痛呢。上述那种苦痛还可以用主观强调、自己麻醉等方法来暂时避免，而另有一种苦痛则直接袭击过来，使你身心不安，伤情扫兴，游兴大打折扣。这便是西湖上的社会秩序的混乱。游西湖的主要交通工具是游船，即杭州人所谓“划子”。这种划子一向入诗、入词、入画，真是风雅不过的东西，从红尘万丈的都市里来的人，坐在这种划子里荡漾湖中，真有“春水船如天上坐”的胜概。于是划划子的人就奇货可居，即杭州人所谓“刨黄瓜儿”。你要坐划子游西湖，先得鼓起勇气来，同划划子的人做一场斗争，然后怀着余怒坐到划子里去“欣赏”西湖景致。划划子的人本来都是清白的劳动者，但因受当时环境的压迫和恶劣作风的影响，一时不得不如此以求生存了。上船之后，照例是在各名胜古迹地点停船：平湖秋月、中山公甲、西泠印社、岳坟、三潭印月、雷峰夕照、刘庄、汪庄……这些名胜古迹的确是环肥燕瘦，各有其美，然而往往不能畅游，不能放心地欣赏。因为这些地方的管理者都特别“客气”，一看到游客，立刻端出茶盘来；倘使看到派头阔绰的游客，就端出果盒来。这种“盛情”，最初领受一二，也还可以，然而再而三，三而四，甚至而五、而六、而七……游客便受宠若惊，看见茶盘连忙逃走，不管后面传来奚落的、讥讽的叫声。若是陪着老年人游玩，处处要坐下来休息，而且逃不快，那就是他们所最欢迎的游客了，便是最倒霉的游客了。

游西湖要会斗争，会逃走——这是我数十年来的“宝贵”经验。直到最近几年，新中国成立后的几年，这“宝贵”经验忽然失去了效用。新中国成立后有一年我到杭州，突然觉得西湖有些异样：湖滨栏杆旁边那些馋涎欲滴的划子手忽然不见，讨价还价的斗争也没有了，只看见秩序井然的买票处和和颜悦色的舟子。名胜古迹中逐客的茶盘也不见了，到处明山秀水，任你逍遥盘桓。这一次我才十足地享受了西湖春游的快美之感！

“西子蒙不洁，则人皆掩鼻而过之。”新中国成立前数十年间，我每逢游湖，就想起这两句话。路过湖滨的船埠头时，那种乌烟瘴气确实使人“掩鼻”；新中国成立后，这西子“斋戒沐浴”过了。“大好湖山如此”，不但“独擅天然美”，又独擅“人事美”，真可谓尽善尽美了！写到这里，我的心已经飞驰到六桥三竺之间，神游于山明水秀、桃红柳绿之乡，不能再写下去了。

（摘自浙江人民出版社《散文精读·丰子恺》一书，有删节）

泰山一宿

余光中

四月二日我在山东大学对五百多位师生演讲，是这样开始的："访问山东，对我来说，实在是一程文化甘旅。能站在黄河与泰山之间，对齐鲁的精英，广义上也是孔丘与孔明的后人，诉说我对于中文的孺慕与经营，真是莫大的荣幸。"

三天之后，正逢清明，我终于登上了泰山。

能登泰山，总是令人兴奋的，不是因为它海拔之高，而是因为它地位之高；也不是因为它磅礴之广，而是因为它名气之大。

东岳泰山，论体魄之魁梧，在五岳之中只能算第三，一千五百二十四米的海拔，不过略胜中岳与南岳。即使未列入五岳的黄山，也高它三百多米。不过山能成名，除了身高之外，还要靠历史、神话、传说等等来引发想象、烘托气氛，才能赋风景以灵性，通地理于人文。所以刘禹锡说："山不在高，有仙则名。"例如欧洲第一高峰，大高加索山脉的厄尔布鲁士峰，高达五千六百四十二米，西欧的尖顶，勃朗峰，海拔约是四千八百一十米，都比希腊的奥林匹斯山（二千九百一十七米）高出许多；可是奥林匹斯、众神的家乡、宙斯的宫廷，却更加动人遐想。

华北大平原，东面止于沧海，其他的三面从燕山到太行山，从桐柏山、大别山、黄山到天目山，众岳如屏，连成了千里的陆障，中间几乎全是平野，任凭远来的长江大河悠悠入海。几乎全是，除了泰山。似乎有意腾出一整幅空旷，来陪衬这东岳的孤高、唯我独尊，像纸镇一样镇压着齐鲁。又像是一块隆而且重的玉玺，隆重地盖在后土之上，为了印证她是所有帝王的版图：所有帝王，不仅是秦皇与汉武。

《史记》引管子的《封禅篇》，说古来上泰山封禅的帝王，有迹可见者凡七十二位，其后陆续封禅者，从秦始皇、汉武帝、唐玄宗一直到康熙、乾隆，更相承不衰。封，是筑土以祭天；禅，是扫地以祭地。凡是自认“受命于天”的帝王，都觉得有必要郑重其事地来登这显赫的地标祭告天地，宣示他正统的权威。

泰山为五岳之尊，因为它是东岳。《易经》以震卦代表东方，《说卦》指出：“万物出乎震。震，东方也。”东方是太阳所出，春天所由，自然是万物所生，功同造物。又指出：“震一索而得男，故谓之长男。”至于南方的离只得中女，西方的兑只得少女，北方的坎也只得中男，所以泰山成为众岳之长，峰顶刻立“五岳独尊”的石碑。

在中国哲学里，泰山占了如此的优势，难怪历代帝王都要东巡来此，祭祀天地，所以泰山也成了政权继承的阳刚图腾。政教相辅，儒家和道家的宗教景观相互辉映，从山下的泰安城一路攀登到山顶。从平地的神府岱庙到山顶的碧霞祠、青帝宫、玉皇庙，多为道观，但中途的普照寺、斗母宫却是佛寺，而红门宫则释道合一，并祀弥勒佛与碧霞元君。至于儒家文化，则登山起步不久就有坊门巍巍，纪念孔子当年登临故事，到了玉皇顶前又有孔庙。

峨峨岱宗，中华历史、宗教、文化的一大载体，不愧为人文气象最恢宏的名山。而载体的本身，众山罗拜，群峰簇拥，阴阳一割，神秀独钟，更为人文的价值提供了宏观壮丽的场景。就像一座纪念堂，鬼斧神工，本身已经是美的一大存在，更无论它所珍藏的纪念品了。泰山正是如此：几千万年以前，伊神之力，把燕山一推，又把喜马拉雅山一挤，就捏出了皱成了这么一大堆的岱宗，至今历齐鲁四百里方圆，青犹未了。几千年前，伊神之功，把泰山之石切割成形，有的立坊，有的盖庙，有的铺路，有的造桥，更幸运的一些就刻成了历代的碑文，或篆或隶，或行或草，人怕忘记的，都交给顽石去深刻保存、风霜去恣意摧毁。

泰山地位如此崇高，经过历代名士题咏，名气更加响亮，甚至常见于成语，成了崇高、重大、安稳的象征。占了地利，儒家的至圣与亚圣每当用喻，辄就近取材，你一句“登泰山而小天下”，我一句“挟泰山而超北海”，就把自己的“家山”愈炒愈热。最有趣的是李斯，在《谏逐客书》中对秦王如此进言：“泰山不让土壤，故能成其大；河海不择细流，故能就其深。”李斯是楚人，举高山为喻却推齐鲁的泰山。他当然不便推举楚山，但对秦王上书，却也不举华山，甚至境内更高的终南山或太白山。那时秦王尚未一统天下，东巡泰山，不过前代的帝王从伏羲、神农一直历尧舜而禹汤，传说都封过泰山，已成传统。李斯不说泰山高，而说其大，乃强调其“博大有容”。

古人要登泰山，是一件大事，不但费力，而且费时。若是天子登山封禅，那排场就大了。马第伯的《封禅仪记》述后汉光武帝于建武三十二年车驾东巡，正月二十八日从洛阳出发，二月九日才到曲阜。两天后抵泰安，派了一千五百人上山修路，再过三天，天子、诸王、诸侯及百官才斋戒。次晨正式登山，山道峻险，不时要牵马步行，上行二十里才到中途，更得留下马匹，辛苦攀登。陡径窄处，两边石壁相隔只五六尺。早餐后起步，下午五点多才抵天门。

这是公元五十六年的盛典。一千七百多年后，乾隆三十九年十二月二十八日，也是隆冬之际，姚鼐在泰安知府朱孝纯的陪同下，由南麓登岱。事后他在《登泰山记》里说："四十五里，道皆砌石为磴，其级七千有余。"这情况比汉代已方便不少，跟今日的条件接近了。

不过姚夫子走的是泰山西路，沿西溪即今黄西河的山径，过凤凰岭山脊到中天门，再左转登峰造极。今日的登山者多从岱宗坊起步，一路循着泰山中路，经红门宫、斗母宫、柏洞而达中天门，再与西路会合，经五松亭、十八盘而抵南天门，玉皇顶便在望了。

如果由中路徒步上山，岱庙到玉皇顶的垂直海拔虽为一千五百四十五米，实际爬坡的脚程却有九千米。常人要步完全程，得跨六千六百六十级的磴道，约需六个小时。

我登泰山，既非踵武姚鼐之西路，也非效法国彬之正途，而是避重就轻，半途起步，简直愧对东岳之神。这恐怕要怪山东大学校方低估了我的"健步"，安排行程，到半下午才开始登山。四月五日，正是清明节当天，山东大学外事处的夏建辉先生与中文系的孙基林教授陪着我存、幼珊与我，上午参观过孟庙，便从邹城北上，中午在泰安接受了山东科技大学的午宴，餐后又去岱庙巡礼，一直到下午三点，才左盘右旋，沿着黄西河一路乘车上山，直达中天门。

中天门海拔逼近千米，坡道已过了五公里半，早已超越半途了。下得车来，凛冽的山风就撞了个满怀，寒意直袭两肘，像山神喝一声口令警告你，东岳的地段到了。不由你不倒抽一口冷气，周身的汗毛警戒了起来。

再往上就没有车道了，背包和提袋必须随身携带。五个人就又背又拎地踏着黄土，向西侧的凤凰岭走去，不久就到了索道起站。索道建于一九八三年，连接中天门与南天门，全长二千零七十八米，垂直距离六百零三米，单程只需八分钟。由于运客是往复方式，车厢到站只是减缓，并不停定，乘客上车必须敏捷，所以会紧张失笑。

刚刚坐定，笑声还未停，车厢忽然凌空而起。五人齐发低抑的惊呼，有一起从悬崖跳水的幻觉。那么大一整座山岳，横岭侧峰，忽然从我们脚下给抽走，无依无凭，我们竟白日升天，乘在同一片云上，要飞到，咦，哪里去呢？透明的立方云阁外，由于琉璃的长窗紧闭，隐隐只传来天风呼啸，似乎大块在暗暗转轴，此外，群峰都寂寂，不像有什么异样。不过做八分钟的仙人罢了，本来不值得大惊小怪，于是一切都置之度外了，不觉得是飞着，倒像是在浮游嬉戏，带笑相看，都感到幸福非凡。可怕的秦始皇啊，蜂眼眈眈，当年远途跋涉来登山，如果能看到我们此刻的逍遥，又何苦去蓬莱求仙求药呢。这么想着，上面那翘首天外的月观峰，原来只让我们仰窥其下颔的，竟已朝我们转过脸来。那许多傲然的山头，大大小小，都转过了脸，低下了头来。索道到站了。

返仙为凡，再下车时，天风迎面掴来，高处果然寒不可胜，比刚才的中天门显然又低了几度，只有七八度的感觉。加上天阴风劲，东岳果然不可儿戏，大家纷纷加衣。我在厚袄外面更戴上呢帽、围巾，披上大衣，顶风前进，仍觉寒意袭脊，呼吸紧张。

淡赭带灰的城楼侧影，鸱尾隐隐，南天门近了。这里是中天门仰攀的目标，有名的十八盘天梯到了顶级，汗尽的山客到此才苦尽甘来，可以回头一笑了。比起十八盘严苛的折磨来，此去玉皇顶的登天坡道几乎像坦途了。我们的五人行，避重讨巧，以八分钟的逍遥游代替了八十分钟的鲁道难，似乎是聪明之举，但平白放过了机会，未能徒步登山向东岳致敬，却不甘心。

过了南天门便是天街，游客便多了。靠山的一边是旅馆与商店，人气显得颇旺，不下于城里的闹街。但山壁下面却是众峰簇拥、涧谷深幽，地老天荒的一片沉寂，偶尔几声鸟叫，填不满万古的空山。向晚的荫翳已有些暮意，云正从谷间层层升起。两百多年前，姚鼐在游记里曾说，泰山土少而石多，石状少圆而多方，石色苍黑；又说树多为松，生于石罅，其顶皆平。今日的东岳仍然如此，南天门一带的花岗巨岩，层层相叠，灰褐之中透着锈赭，倒像是一位喜欢整齐的山神堆积木一般地理过。我在千佛山与灵岩寺所见也如此，灵岩寺后的石山高耸而方正，俨然是一座城堡，令人过目不忘。

但此刻令我们注目的，却不是山，而是人。踏在岱宗魁伟的肩上，俯瞰只见群山朝岳，磊磊错杂着嶙嶙的背后仍然是峥峥、郁郁苍苍，历齐鲁而未了，而收拾不了。不识法相，只缘身在佛头的颏下。登临到此，果真就能把世界看小吗？反倒是愈看愈多，愈多愈纷繁，脚下凭空多出一整盘山岳：我们算什么呢，竟敢僭用这么高的“看台”、这么博大的“立场”？

反倒是这天街上迎面走下坡来的人里，似乎有不少军人，一时只觉得满目苍苍，都是又长又厚的军用大衣，一片草绿的底色上闪耀着金色的排纽，披着深棕色的翻领，令人幻觉这高处有个兵营。难道泰山顶上是什么边关要塞吗？

“哪来这许多解放军呢？”我转身向扁圆贝瑞黑帽下瑟缩的我存，带着些微惊疑说道。

“我也觉得奇怪。”她说。

“平地好暖，山上却这么冷！”紧裹在火红风衣里的幼珊，顶着削面的天风诉道。

在前面领路的建辉与基林，这时走了过来，把她们手上的提袋接去。

“没问题吧？”建辉笑笑打量热带远来的三个山客。他身材健硕，无畏风寒，甚至把大衣挂在臂上，备而不用，俨然余温可贾。他见基林没带大衣，便要借衣给基林。基林虽然脸给吹得通红，却表示没有必要。

“已经到了，”基林说着，一面为我们指点，“右手这一座是碧霞祠，上面，便是我们今晚住的神憩宾馆。”

从月观峰过南天门，再踏陡斜的磴道到玉皇顶，不过七百五十二级，可是地藏菩萨在下面扯后腿，凛凛天风在上面呼应，却也脚酸了，到后来，每提一步，就像要跨高高的门槛。回顾来路，已经半陷在暮霭里，并不觉得自己终于修成了神仙，却需要好好休息一夜了。

临睡前建辉提醒大家：要看日出，五点整就得起身。

入夜后气温更低，但十点一到，旅馆就把暖气关了，也没有热水可用。

我存和幼珊母女平常就惯于早睡，这时也顾不了厚被褥有多阴湿，就专心上了床，去追求冷梦了。

我却有些不甘。夜宿泰山，竟然在这高贵的绝顶抛下了一整座空山的仙人与古人、传说与轶事、那许多飞瀑、奔溪、盘道、绝壁，绝壁上危攀不坠的蟠蟠孤松，抛下了满山满谷的顽石、灵石，石上刻画的成语、名句、隆重其词的纪铭，只为了早睡早起，去看一眼未必能睹的日出？

我戴帽披衣，推门而出，把自己交给泰山的春夜。呼喝的天风迫不及待把我接了过去，除此之外，四周的夜色一片岑寂。神憩宾馆前的旗杆上，只有长索在风中拍打着高杆，杆顶的天空飘着阴云，时疏时密，一轮未满的冷月出没其间，半明不昧的，有一点诡异。这才记起今夕何夕，竟是清明之夕。一念既动，又加风紧，徘徊了不久，就回去睡了。

但也睡不了多久，五点不到又再起床。对房的建辉与基林也起来了。大家都在衣橱里找到了那草绿色的军大衣，穿上了身。原来那是旅馆的标准配备，因为山顶比人间总是要低七八度，尤其是十二月到翌年三月，山上的气温恒在零下。现在虽已四月，山顶也只有六度，比下面的泰安市足足低了八度。

众人戎装相对，怪异加上臃肿，互相指笑了一阵。连昨天逞勇的建辉与基林也都武装了起来，足见凌晨的酷寒不可儿戏。更糟的是建辉的苦笑，说外面已下雨了。

果然劲风策细雨而来，凌晨的寒湿里，早有人影走动。不久山脊上的拜日族愈聚愈多。人声呶呶起落，向东边的日观峰蜿蜒而行。天地间唯我们在蠕蠕爬行，只为及时去朝拜东海的日出。天色幽昧，像罩在半球暗紫的大蛋壳之内，苦待太阳的血胎娠满，啄壳而出。

清明节日出，应为五点三刻。才五点半，拱北石四周早攀满了人影，大半是成双或呼群而来，有些登上危岩向东窥望，有些踱来踱去，有些则镁光闪闪，照起相来。但大家心里都在奢望，从茫茫的雨雾深处，从蓬莱仙岛的方向，徐福带六千童男女一去不返的烟波里，比一切传说更古老一切预测更新的，那太阳，照过秦皇与汉武、汉光武，照过唐玄宗与清圣祖，还有处处不放过题诗的乾隆（也算是一种不朽吧），奢望它此刻能排开一重重传说、一页页历史，用它火烫的赤金标枪射我们苦盼的眼瞳，给我们永生。因为人上人下，千古兴亡，此刻正轮到我们在岳顶见证永恒，见证刹那的永恒。因为此刻该我们来小天下了。

雨虽停了，天也晓了，却未破晓。暗紫色的诡秘天帷转成了灰蒙蒙的雨云，除了近处的玉皇庙瓦顶俨然还盘踞在天柱峰头，远山深壑都只有迷茫的轮廓，也不闻鸟声、泉声。登泰山而小天下乎？不但看不到日出，也看不见天下，连泰山也几乎看不见了。

“孔夫子的豪语变成了空头支票。”我只能苦笑。

“我以前来过，也没见日出。”基林说。

“我也没见到，”建辉以地主的口气安慰我们，“泰山山高雾重，看日出得碰运气。”

“泰山日出没看成，黄河总看得到吧?”我说。

“那当然，黄河跑不掉的，”建辉笑起来，“最后一天会带你们去看黄河。”

拜日族渐渐散了，我们五人也就走回旅馆，准备下山。

基林转头安慰我存与幼珊：“日出虽然没看成，山顶的题字刻石还是值得一看的，尤其是一千两百年前唐玄宗的《纪泰山铭》，不但碑高、文长，而且书法遒劲，是隶书的珍品。”

我们站在几近四层楼高的《纪泰山铭》下，仰瞻这盛唐盛世的宏文，直到气促颈酸，有点像蚂蚁读大字典般吃力。严整的成排金字在花岗绝壁上闪着辉煌，说的是开元十四年（726年）的事。那一年杜甫才十四岁，杨家的女儿还没有长成，《长恨歌》的作者还没有出生呢，谁料到渔阳的鼙鼓会动地而来?

我把这感想告诉基林与建辉。

“渔阳鼙鼓还早着呢，那时唐朝还稳如泰山!”建辉说得大家都笑了。

“这满山的碑文、对联、题字，多得像一本字典，简直读得人眼花缭乱!”我存叹道。

“可是乾隆皇帝还没题过瘾呢。”我说，“你要是看到有趣的，怕记不住，就拍下来呀。”

“刚才经过的一块大石头，刻了‘丈人峰’三个字，好像跟泰山有关系的。”幼珊说，“可是记不得了。”

“好像跟唐玄宗也有关系。”基林说。

“不错，是有关系。”我说着，取出袋里的一本泰山手册，翻了一下。“典出《酉阳杂俎》，说是开元十三年（725年），也就是《纪泰山铭》的前一年，玄宗封禅泰山，把三品以下的官都升了一级。封禅使张说却把自己的女婿（郑镒）从九品径升到五品。玄宗见郑镒穿了大红官服，趾高气扬，怪而问之。郑镒答不出来。伶人黄幡绰在旁代答说：‘此泰山之力也。’其实伶人所指是郑镒的岳父张说。后人称岳父、岳母为泰山、泰水，或即由此而来。至于岳父之称，也是由于泰山乃五岳之尊。当时这位封禅使张说能诗擅文，是中宗、睿宗、玄宗的三朝贤臣；玄宗封禅泰山，就是纳张说的倡议，事后更升他为尚书右丞相兼中书令，又命他撰写《封禅坛颂》，刻于泰山，也就是我们头顶这篇《纪泰山铭》的宏文了。”

（摘自浙江人民出版社《散文精读·余光中》一书）

致 谢

2020年的春天比往年要来得慢一些，受全球疫情的影响，人们无法到杨柳岸边去感受春天的气息，但与此同时却拥有了更多思考和阅读的时间。沉浸在卷帙浩繁的中华优秀文化典籍中，我们不仅能从中感受到中国文化独一无二的理念、智慧、气度、神韵，还能体会到它在世界文化中展现出的强大生命力。此刻，我们从内心深处更增添了对中国文化的自信和自豪。

为了让读者和我们共同感受中国文化的永恒魅力和蓬勃生机，了解它对转型期中国的重要性，我们策划了《读者丛书·中国文化读本》。这是继《社会主义核心价值观读本》《中国梦读本》《国家记忆读本》成功出版发行之后，甘肃人民出版社策划的第四辑“读者丛书”。丛书以习近平总书记关于新时代中国特色社会主义文化建设的重要论述为指导，立足文化自信，围绕“中国文化是时代精神的反映、社会主义核心价值观是中国文化的灵魂、中华优秀传统文化是中国文化的精神命脉、文艺创造是中国文化的时代最强音符、新兴媒体是中国文化传播的主阵地、国家文化软实力是中国文化的生命力和影响力”等六个主题，从各类图书、报刊、网站精选美文600余篇，编辑成10册，让读者在阅读中感受中国文化的自信和魅力。

《中国文化读本》在策划、编辑出版过程中，得到了中共甘肃省委宣传部、甘肃省新闻出版局以及读者出版集团、读者杂志社等多方的指导和帮助，在此深表谢意！与此同时，丛书的编选也得到了绝大多数作者的理解和支持，他们对作品的授权选编和对丛书的一致认可使我们消除了后顾之忧，对此我们表示诚挚的谢意！虽然我们尽力想把工作做得更细致更扎实些，但由于种种原因依然未能联系到部分作者，对此我们深表歉意，也请这些作者见到图书后与我们联系。我们的联系方式是：甘肃人民出版社（甘肃省兰州市曹家巷1号甘肃新闻出版大厦14楼，730030，联系人：袁尚，0931—8110299）。

“青山遮不住，毕竟东流去。”《读者丛书·中国文化读本》的出版发行，是我们送给人们的一份信念，让我们一起带着这份信念走向春天。

愿春早来，花枝春满，山河无恙，人间皆安！

读者丛书编辑组

2020年3月